Katja Kettu
Die Unbezwingbare

Roman

Aus dem Finnischen
von Angela Plöger

HarperCollins

Die Originalausgabe erschien 2018 unter dem Titel
Rose on poissa bei WSOY, Helsinki.

Die Arbeit an der Übersetzung wurde gefördert von FILI

1. Auflage 2022

Ungekürzte Ausgabe im HarperCollins Taschenbuch

Umschlaggestaltung von HarperCollins Deutschland
Umschlagabbildung von Arcangel/dpcom.fr
Gesetzt aus der Aldus
von Dörlemann Satz, Lemförde
Druck und Bindung von CPI books GmbH, Leck
Printed in Germany
ISBN 978-3-365-00086-1
harpercollins.de

Klimaneutral Druckprodukt
ClimatePartner.com/53248-2006-1006

MIX Papier
FSC® C083411

VORBEMERKUNGEN

Die Ojibwe sind ein Teil der Anishinaabe-Urbevölkerung und gehören zum Volk der Drei Feuer: Das sind die Ojibwe, die Potawatomi und die Ottawa. Ihre religiöse Gemeinschaft ist die der *Midewin*-Heiler, die glaubt, dass der Mensch einen im Traum vorbestimmten Pfad hat, von dem er in seinem Leben siebenmal abweicht.

Um die Wende vom 19. zum 20. Jahrhundert wanderten bis zu 300.000 Finnen in die Vereinigten Staaten ein, die meisten in die Bergbau- und Waldgebiete von Minnesota, Michigan und Wisconsin. Etliche von ihnen siedelten sich in den Reservaten an und heirateten Angehörige der indigenen Bevölkerung. Die Finnen stehen mancherorts weiterhin im Ruf von Aktivisten der Gewerkschaftsbewegung und von Leuten, die Streiks anzetteln.

VORWORT

Die Unbezwingbare ist ein Roman über die Geschichte der europäischen Auswanderer und ihre Beziehungen zu den Urvölkern Nordamerikas, über Finnen und Ojibwe (Anishinaabe), Europäer und indigene Völker. Das Buch ist eine universale Geschichte über Familie, Erinnerung und Liebe. Zugleich habe ich Mechanismen der Migration untersucht, ein Phänomen, das auch im heutigen Europa bekannt ist. Indem wir die Vergangenheit verstehen, verstehen wir die Gegenwart. Indem wir Bücher lesen, können wir uns in die Schicksale anderer Menschen hineinversetzen. Für dieses Buch habe ich im Verlauf von fünf Jahren lange Zeitabschnitte in Ojibwe- und amerikafinnischen Gemeinschaften verbracht. Ich wurde jedes Mal willkommen geheißen, als wäre ich nach Hause zurückgekehrt.

Die Handlung spielt in Minnesota, Michigan und Wisconsin, besonders im Reservat Fond du Lac. Zum selben Thema habe ich auch ein Sachbuch und einen Dokumentarfilm gemacht.

Ich wollte die Geschicke meiner eigenen Verwandten in Amerika erforschen. Und konnte feststellen, dass viele von ihnen in der Nähe der Ojibwe-Reservate lebten. Dafür gibt es zweierlei Gründe. Die Finnen wanderten in hellen Scharen erst um die Wende zum 20. Jahrhundert aus, als in den Staaten das beste Land schon vergeben war. Übrig war noch der Boden in den Reservaten, und den wollte die Regierung der USA unter den Kolonisten aufteilen. Die Finnen (aber auch Deutsche, Skandinavier, Polen usw.) zogen dorthin, wo es noch Ackerland gab, das heißt, auf den Grund und Boden der Ureinwohner. Zwischen den Finnen und den Ojibwe-Indianern entstanden außergewöhnlich viele Beziehungen. Einesteils begegneten sie sich aus praktischen Gründen an denselben Waldarbeitsstellen und teilten die sumpfigen Böden der Reservate, andernteils gab es zwischen ihnen kulturelle Ähnlichkeiten, denn gemeinsam war beiden ein stilles Wesen und der Alkoholismus. Sowohl die Ojibwe als auch die Finnen wussten den Wald und die Pflanzen in ihrem Alltagsleben zu nutzen. Die Finnen hatten die Sauna, die Ojibwe die Schwitzhütte. So wird in der Ojibwe-Sprache ein Finne *madodoowinini*, Dampfbadmensch, genannt. Für die gemeinsamen Nachkommen von Finnen und Ojibwe gibt es die Bezeichnung *Finn-Indians, Findianer*. Besser wäre vielleicht Finishinaabe oder etwas anderes.

Etwas, was ich die Leserin zu berücksichtigen bitte, ist meine Wortwahl. Ich bin mir vollkommen dessen bewusst, dass die meisten Mitglieder der nordamerikanischen Urvölker heute nicht gern Indianer genannt werden. Das muss respektiert werden. Je nach Zählweise leben auf dem nordamerikanischen Kontinent mindestens 200 verschiedene Völker mit eigener Kultur und Sprache. Es ist also irreführend, sie unter einer einzigen Bezeichnung zu bündeln. Für einen historischen Roman ist das eine schwierige Frage. Ich beschäftige mich in dem Buch auch mit verschiedenen Phasen des AIM. In den 1960er-, 1970er-Jahren spielte das AIM, also das American Indian Movement, eine wichtige Rolle bei der Verteidigung der Rechte der Ureinwohner. Ihm kam ein besonderer Wert zu, da es die unterdrückten Völker einte. Damals wurde das Wort »*Indianer*« noch in großem Umfang benutzt. In diesem Buch wird das Wort *Indianer* dann verwendet, wenn es in der historischen Perspektive notwendig ist. Ich wollte die herrschenden Vorurteile und den Rassismus aufzeigen, aber auch das Wiederaufleben der Kulturen der Ureinwohner Nordamerikas.

Meine Absicht ist es, die Geschichten mit der Stimme derjenigen zu erzählen, die zum Schweigen gebracht worden sind. Die Reservate und die umliegenden Gebiete sind oft arm. Dort gibt es Gewalt, Drogenprobleme und weiterhin strukturellen Rassismus. Die Frauen und jungen Mädchen erleben sexuelle Gewalt. Frauen und Mädchen der indigenen Völker verschwinden in außergewöhnlich hoher Zahl. Den Hintergrund bilden oft Drogen und Menschenhandel, die Verbrechen bleiben oft unaufgeklärt. Zu den schlimmsten Kapiteln der Geschichte der indigenen Völker des 20. Jahrhunderts gehören die Internate, in die die Kinder aus den Reservaten ohne Einwilligung der Eltern gebracht wurden. In den Internaten wurden aus den Kindern ihre Muttersprache, ihr Glauben und ihre Kultur herausgeprügelt. Der Verlust ihres Bodens und ihrer Sprache hat tiefe Narben im Leben vieler meiner Ojibwe-Freunde hinterlassen. Ein anderes trauriges Kapitel sind die Zwangssterilisierungen. In den 1960er-, 1970er-Jahren wurde etwa ein Viertel der Frauen der nordamerikanischen Urbevölkerung sterilisiert (oft gegen ihren Willen oder ohne ihr Wissen).

Dieses Buch würde es nicht geben ohne meine Interviewpartner, Ojibwe und Amerikafinnen, von denen viele mir liebe Freunde geworden sind. Sie öffneten mir ihre Türen und ihre

Herzen und legten ihre Geschichten vertrauensvoll in meine Hände. Ich möchte schön, aber nicht beschönigend von ihren Schicksalen erzählen, sodass dem Menschen im Strudel des Stroms der Geschichte Gerechtigkeit widerfährt.

Der Ausdruck Weendigo wird sowohl für einen
bösen Geist als auch für eine Person benutzt,
die vom Weendigo besessen ist.
The Manitous, Basil Johnston

... So schloss sie sich mit freudigem Geheul
den anderen Wölfen an wie langersehnten Wesen,
weil sie schließlich und endlich Ihresgleichen
gefunden, und die anderen begrüßten sie,
im Chor heulend, als ihre Schwester ...
Aino Kallas, Die Wolfsbraut

Wenn auf dem Bett elf Trollkinder liegen
und ihre Schwänze verknotet sind,
singt auch die Trollmutter sie in den Schlaf
mit ihrem allerschönsten Wiegenlied.
Hu-aijajaijai-puh, hu-aijajaijai-puh,
hu-aijajaijai-puh puh, hu-aijajaijai-puh.
Margit Holmberg, Das Schlaflied der Trollmutter

1

PFAD DES AUFBRUCHS – *MAAJAAWIN-MIIKANENS*

oder wie Ettu auf die Polizeistation kam und Lempi aus dem Retrieval floh

AUGUST 2018

Jim Graupelz,

meine Mutter verwandelte sich in einen Wolf, und das ist die Wahrheit.

Ich schreibe dir an der Bushaltestelle an der Grenze vom Reservat Fond du Lac, damit du dich meiner erbarmst, damit du siehst, dass das, was am Staunstein geschah, tatsächlich passiert ist und dass damit alles angefangen hat und es nicht das Ende von irgendetwas war. Damit du mich abholen kommst. Das, was dort zwischen uns entbrannte, war nicht die Geschichte einer großen Liebe, keine mit Wurzeln im Frostboden und blutstark wie die von Rose und Ettu. Es war nur die Begegnung von zwei jämmerlich Einsamen, und sie gab mir die Kraft, mich von der Vergangenheit zu lösen, vom Retrieval und von Pastor Grant, denn du hast mich befreit, einen so gewaltigen Dienst hast du mir erwiesen. Diese Erkenntnis ist das Erstaunlichste, was in dieser wurmigen Welt passiert ist, und ich kann immer noch nicht glauben, dass mir so etwas auch nur ein einziges Mal in meinem Leben geschehen würde, das bis dahin tausend Gebete nicht hatten ändern können. Eine einzige Nacht am Lagerfeuer, und alles ist anders. Verschwunden der Strudel des Bösen Auges und der wütende Schmerz in meinen knirschenden Gelenken. So als wäre ich aus einem langen, eisigen, an den Grund des Oberen Sees sinkenden Traum erwacht und aufgestiegen durch Scharen fischschwänziger *Nebavanabek*-Geister, rotschaliger Muscheln, sich schlängelnder Parasitenfische und wie Schneeflocken tanzender winziger Elfen hindurch an die Oberfläche in das windige Licht. Ich will diese Geschichte erzählen, denn wenn auch die Spitzelohren der Geschworenen und der Schnüffelsheriffs verstopft sind und sie meinen Vater Ettu beschuldigen, ein Mörder zu sein, und ich nicht angehört werde, kann doch zum Beispiel der Frühlingswind *Bwaawin* mein leises Gewisper aufnehmen und es ins Netz der Spinnenfrau *Asibikaashi* tragen, und die nähme es mit ihren Fäden auf, so wie sie uns einst die Sonne brachte, und dieses Netz würde sich zu einer Kuppel wölben, die das Flüstern in eine Gewitterwolke werfen und von dort auf alle Waldbewohner und auf die roten Steinhäuser herabregnen lassen würde, und das hätten sie dann davon, weil es die Wahrheit wäre.

Dies ist mein Bekenntnis für dich, Jim Graupelz. Mein Bericht über das, was in Nahgahchiwanong, Fond du Lac, dem Heimatreservat meiner Mutter, im Sommer 2018 und fünfundvierzig Jahre zuvor geschah. Ich schreibe, damit du mich holen kommst. Damit du dich um mich kümmerst. Für dich stehe ich mit offenem Gesicht der Wahrheit zugewandt, dir will ich erklären, was geschehen ist, zumal meine Geschichte zugleich die meines Vaters und meiner Mutter ist, des Finnen Ettu und meiner Mutter Rose, Ojibwe-Indianerin und Anishinaabe, ein Kind Dreier Winde vom Clan des Wolfes und vom Stamm der Wandlinge. Durch meine Eltern ist es zugleich die Geschichte meiner Vorfahren, die hier als die ERSTEN MENSCHEN lebten und an den blatternverseuchten Decken starben, die die Weißen ihnen gegeben hatten. Und durch Ettu ist es auch die Geschichte meiner Großmutter Helmi, die nach dem Krieg mit dem Schiff über den Ozean kam und an Syphilis erkrankte und das niemandem und niemals verzieh und die keine anderen Sprachen lernte als die bittere, die sie aus Finnland mitgebracht hatte, und weiterhin ist es auch die Geschichte meines Großvaters Heinari, des Streikschürers und Gewerkschafters, den die Kommunistenverfolgungen des FBI zerbrachen und dessen Leben Helmi als sinnlos bezeichnete, aber eigentlich war es sein Tod, der sinnlos war. Meine Großeltern kamen in die Neue Welt mit vielen schönen Absichten, doch die Härte dieses Landes zermürbte und zermalmte sie und warf sie nach der Zwangshochzeit ins Reservat Fond du Lac, wo sie *Madodoowinini* genannt wurden, Dampfbadleute, und ohne es zu wissen, stahlen sie das Land des Großvaters meiner Mutter Rose, während der noch den Krieg der Weißen in Europa führte, das war damals im Land so üblich, aber Großvater Heinari bereute die Tat bis ans Ende seiner Tage ebenso wie die Tatsache, dass er einmal von einem holländischen Hausierer eine Pfeife kaufte, die aus dem Knochen eines Indianerkinds vom Stamm der Lakota geschnitzt war. Mit diesen elenden Schicksalen ist alles verflochten, was zuvor den Einwanderern und den Ureinwohnern widerfuhr und wie diese lernten, gemeinsam den Biber zu häuten, und auch das, was darauf folgte, auch ich, Lempi, *Agaasin Makwaasagim*, Kleine Tatze und Wolfsnestling.

Ich bemühe mich, dir schön zu schreiben, aber aus mir bricht ein Urweinen hervor und ein Hilferuf: Komm zurück!

Ich stelle mir vor, wie du mit deinem Knatterrad dort am Straßenrand angekurvt kämst und ich, wenn der Staub sich gelegt hätte, deine eigentümlichen, alles erfassenden Augen sehen könnte. Du brächtest mich dorthin zurück, wo ich hingehöre, und ich würde dir all die Weite und den Raum geben, den du brauchst, ich würde die Last von euch beiden tragen, deine und die deines Sprösslings, ich würde euch Frau und Fels sein, würde euch nicht verlassen, sondern über euch wachen und euch liebevoll umsorgen. Erschrick nicht vor meiner Leidenschaft, Jim Graupelz, denn du bist es, der sie erweckt hat, damals, vor langer Zeit, zur Zeit der *Bakonebiisaas, der* Frühjahrsflut. Seit damals, als wir uns zur Zeit meiner ersten Blutungen und deines Traumgesichts trafen, seit jenem Frühling sind Brunst und Flut in mir gefroren, und jetzt hast du sie krachend schmelzen lassen. Das Schlimmste ist, immer noch nicht zu wissen, ob ich verworfen oder ersehnt, angenommen oder abgelehnt bin. Dies ist kein Fiebergefasel, weder Sage noch Märchen und auch kein Hohelied von der Grenze zwischen Traum und Wachen, sondern ein aufrichtiges Bekenntnis, das bis zur Ankunft des Schulbusses fünfundvierzig Jahre und zugleich einen Lidschlag lang dauert, eine tausendjährige Geschichte und gerade mal die Zeit, die man braucht, um eine Pfeife anzuzünden.

Außerdem will ich noch erzählen, dass mein Vater zweimal vom Blitz getroffen wurde. Ich nur einmal, und das war, als ich dir begegnete. Unser Lebenspfad ist ein besonderer, und es war ein weiter Weg, bis wir zueinander fanden, dem *Kitche-Manitou* sei auch dafür Dank, und verzeih, dass du in dieser Erzählung vorkommen musstest, aber dein Leben hat sich schon vor langer Zeit während der Frühjahrsflut fest mit meinem Pfad verwoben, als ich meinen Traumnamen suchte und meine ersten Blutungen bekam. Du tauchtest plötzlich auf, mitten in meiner aufkeimenden Leidenschaft, und sahst mich zum ersten Mal als Frau.

FEBRUAR 1973

LEMPI, du mein kleines Beerchen, Walderdbeerenkrümelchen, dies ist mein letzter Brief an dich, du meine Herzensfreude, denn ich glaube, ich habe das Ende meiner Pfade erreicht. Die Propanlaterne brennt, mein Hund Sulo Makikii und ich sind in dem alten Bergwerkstunnel irgendwo unter dem Reservat, und ich habe den Weendigo getötet. Du sollst deswegen nicht erschrecken, nun ist alles gut, und Sulo Makikii liegt mir zu Füßen und beschützt mich. Wie Patti mich gelehrt hat, gibt es im Leben eines jeden Menschen sieben Pfade und sieben Abzweigungen, von denen man in die Tiefe stürzen kann. Siebenmal habe ich geglaubt, meine Aufgabe gefunden zu haben, und siebenmal habe ich mich geirrt. Meine Mutter, die Heilerin Patti, gab mir bei meiner Geburt den Namen *Maa'ingan Oginiiwatig,* Wolfsrose, und jetzt verstehe ich, dass er schon immer mein Schicksal war, das ich nun erfüllen musste. Mein liebes Kind, ich wünsche, dein Weg möge mit glatten Steinen geebnet sein, und du mögest auf deinen Pfad zurückfinden, wenn du auch manchmal abbiegen musst in ein Fichtendickicht mit fauchenden Nadeln und Dunkelheit.

Schon im Moment deiner Geburt wusste ich, dass der Sinn meines Lebens in dir ruht. Ach, Lempi, liebe Ungestüme, du warst ein Kind des Gewitters. Du solltest Anfang April aus mir hervorkommen, an einem so schönen Punkt des Jahres, da die Wasser donnernd aus ihren Eishüllen hervorbrechen und die Welt wieder auflebt, zum neuen Jahresbeginn der Anishinaabe, wenn das Land erwacht und *Nanab'oozoo* heimlich, den erwachenden Anfang erschnuppernd, durch das überflutete Birkenwäldchen watet. Ich hatte eine ganze Ewigkeit auf dich gewartet, büschelweise Salbei verbrannt, mich gewiegt und dir eine gute Geburt gesungen. Aber deine Ankunft wurde von einem Spätwintereinbruch und Schneestürmen verzögert, die über das Mesabi-Gebiet hinwegfegten. In den frühen Morgenstunden platztest du aus mir heraus auf das Bett aus Zedernholz, begleitet von gewaltigem Schmerz und Geheul, irgendwann verlor ich das Bewusstsein, aber dann warst du da, Patti durchtrennte die Nabelschnur, tat sie in einen Lederbeutel und legte ihn mir um den Hals. Sie befahl mir, *Nanab'oozoo* zu danken, der der Erste Wandling und der Schöpfer von Pflanzen und Tieren war, sowie *Kitche-Manitou,* dem Schöpfer des Wassers und Allerobersten. Atme, mein Kind, atme! Und als du zum ersten Mal schriest, dankte ich Miigwech, Nibi, danke, Wasser, aus dem ich dich mit meinem Körper geformt hatte, und deine Augen leuchteten wie schwarze Laternen, und in ihnen schimmerte das Licht der Welt, und du begannst sofort, deine erste Aufgabe als neues Wesen zu erfüllen, du schautest, und in diesem Blick lagen Worte, aus denen ich lernte, dass dort das Wesen wohnt, für das ich da bin und für das ich gut sein muss. Ich wusch dich rein, den erdigen Pilz des Waldes, das pechäugige Wesen des dunklen Fichtenwaldes, das feuchte und stumme, und von dir wusste man noch nicht, was für ein Myzel du mitbrachtest. Wie sehr habe ich mich doch bemüht, dich gut zu versorgen! Eigensinnig, wütend, verzweifelt. Und immer mit Liebe, mit Liebe, mit Liebe, deine fiebrig pulsierenden Kinderfüße, deine wachsenden Beine, dein mondbrückenförmiges Steißbein, das im Dunkeln blinkt wie ein silbernes Messer. Sie ist scharf und zugleich zerbrechlich, deine kleine Hüfte, mein Kind, meine Lempi, liebstes Lämmchen, deinen kleinen Körper habe ich behütet. Alle meine Taten und die Gräueltat von heute habe ich vollbracht, um dich zu schützen, aber jetzt, fürchte ich, ist ein schrecklicher Irrtum passiert, der dir und deinem Vater Ettu viel Leid bescheren wird. Nein, nein, das kann nicht möglich sein, es darf nicht wahr sein! Ich habe gefunden, was ich suchte, ich habe das Ungeheuer skalpiert und hoffe, dass zumindest das mir zur Ehre gereichen wird und beweist, dass in mir der Geist der alten Krieger wohnt und dass ich ein *Ni-bo-wise-gwe* bin, eine Nachkommin der In Der Nacht Fliegenden Frau, die vor zweihundert Jahren auf der Zuckerinsel Sault Sainte-Marie lebte und sich in einen Bären oder ein anderes Tier verwandelte und dem Weendigo entgegentrat. Aber was ich nicht bedacht habe, ist, dass der Weendigo niemals nur in einer einzigen Gestalt unterwegs ist, sondern in vielen, und dass man ihn nicht mehr an seiner dürren Gestalt, den langen Krallen und dem Leichengeruch erkennen kann so wie in alter Zeit, sondern dass er sich in jedermanns Haut verstecken kann. Auch in der deines Vaters? Aber nein, das kann nicht sein. Dein Vater ist eine gute Seele. So wie Mike, du musst beiden vertrauen.

Gerade habe ich an meiner Wange einen Hauch von Außenluft gespürt. Irgendwo ist eine Luke oder eine Tür geöffnet worden. Wie sehr ich doch fürchte, dass das, was bald kommen wird, eine verwachsene, vom Weendigo besessene neue Gestalt ist. Einen Augenblick lang war es still, und ich hoffte schon, er habe mich nicht gerochen und erkenne meine sich wandelnde Gestalt nicht und dass er endlich genug Blut bekommen habe. Aber das hat er natürlich nicht, der Weendigo wird niemals satt, er lebt von Ausschweifung und Laster. Mein Hund Sulo Makikii knurrt, obwohl ich ihm bedeutet habe, still zu sein. Ich horchte auf den Hall der Schritte, und für einen Moment erfüllte mich Jubel, dann aber Verzweiflung. Ich kenne diese Schritte, den Rhythmus dieser Füße. Kann es sein, dass der Mensch, den ich einst am meisten liebte, mich verraten hat?

DAS ENDE DES BRIEFES FEHLT

AUGUST 2018

Jim Graupelz,

nichts von alldem wäre geschehen, hätte ich nicht von Pastor Grant zu meinem fünfundfünfzigsten Geburtstag ein Telefon geschenkt bekommen und hätte es nicht am Dienstag geklingelt. Es war einer jener erstickenden Hitzetage von Montana, die einen sofort schlapp machen, die Luft starrte drohend und unbeweglich herab, und ich war in den Trockenraum geschlichen auf der Flucht vor der stickigen Staubluft in den Gängen des Laestadius-Retrievals und dem im Saal murmelnden Gebetskreis. Es war eine Erleichterung, dort zwischen den an den Wäscheleinen hängenden Laken zu sitzen, ohne an meinen verfallenden Körper zu denken oder an die Zeit, die dahinkroch in diesem Nebengebäude der Apostolischen Gemeinde, das niemand eine Heilstätte nennen mochte. Aber versteh mich nicht falsch, Jim Graupelz: Mein kindliches Gemüt wurde mit der Mischung von indianischem und finnischem Blut erklärt, das in mir pulsiert wie der schale Moosbeersaft vom vergangenen Jahr, und weil ich deshalb keine besonders guten Morgengaben mitbekommen habe, gelte ich als ebenso leer wie ein zum Trocknen auf die Leine gehängtes Laken. Pastor

Grant sagt, der Satan sei mir in die Seele geschlüpft, aber ich selbst hatte immer den Verdacht, dass mit Mutters Verschwinden etwas von mir abhandengekommen war, sich gelöst hatte oder abgerissen war, so wie man dem Fuchs, den man beim Hühnerstehlen erwischt hat, ein Bein ausreißt, damit er durch sein Geheul die anderen Übeltäter warnt, oder wie der Sturm während der Frühjahrsfluten Äste vom Hickorybaum abreißt, sodass er sich nicht wieder erholt, und so blieb von mir ein Teil meiner Seele im Reservat und verhinderte, dass ich ganz erwachsen wurde. Deshalb habe ich nie eine Familie gehabt und laufe herum mit kindlichem Gemüt, nackt und unvollkommen, im Mantel einer verfallenden Haut, mit runzliger Maske im Gesicht, und will keine Schuhe anziehen. Das war eigentlich der Grund dafür, dass ich in das Retrieval kam, dass ich so lange barfuß gehen darf, wie ich keine Sandkörner auf die Stufen bringe. Das ist Pastor Grants strengste Regel, und deshalb ging ich selten nach draußen.

Ich erschrak. Ich flüsterte ein Hallo in die Muschel, und eine flüchtige Sekunde lang spielte ich mit dem Gedanken, das sei der Satan, der mich bestrafen will. Er war es nicht, es war schlimmer. Es war der Sheriff Mike Björnsson von der Station Cloquet, dreitausendfünfhundert Meilen entfernt. Die Stimme sagte, hör zu, Lempi, jetzt ist die Situation die, dass die Situation anders ist. Ich konnte nichts antworten, aber Mikes Mittelwestdialekt vibrierte so, wie eine Sprache es sollte, im Rückenmark und aus der Tiefe der Zeiten. Es geht um deinen Vater. Wir kommen nicht mehr mit ihm zurecht. Ohren-Mike ließ seine Stimme streng klingen. Ich verstand nicht alle Wörter, aber doch die wichtigsten. Hier ist ein Mädchen verschwunden, und dein Vater wird verdächtigt.

Jetzt verstehe ich, dass ich einen Telefonanruf dieser Art jahrelang gefürchtet hatte oder erhofft, und jetzt, wo er kam, war ich überhaupt nicht darauf vorbereitet. Lempi, ertönte dann Vaters Stimme im Telefon, brüchig, verschreckt. Uralt. Sie treiben hier ihren Spott mit mir, legen falsche Beweise vor und glauben mir nicht. Was glauben sie nicht?, fragte ich. Dass ich mich erinnere. An was erinnerst du dich? Dass ich zweimal vom Blitz getroffen wurde. Nicht nur einmal.

Das wiederholt er nun ständig. Ohren-Mike war wieder am Apparat. Mein Vater Ettu Haverinen war am Morgen mit dem Gefühl erwacht, dass etwas nicht in Ordnung war. Ein Wiegenlied klang ihm im Kopf, das, in dem von der Trollmutter und den verknoteten Schwänzen die Rede ist, *hu-aijajaija-puh*, weißt du noch, Lempi? Ja, ich erinnerte mich. Ich versuchte, mir die Blockhütte Errungenschaft vorzustellen, irgendwo dort, in der Ferne, das Geplauder von Lerchen und Nachtigallen, das Rauschen der Birken, den Duft der reifenden Brombeeren an der mit rotem Ocker gestrichenen Wand. Ich konnte sehen, wie Vater sich bückte, um an dem Kissenbezug zu schnuppern, den Mutter mit Trauerblumen bestickt hatte, und sich wunderte, wie der bekannte Duft, der darin gewohnt hatte, sich anscheinend verflüchtigt hatte, und ich am anderen Ende des Teleweltalls sog den Schimmelgestank der Betonwände ein und meinte, darin einen Hauch Lavendel wahrzunehmen, und eine plötzliche Sehnsucht schoss mir durch den Leib und fuhr mir in die Beine. Es war so lange her, dass ich Mutters Duft gespürt hatte. Ich sah vor meinem inneren Auge, wie Vater die Decke berührte, und sie war auch kühl, niemand lag neben ihm, so als hätte Rose die Nacht gar nicht dort verbracht. Ein unmöglicher Gedanke. Vater rief nach Mutter, als wäre sie im Zimmer nebenan. Keine Antwort. War Rose aufgestanden? Würden gleich die gewohnten Geräusche zu hören sein, das Rascheln des Morgenrocks, das Anzünden des Feuers und das Klappen der Haustür, wenn Rose barfuß hinausging, um die Hühner zu füttern und um nachzusehen, ob Bruder Kojote in der vergangenen Nacht sein Werk der Verwüstung angerichtet hatte – und das würde er nicht getan haben, denn Rose gehörte zum Wolfsclan und war in Sicherheit.

Ich stellte mir vor, wie Vater aufgestanden war. Der gusseiserne Herd, das Bücherregal, der Eichenholztisch in der Stube, an der Wand der alte Telefonapparat mit dem Trichter, mit dem man noch in meiner Kindheit Sandra von der Zentrale anrufen und sie bitten musste, eine Verbindung herzustellen. In meiner Vorstellung war dort alles fast unverändert, nur die Farbe der Wände und des blauen Wollstrumpfs am Herdhaken waren verblichen.

Hör mal, flüsterte Vater: Ich bin alt. Schon uralt. Und überall irgendwelche Schmierereien. Was für Schmierereien? Für mich hörte es sich so an, als hätte Vater geschluchzt. ROSE IST VERSCHWUNDEN. Jemand hat überall ROSE IST VERSCHWUNDEN hingeschrieben. Ans Fenster. An die Wand. An den Herd. Wer macht so was?

Und dann stand auf dem Tisch die Lunchbox mit Briefen darin. Die sind an dich adressiert, Lempi, sagt Vater, Rose hat sie geschrieben, aber Rose ist nirgends zu finden.

Stille. Die Wände im Keller des Retrievals werfen Blasen und schilfern ab, ein plötzlicher Schmerz im Unterleib machte, dass ich mich zusammenkrümmte, und es schwindelte mich. Ich spürte, wie ein Klumpen, der lange in der Versenkung gewesen war, herausdrängen wollte. Hatte Mutter mir einen

Brief geschrieben? Die Person am anderen Ende der Leitung war jetzt wieder Ohren-Mike: Diese hinterwäldlerischen Quatschköppe würden uns ja nicht weiter interessieren, aber dein Vater behauptet auch noch, dort bei ihm zu Hause sei ein minderjähriges Mädchen gewesen. Blond und blauäugig. Nun hör dir mal das hier an. Aus dem Telefonhörer kam ein Knacken, dann auf Band aufgenommene Rede und durch Rauschen hindurch Vaters Stimme: Nun glaubt mir doch, ich lüge nicht. Gestern kam ein kleines Mädchen. Ich hielt es für Lempi. Aber es war nicht Lempi, Lempi ist in der Schule. Denn das Mädchen hatte eine Lunchbox mit, meine Box.

Und jetzt ist das Mädchen verschwunden. Ohren-Mikes Stimme war gequält. Sodass hier jetzt in einer wirklich delikaten Sache ermittelt wird … Dieser Finnländer hier wankt wie ein wunderlicher Weißbauchtölpel, und man weiß nicht recht, was man mit ihm machen soll. Nun ist er dazu übergegangen, in seiner Mongolensprache zu brabbeln. Es wäre gut, hier einen Dolmetscher zu haben, möglichst eine Angehörige.

Ich verstand nicht.

Es wäre gut, wenn du hierherkommen könntest. Ohren-Mike artikulierte die Worte so deutlich, wie man es gegenüber Behinderten tut, oft auch mir gegenüber. Immer noch dauerte es eine Weile, bis ich begriff, dass die Stimme im Telefon mir vorschlug zu kommen, zu fahren, zurückzukehren, einfach so, als wäre es möglich, dass ich ins Reservat komme, fahre, zurückkehre, eine Rucksacktour mache, wie sie zu jeder beliebigen Zeit und an jedem Ort stattfinden konnte. Dass ich Pastor Grants Retrieval verlasse und mich in die Außenwelt begebe, mir Schuhe anziehe. Ein frostiges Gefühl überkam mich, als regnete es Eiskristalle in meinem Kopf. Ich schaute ins Oberlicht, konnte aber nicht hinaussehen, denn die am Glas klebenden Spinngewebe trübten die lodernden Blütenstände von Löwenzahn und Löwenmäulchen, und ich roch den Rauch, Shirley Hannula hatte Gartendienst, und den nutzt sie dazu, hinter dem Schuppen eine Schachtel Marlboro aufzurauchen.

Vielleicht sollten wir uns doch mal in eure Zeckenecke bemühen, seufzte Ohren-Mike, und uns Dachboden und Keller etwas genauer ansehen.

Geht nicht dahin! Dort herrscht ein fürchterliches Durcheinander!, ertönte Vaters ängstliche Stimme aus dem Hintergrund. Und: Nichts anfassen, ihr dürft nichts anfassen!

Gerangel, Gepolter. Geheul. Dann das Aufkreischen einer Stahltür und Stille.

Wir haben ihn für ein Weilchen kaltgestellt. Ohren-Mikes Stimme kehrte zischelnd in mein Ohr zurück.

Ich stellte mir Vaters durchgeschüttelte Gestalt vor, wie er in der Zelle hockte, den von Mutter geflickten, nach Pfeife riechenden Tuchmantel über den Schultern und die Schirmmütze des finnischen Basketballteams *Bestrebung* auf dem Kopf. Ich wollte fragen, was sie mit Vater gemacht hatten, als jemand Ohren-Mike den Hörer aus der Hand riss: Lempi, komm her! Dein Vater hat angefangen, sich zu erinnern.

Ach, Jim Graupelz, auch nach all den Jahrzehnten erkannte ich deine Stimme wieder! Sie war tiefer geworden und schön rau, als kratzte jemand mit starken Krallen an Borke. Ich versprach es, noch ehe ich es begriff. Und bring finnische Dickmilch mit, wenn du kannst, die hat man deinem Vater gegeben, weil andere Arzneien nicht mehr gewirkt haben. Es dauert nicht mehr lange, fügtest du hinzu, und dann gingst du fort, und das Telefongespräch war zu Ende, und ich war immer noch in dem kühlen Keller zwischen den weißen Laken und zitterte; mir schien, als überfiele mich die Einsamkeit von allen Seiten so wie schon lange nicht mehr.

Meine Mutter ist verschwunden. Das ist nichts Neues. Meine Mutter Rose ist schon seit fünfundvierzig Jahren verschwunden. Aber du hast gesagt: Ettu fängt an, sich zu erinnern. Dass nicht mehr viel Zeit sei, wofür, das weiß ich nicht, das hast du nicht erwähnt. Aber du hast mich gebeten zu kommen.

Ich berührte die Lakenwand, und sie bewegte sich leicht, als lauerte jemand dahinter, obwohl ich wusste, dass dort niemand war, nichts anderes als meine Angst. Ich atmete die feuchte Stille ein und hörte eine Stimme in meinem Kopf sagen: Wenn du gehst, dann tu es mit Getöse. Wenn du herauskriegen willst, was damals, vor langer Zeit, geschah.

Ich nickte und tat, wie mir geheißen, rutschte von dem Mattenstapel hinunter, ging zu den Wäschetrocknern und den Waschwannen. Ich drehte alle Wasserhähne voll auf, zog Pastor Grants fahlblaue Unterhosen aus dem Einweichbottich, bekam irgendwie die runde Abdeckung des Abflusses im Fußboden auf und ließ die Unterhose zwischen die Haarbüschel fallen. Ich hörte, wie die Rohre röchelnd auf die Verstopfung reagierten, als ich über den bald vom Wasser überschwemmten Kellerboden sprang und mit schmerzenden Knien die Betontreppe erklomm, um meine Sachen zu packen.

AUGUST 2018

Jim Graupelz,

erst als der Greyhound mich in die nach Mädesüß duftende, zirpende Sommernacht entlassen hatte, begriff ich, dass niemand mich abholen würde. Da stand ich nun dumm da an der Grenze zwischen dem Reservat und der weißen Welt, sie verlief genau zwischen meinen Beinen im Staub, die unsichtbare Grenze. Von hier war ich vor fast einem halben Jahrhundert fortgegangen und hatte nicht vorgehabt, in die rote Falle zurückzukehren. Ich hatte mich bemüht, alles, was sie betraf, zu vergessen. In der katholischen Mädchenschule von Duluth und in der rutenhaltigen Pflege meiner Großmutter Helmi hatte ich gelernt, mich meiner Kindheit in diesem Sanktuarium von Dieben und Lügnern zu schämen, zu schweigen und auszuweichen. Das habe ich weder Pastor Grant und erst recht nicht der übrigen Gemeinde verraten. Von meinem Finnentum verstand ich nichts, geschweige denn davon, was es heißt, Indianer zu sein. Zu den Finnen fielen mir Schimpfwörter ein wie China-Schwede, Mongoloider, Findianer, zu den Indianern Federkopfschmuck, Kit Carson, stürzende Mustangs, Kriegsgeschrei und der immer siegreiche John Wayne. Ich lernte beide Seiten zu hassen, sie wohlweislich zu verbergen. Mein Leben lang habe ich mich darauf konzentriert, unauffällig und demütig, eine Art Amerikanerin zweiter Klasse zu sein. Ich kann mich nicht in die Sanftheit des Sternenbanners hüllen, für mich ist es ein rauer, grober Stoff, und wenn man ihn zu Boden fallen lässt, bekommt man Dunkelkarzer und schmerzende, mit dem Kartenstock geschlagene Finger. Von den fünfzig Bundesstaaten kann ich auf Anhieb siebenundvierzig aufzählen, in der Kindheit war mein Traumberuf Supergirl oder Minnie Maus. Ich weiß noch, wie Mutter weinte, als Martin Luther King erschossen wurde und John F. Kennedys Gehirn sich auf dem Blech des offenen Lincolns verteilte, das damals in den Nachrichtenbildern schwarz-weiß war, über dessen Farbe ich aber oft gerätselt habe und dann bei dunkelgrün endete. Dennoch ist mir all die angespannte Munterkeit, die laute Überlegenheit, die anscheinend irgendwie zu Amerika gehört, fremd geblieben, sie hat hinter der Oberfläche einer fernen Werbetafel geflackert oder mich auf der Kinoleinwand geblendet. Oftmals fühlte ich mich bodenlos einsam, weil ich keine Amerikanerin war, nicht *Finski*, nicht *Rothaut*, eigentlich gar nichts, von allem nur die Hälfte, wenn überhaupt. Nicht mal eine ordentliche Gläubige oder Beterin. Im Lauf der Jahrzehnte habe ich es gelernt, mich mitleidigen Blicken, Anspielungen auf rote Trunkenbolde und Sozialschmarotzer zu entziehen, Anekdoten über Pocahontas mit bereitwilligen Ärschen und zahnlosen Hiawathas, die mit ihrem Federschmuck auf dem Kopf Metamphetamin kochten, über verschlossene Finnen, China-Schweden und unamerikanische Streikhammel, die irgendwo in der Wildnis herumschrien und dem Vorübergehenden das Messer in den Rücken rammten, zu überhören.

Aber in meiner Kindheit bedeutete das Reservat mehr als das. Natürlich gab es all die Armseligkeit und das Schild im Fenster von Schweden-Björnes Saloon, das Finnen und Indianern den Eintritt verbot. Und es gab das Blaue Haus, in dem Roses beste Freundin Vera verschwand. Aber auch die Welt der gewaltigen Eichen und der Hickorybäume, der Birkenwiesen und der schattigen Malvenhaine, an deren Sandstränden die Irrlichter bei Vollmond ihren einsamen Tanz tanzten; und alle hatten ihre eigene Sprache, auch die Steine, und die Blütenstände von Apfel, Kirsche, Birne, Pfirsich und Flieder waren Geschenke der großen Urmutter, die das Himmelsgewölbe bewachte. Und ich erinnere mich an meine innige Freude, wenn die herabgefallenen Blüten der Sterne auf den ölgrauen schneefreien Stellen hinter der Autoreparaturwerkstatt deines Vaters Tim Graupelz erschienen. Und an die sprießenden Ringelblumen, den Löwenzahn, die weißen Zahnlilien und die glühenden Calla. Es wurden wohl die Wohnwagen mit gestohlenem Propangas geheizt, und den Teenagern fielen vom Skorbut die Zähne aus. Viele hatten Rachitis, wenn sie die Gemeinschaftsschule bis zum Ende besuchten, und ich weiß noch, wie Roses Bruder Messer-Matt die Flasche Sprit austrank, die er in der Biologieklasse gestohlen hatte, und den rosa Hasenembryo am Boden der Flasche zurückließ. Aber es gab auch uneigennützige Freundschaft. Sie veranlasste deinen Vater Tim Graupelz, mit einem dampfenden Bärenherzen in einer Plastiktüte in der Diele der Errungenschaft zu stehen und mit stiller Freude von dem Weizenzopf zu nehmen, wann immer er ihm angeboten wurde, denn von den Finnen konnte man das annehmen, sie meinten es aufrichtig mit dem Anbieten. Oder dass die Leute aus dem Blauen Haus auf dem Hof in einem rostigen Kessel eifrig Rentiersehnensuppe kochten und zwischen den Traktorenreifen trommelten und dass nach den Versammlungen der roten Finnen auch die Indianer tanzen und Eierpfannkuchen mit Apfelmus essen durften und dass im Reservat die Kreissäge der Genossenschaft herumgereicht wurde, mit der die Silbertanne, die im Wald von Schweden-Björne heimlich gefällt worden war, zersägt wurde.

Ich hob das Gesicht und hielt es dem Wind hin, öffnete die Augen und sah nach langer Zeit wieder den Nachthimmel. Mir war gar nicht bewusst gewesen, dass ich mich nach ihm gesehnt hatte. Die Sterne wie Knospen in einer warmen Samtsuppe, wie freundlich und nahe sie doch waren, weich und pulsierend. Ich hatte völlig vergessen, wie leicht man hier atmete, plötzlich zersprang der faustdicke Reifen, der mir um die Brust gelegen hatte.

Doch das Telefon piepte. Da war eine Nachricht von Grant: Sorge. Denk daran, dass du nicht stark bist. Das Gebet schützt dich. Unser Pastor Grant. Das fröhliche, blökende Wesen, das keine Ahnung davon hatte, dass mein Zuhause im Reservat lag. Kein Wort von dem Geld und von dem überschwemmten Keller. Keine Beschuldigung. Dennoch lauerte sie irgendwo im Hintergrund, meine Rückkehr erwartend. Ein Gebet heilt alles, den Krebs, den Irrsinn, all das, was an mir verkehrt ist. Nur ist das immer noch nicht besser geworden, auch nicht nach Jahrzehnten.

Ihr begreift nicht, was jetzt geschieht, sagte eine Stimme in meinem Kopf. *Ich komme gerade nach Hause.*

Dann schauderte es mich. Wie würde man mich empfangen, meine stille Familie, die ich verlassen hatte? In einiger Entfernung schimmerte das Schild *Nahgahchiwanong* und darunter auf Finnisch BILLIGES BENZIN, die blinkende Werbung des Alkoholladens. Das Kasino *Schwarzer Bär* segelte im Dunkeln einsam wie ein Ozeandampfer. In meiner Kindheit war hier grauer Wald und das Reich der Mückenherren. Plötzlich erschien es mir unmöglich weiterzugehen, und eine Stimme in meinem Kopf rief: Bleib hier! Wo? Da. Etwas entfernt am Waldrand bemerkte ich den Kadaver eines vertraut-gelben Schulbusses, der gegen ein STOP-Schild geschleudert und plattgedrückt worden war. Ich hatte ihn seit meiner ersten Fahrt zur Schule verabscheut. Meine Mutter hatte mich durch irgendeinen Trick in einem feinen Internat in der Steinstadt unterbringen können, und das erzeugte Neid in den zurückbleibenden Kindern im Reservat. Als ich im Reservat in den verbeulten Linienbus stieg, war ich zu weiß. »Findianer« war ein von einem Fiesling erdachtes Wort, und das wurde hinter meinem Rücken mehrmals wiederholt. Auf der roten Seite blieb der vertraute Wolfsclan zurück, der im Schnee seine Spuren hinterließ. Patti, die Frau mit der tiefen Seele und den Pechaugen, die niemals Coca-Cola trank und dank der Vater seinerzeit so klug gewesen war, viermal um die Hand meiner Mutter anzuhalten, auch dann noch, als man ihn lächerlich gemacht und in der Sommernacht zum allgemeinen Gaudium dazu gebracht hatte, im Rentiergalopp nackt, mit dem Penisknochen eines Fischotters zwischen den Zähnen, durch den Wald zu rennen.

Als wir die Grenze des Reservats überquerten, passierte etwas mit dem Bus. Es war, als streckte er sich und richtete sich gerade, und seine Farben wandelten sich zu einem intensiveren Gelb. Auch der Fahrer »Hammer« Svensson richtete sich auf, und es hörte auf, nach Schnaps zu stinken. An dieser Stelle befand sich damals, in den 1970er-Jahren, vor allem Sumpf, noch kein Kasino und kein McDonald's. Da gab es nur den endlosen Weg, die aus dem verschneiten Sumpfmoor aufragenden Halme und die bitteren Fichten. Die Radiostation des Reservats verstummte kurz bevor wir die Kreuzung der Fernstraße 35 erreichten. Für mich bedeutete das ungefähr dasselbe wie dass die Verbindung zu der Welt ringsum endete, in den leeren Raum geschleudert zu werden wie ein in alle Ewigkeit fallender Steinbrocken: Ich war nicht mehr zu Hause im Reservat, aber auch nicht angekommen in der Außenwelt. Jetzt hatte »Hammer« Svensson es nicht mehr eilig. Anstatt weiterzufahren, um morgenfrische Stadtkinder abzuholen, hielt er am Straßenrand, steckte sich eine Zigarette an und spuckte aus: Soso, dass wir das noch erleben müssen, dass eine Rothaut auf die teure Schule geht!

Wir holten die Vorstadtkinder ab und setzten die Fahrt fort. Damals wurde aus mir jemand allzu Rotes.

Rothaut, Rothaut, zischelte es zwischen den Bänken, gehässige Kindernägel gruben sich durch das Kunstleder der Sitze bis zum Schaumstoff vor und zerrten ihn hervor wie Eingeweide. Da ist wieder ein Mädchen verschwunden, wusste der kleine Tim Nelsson zu berichten: Es war zunächst in den Kopf geschossen und dann skalpiert worden, eine Hand war bei einem indianischen Ritual im Opferkessel gekocht worden. Wie heißt du?

Ich sagte es ihm.

Die ist gar keine richtige Indianerin. Die ist keine richtige Indianerin, die hat einen weißen Namen.

Gierige Blicke wandten sich mir zu. Meine vom Winter aufgesprungenen Lippen pressten sich zusammen. Irgendwo spritzte Blut aus Zahnfleisch, ein schnelles Lecken am Salz des Nasenflügels, an die Busfenster gedrückte Stirnen, eine Stepphose raschelte, unruhiges Geruckel auf den schweißtreibenden Sitzbänken, ein Blick auf das Fenster, ob da noch die Eisblumen schimmerten.

Warum wohnt sie dann im Reservat?

Ja, warum wohnte ich, eine weiße Tochter, im Reservat? Was kann man auf so eine Frage antworten. Mir fiel damals nichts ein, und auch heute weiß ich es nicht. Jeden Morgen würde ich mit derselben Zerrissenheit konfrontiert werden, wenn ich in den seine Form verändernden gelben Schulbus einstieg. Ich wusste noch nicht, dass ich, solange ich vom Reservat aus die Schule besuchte, unausweichlich ein Dorn im Auge sowohl des Reservats als auch der Weißen sein würde. Ich war Teil eines Wunschtraums der Weißen, der sich endlich erfüllte: in uns den Menschen zu bewahren und den Indianer zu töten. Warum zwang mich Mutter, die doch Indianerin sein wollte, fort aus dieser Gegend, wo auch der Wind mein Bekannter war? Das habe ich nie verstanden, und deshalb habe ich Mutter nie verziehen.

Es dauerte sechs Jahre und auch noch danach, eigentlich bis heute, dieses Schweben.

Ich kletterte in den Schrottbus hinein und wickelte mich in die Reisedecke. In Gedanken wiederholte ich, was ich heimlich, ohne Wissen von Grant, gelesen hatte. Zuletzt hatte ich eine Untersuchung über Störungen der Hirntätigkeit durchgearbeitet. Dabei erkannte ich Vaters Krankheit: eine Schädigung des Schläfenlappens, eine progressive Amnesie, Gedächtnisverlust durch Trauma oder Verletzung. Es ist außerordentlich selten, aber nicht ausgeschlossen, dass das Gedächtnis des Patienten selbst nach langen Zeiträumen wiederkehrt. Ich horchte im Dunkeln auf das Rauschen der Espenblätter am Rand des Sumpfes und spürte den Duft von fernem Salbei. Irgendwoher war das Dröhnen einer Trommel zu hören, und einen flüchtigen Augenblick lang hoffte ich, in dem Telefongespräch wäre es um das Ableben meines Vaters gegangen. Der Tod ist gewissermaßen ein gnädiger Gast. Ich hatte mir vorgestellt, er würde kommen. Ich hatte es gehofft, ihn gerufen. Dass eines Abends das Telefon klingeln und eine Stimme berichten würde, dass Vater gestorben sei, dass er endlich die Schwelle des nächsten Tages überschritten habe und auf der Reise irgendwohin sei. Ich hatte mir vorgestellt, wie Mutters Kieferknochen sich im roten Slum von Minneapolis anfinden würde oder wie ihre Haare in den Sümpfen hinter der Thunder Bay in Kanada an die Oberfläche treten würden; dass endlich der Augenblick käme, an dem ich wissen würde, was damals geschehen war. Dann würde ich loslassen können, und dadurch würden die Kindheitserinnerungen erwachen. Die erste Berührung und die letzte, beide würden Bedeutung bekommen. Ich hatte von der Trauer geträumt wie von einem alten Kameraden und gehofft, sie würde die Zeit verschwinden lassen, plötzlich würde alles gleichzeitig da sein, das Vergangene und das Kommende.

Aber nein. Vater lebte.

Ich bin zweimal vom Blitz getroffen worden. Hatte Vater das tatsächlich steif und fest behauptet, und was besagte das?

Du musst kommen und die Dinge richtigstellen. Hatte Vater das so gesagt?

Vielleicht nicht, aber das bedeutete das Telefongespräch: einen Hilfeschrei.

Außerdem deine warme, raue Stimme: Ettu hat angefangen, sich zu erinnern. Komm her. Komm zurück.

Und dass Mutter mir einen Brief geschrieben habe, könnte das wahr sein, so eine unbegreiflich warme Brise im Leben, dass die Vergangenheit sich klären und die Knoten sich lösen und ich erwachsen werden könnte, vielleicht war es noch nicht zu spät. Vielleicht würde es auch einem so armen Mädchen wie mir einmal gut gehen. Mit diesem Gedanken schlief ich ein.

2

PFAD DES VERGESSENS – *WANENDAMOWIN-MIIKANENS*

oder wie man fünfundvierzig Jahre verliert

AUGUST 2018

Jim Graupelz,

vielleicht kannst du dir vorstellen, wie man sich beim Wiedersehen mit einem toten Menschen fühlen würde, oder zumindest die Sehnsucht danach, denn deine Mutter Meewee wurde durch deine Geburt bei Feuerholzarbeiten im Schnee zerrissen. Oder, verzeih mir, vielleicht bin ich jetzt grausam und genau auf die Weise unvollkommen, wie man es mir nachsagt, denn mein Vater Eduard Haverinen lebte noch, zumindest die Hautfetzen, unter denen die von Krebsnestern höckerigen Knochen hervorschimmerten. Es fiel mir schwer zu begreifen, wie dieser in der kalten Zelle starr dahockende geächtete Mensch mein lieber Vater Ettu sein und meine Existenz ihren Ursprung in seinen Lenden haben konnte, dass dort mein Ettu war, ein freundliches Wesen von der stillen Art, rau und bedingungslos in seiner Liebe, derselbe, der mich wiegte und heimholte von Patti, wenn Mutter böse gewesen war und Vaters Stiefel an den Türpfosten gestellt hatte, er ließ sich nicht entmutigen, sondern fuhr ihr sogar bis nach Washington hinterher, als dort die Indianerrevolution gemacht wurde, er empfing mich, indem er mich in seine starken Arme schloss, und nannte mich *Schützling der Sterne*. Ich weiß nicht, worauf ich mich eingestellt hatte, wahrscheinlich auf nichts, aber das Mitleid schnürte mir die Brust zusammen, als ich die früher so starken, mich wiegenden Hände des Waldarbeiters in der Blässe des Morgens zittern sah wie durchscheinendes Espenlaub. Ein so zerbrechlicher, vom Leben niedergedrückter Körper, die ewige Schirmmütze mit der Aufschrift *Bestreben*, unterhalb des Adamsapfels eine verheilende Wunde, an der Schläfe ein hässlicher blauer Fleck, offenbar von etwas, das sich nach unserem Telefongespräch hier abgespielt hatte. Sie hatten den alten Mann geschlagen. Vater, rief ich, aber der hörte nicht oder hatte keine Kraft zu hören. Dort, wo ihm früher die Elvis-Tolle auf die Stirn gefallen war, glänzte jetzt eine Glatze, die noch mehr als früher abstehenden Ohren, vor den Augen der mehrmals mit Tesafilm geklebte Kneifer, über den Mutter gelacht hätte, tiefe Furchen um den Mund und mitten im Gesicht der gewaltige, hervorspringende Zinken, Mutter sagte, das sei nicht mal mehr eine Nase, sondern ein Ozeandampfer, mit dem die Auswanderer auf den neuen Kontinent kamen, sieben Meeren und deren Stürmen von Windstärke zehn trotzend. Mutter mochte Vaters Nase, sie sagte, die sei so prachtvoll wie der Riechkolben von Häuptling Hole In The Day, demselben, den die eigenen Leute am Straßenrand erschlugen, als er aus Washington zurückkehrte, wo er sich bemüht hatte, die Ungerechtigkeiten in den Indianerverträgen auszubügeln, wie es danach niemand mehr versucht hat, weil die Leute am Ende nur noch aufgaben.

Vater, rief ich noch einmal leise von der Tür her, und einen Wimpernschlag lang glaubte ich, Ettu erkennte mich, es würde ein freudiges Wiedersehen geben, wir würden uns in die Arme sinken, und alle Zeit wäre wie weggewischt, doch das in Vaters

Blick kurz aufgeschienene Wiedererkennen wandelte sich in Schrecken: Das ist ja gar nicht Rose.

Ich bin deine Tochter Lempi, flüsterte ich.

Vater schnitt eine Grimasse. Komödiantin, Lügenkünstlerin! Hier ist doch nichts, wie es sein sollte. Ein alter Mann, der in der Nacht entführt und gegen einen anderen ausgewechselt wurde. Die Blumen sind aus Plastik, und in der Ecke fehlt Mike Björnssons bissiger Finnischer Spitz. Die Coca-Cola in einer Dose, nicht in der Flasche. Und wer ist das da, diese nichtsnutzige und grobknochige falsche Tochter, die da plötzlich auftaucht, das kann doch nicht wahr sein! Lempi ist in der Schule!

Ich wollte verhindern, dass mir die Tränen in die Krähenfüße liefen, und sah, wie meine von blauen Adern durchzogene Hand in der trockenen, ventilatorgequirlten Luft der Polizeistation auf halbem Wege innehielt.

Ich hätte ihn gern bei der Schulter gefasst. Ihm wenigstens die Wange gestreichelt.

Du darfst ihn nicht anfassen!, sagte Ohren-Mike hinter mir. Das kommt von dem Krebs, davon ist er völlig durcheinander. Dann etwas weicher: Mach dir nichts draus. Der einohrige Sheriff ließ mich an seinem Schreibtisch Platz nehmen und schob mir einen Stapel Anzeigen zu, die ich lesen sollte, die Hand auf meiner Schulter. Mutter hatte immer darüber gelacht, dass Mike sich eine Haltung angewöhnt hatte, die er für amerikanisch hielt, über seine Buick-Schultern und sein Bulldozerkinn, seine schlaffe Art des Schulterklopfens kränkte Indianer und Finnen gleichermaßen, und später erregte es Befremden, dass ihm zur Zeit von Roses Verschwinden sein Ohr abhandengekommen war. Aber auch ohne dieses Ohr kam Mike immer zurecht, wenn er im Reservat unterwegs war, frech genug und lustig, und ging in seiner vom Gesetz geschützten Sicherheit niemals verloren.

So ganz anders als mein Vater Ettu. Das blasse, magere Tier, von dem man die anderen schon vor Jahrzehnten hätte befreien sollen. Ich bekam den neuesten Polizeibericht in die Hand. Verschwunden: Rose Haverinen. Ehemann Eduard Haverinen behauptet, sie sei gestern aus dem Haus gegangen.

So was müssen wir hier ertragen, sagte Ohren-Mike und kramte eine gelbliche Pappschachtel hervor. Ich nahm ein Papier in die Hand. Las ein zweites. Vermisstenanzeigen meines Vaters Ettu Hermann Haverinen aus Sommer- und Herbstzeiten und den Monaten der Wegelosigkeit. Ich begriff, dass es sich um Hunderte, wenn nicht Tausende Male handelte. Die ältesten Anzeigen stammten aus den 1970er-Jahren, als die letzten Kupferhütten bankrottgingen, und mehrere aus den Achtzigern, als das Zeitalter von *Star Wars* die Welt durcheinanderwirbelte, Ronald Reagan und der Fall von Europas Mauern. Die Berichte folgten immer demselben Schema: Rose ist verschwunden. In dieser Zeit brach die Sowjetunion zusammen, und der IS und al-Qaida wüteten in den Spalten der Zeitungen und in den Zwillingstürmen. Aber in Ettu Haverinens Kopf war eines Morgens vor fünfundvierzig Jahren die Zeit stehen geblieben. Eine anterograde Amnesie garantierte, dass Vater jeden Morgen von einem Wiegenlied und dem Gefühl erwachte, irgendetwas stimme nicht. Dann folgten Roses Verschwinden, die Angst und die Polizeiwache.

Meistens ist er ganz still, er redet nicht viel, erzählte Mike: Er wiegt sich vor und zurück und geht seiner Wege. Manchmal, aber selten, ereifert er sich und erzählt von dem alten Heinari und wie der sich erhängt hat, oder er fragt, wie Lempi in der neuen Schule zurechtkomme, und es ärgert Mike, wenn Ettu wieder in sein albernes Finglisch verfällt, dann wird man daraus nicht schlau. So steht es also um ihn. Mikes Seufzer hörte sich so an, als käme er aus dem Inneren einer Muschelschale: Manche Tage sind besser als andere. Oftmals verging lange Zeit, ohne dass Ettu sich sehen oder hören ließ, sodass Jim Graupelz die Lage klären und nachsehen musste, ob Ettu seinen Geist schon aufgegeben habe. Aber nein.

Jim Graupelz. Als ich deinen Namen hörte, machte mein Herz einen Sprung, selbst in dieser schrecklichen Situation dachte ich, du bist hier, irgendwo in der Nähe, atmest dieselbe Luft wie ich, so wie einst. Ich fürchtete, Mike könnte das Zittern meiner Hände bemerken, aber er zischelte weiter: Immer findet sich der Finne dort, im Rotenwinkel Errungenschaft am Ende des Salmi Roads, so als wäre nichts geschehen, und von da kommt er immer wieder aufs Polizeirevier, um seine Anzeigen aufzugeben und seine Not hinauszublöken. Nicht jeden Morgen, aber doch oft. Mit seinem Schrottrad fährt er quietschend über die Petunien, immer gleich, ohne jede Erinnerung. Immer gleich aufrichtig. Immer verwirrt. Macht immer dieselbe Anzeige, der Kopf immer gleich leer. Er kommt hierher, zu diesem Tisch. Ohren-Mike breitet die Hände aus, Verzweiflung in der Stimme: Er hört nicht auf damit.

Ohren-Mike führte Ettu in den Vernehmungsraum, und ich blieb beim Schreibtisch sitzen. Ich nahm ein Papier in die Hand, ein zweites, obwohl ich wusste, was darauf stand. Die erste Anzeige hatte Ettu erst zwei Wochen nach dem Verschwinden meiner Mutter aufgegeben, das wurde mir erst jetzt klar.

Damals in der Nordlichtnacht, als Ohren-Mike mich zusammen mit Großmutter Helmi aus der Stadt nach Hause holte.

Ettu Haverinens und Rose Feathers' *homesteady* durchsucht. Am Fußboden Glassplitter und alte Blutspuren.

An jenem Tag hörte es endlich auf zu schneien, und die Frostsonne zauberte Eisblumen an die Fensterscheiben. Mike hatte damals einen Verband um den Kopf, und mit der Pelzmütze in der Hand schimpfte er, dass er ja eher gekommen wäre, dass aber die Karre nicht hatte anspringen wollen. Ich war bei Großmutter Helmi in der Stadt, um die neue Schule besuchen zu können. Bei Helmi war es öde, da musste ich Choräle singen, morgens und abends, und immer tat mir der Bauch weh, sodass ich viel Lernstoff versäumte und mit einem übelriechenden Umschlag auf der Stirn daliegen musste und nur hoffen konnte, dass Mutter und Vater mich holen kämen. Das aber geschah nie.

Ich weiß nicht recht, wie jetzt die Lage in der Errungenschaft ist, halte es aber für besser, wenn Lempi mit mir mitkommt. Großmutter Helmi begann sogleich auf finnisch-energische Art mit den Reisevorbereitungen und forderte mich auf, das feinere Kleid anzuziehen, damit wir uns nicht zu schämen brauchten, was in Helmis Welt schwarz bedeutete, und über den Unterrock das Sonntagskleid aus kratziger Wolle zu zerren. Dessen Ärmel mussten aufgekrempelt und der Ausschnitt mit Haarklammern zusammengehalten werden. Damals verstand ich nicht, dass Mutter schon eine Weile verschwunden war. Nur hatte das niemand bemerkt. Der Winter hatte Schneewehen aufgetürmt, die uns gefangen hielten, der Schneepflug der Gemeinde kam im Reservat nicht weiter als bis auf die ersten Meter. Ich weiß noch, dass Mike eine Pelzmütze trug und den dicken blauen Steppmantel der Polizei und dass sein Kopf verbunden war. An die vordere Stoßstange war ein Reh gebunden, dessen Zunge über den Boden schleifte. In einem Behälter lag ein Bündel Hasen.

Möchtest du das Martinshorn einschalten?, fragte Mike, und mich schauderte, weil ich auf dem vorderen Platz saß und nun auch noch das Martinshorn. Deshalb war etwas Außergewöhnliches im Gang, aber Helmi fuhr ihn schon an, ob es denn so eilig sei oder warum er dem Kind Angst machen wolle. Ich dolmetschte das, Großmutter Helmi hatte nie Englisch gelernt. Nein, wir haben es nicht eilig, sagte Mike und verwuschelte mir das Haar, das unter der Mütze schweißnass geworden und plattgedrückt war, und wischte das klebrige Gel an seinem Hosenbein ab: Du hast eine neue Frisur? Ich grunzte verächtlich, so wie man auf eine Dummheit reagiert, wer trägt denn jetzt noch Zöpfe? Ein lächerlicher Gedanke. Ebenso lächerlich wie der, dass ich nach meinem Umzug in die Stadt noch nie bei McDonald's gewesen wäre. Oder dass ich mit den grausamen blonden Mädchen aus der höheren Klasse nicht hätte Cowboy und Indianer spielen wollen.

Unterwegs beugte Großmutter Helmi sich von der Rückbank vor und fragte, wessen Sohn der neue Sheriff eigentlich sei, sie vermutete, er gehöre einer Gang an, und es sei jetzt keine Jagdsaison. Misch du dich da nicht ein, Helmi, kommentierte Ohren-Mike das ungerührt, doch mit einer Stimme, dass sie ihm von nun an zu gehorchen habe, und in mir begann eine Spur Respekt aufzukeimen. Das frühere Objekt von Ettus Ärger und Roses Mitleid, Roses verlassener Bräutigam, der den Weg zum Hof seiner Braut mit dem Schneepflug freilegte, obwohl die schon einen anderen Schneefeger hatte, der in der Stube seine Socken trocknete. Hilfe, da kommt er schon wieder an, flüsterte Mutter an den Wintermorgen, wenn Mike den gewundenen Weg mit Getöse fast bis zum Hof vom Schnee befreite. So sprachen wir über Mike, leise und kichernd. Jetzt starrte ich Mikes Verband an, der seinen Kopf bedeckte, seine Koteletten, die sich nach unten hin kräuselten, und den Schnurrbart. Ohren-Mike legte Hank Williams auf, und von ihm ging ein männlicher Duft nach Jagd und Punsch aus, obwohl er früher niemals nach etwas gerochen hatte.

Und alles war in Ordnung, als du letztes Mal zu Hause warst? Mike wandte den Kopf so, dass man das durch den Mull sickernde Wundwasser sah. Ja, alles, versicherte ich. Es hat keinen Streit gegeben, sagte ich und zögerte kurz. Denn es hatte ja die Geschichte mit dem Ausflug gegeben, bei dem ein Tannenbaum geholt werden sollte, die fürchterliche, aber das war lange her, und sie war mit überbordender Freude beigelegt worden in der Nacht, als ich in meiner Bodenkammer schlafen gehen durfte.

Obwohl das schon fast ein halbes Jahrhundert her ist, erinnere ich mich gut an die Kälte, die bis in die Schenkel aufstieg, und an den grünen, Schnee ankündigenden Himmel. Ausnahmsweise hatte Mike den Weg zur Errungenschaft nicht mit seinem Schneepflug geräumt, und so endete die Fahrt der grünen Minna vor einer Schneewehe am Ende des Salmi Roads. Das ist fünfundvierzig Jahre, neun Monate und zwei Tage her. Der Zeitpunkt, an dem meine Kindheit endete.

Wir vermuteten, du seist auf Rentierjagd, weil der Weg nicht vom Schnee befreit war, sagte Roses Bruder Messer-Matt, als wir ankamen. Er erwartete uns rauchend im Schnee, neben sich Goggleye, dessen Brillengläser zwei eisige Weiher waren, und beider Augenbrauen und schwarze Zöpfe waren starr von Raureif. Messer-Matt schaffte es noch, mich hochzuheben und auf den Kopf zu küssen, obwohl ich schon Schulgröße erreicht hatte und im Übrigen davon die Rede war, er habe seinen Schnapsfeinden die Ohren abgerissen und sie an seine Hunde verfüttert. Wo ist der Kunde, knurrte Mike durch den Türspalt, was Ganove bedeutete. Die Onkel schüttelten den Kopf, unschuldig in einer Weise, wie nur vollblütige Schurken es sein können, und Messer-Matt zwinkerte mir zu.

Jaa, vielleicht ist er ja zu Hause geblieben. Goggleye dehnte seine Dachshandschuhe.

Mike fluchte, als er hörte, dass Vater in der Errungenschaft alleingelassen worden war, drängte zur Eile und befestigte hastig die Schneeschuhe an meinen Stiefeln. Die Onkel forderten den Sheriff auf, Ruhe zu bewahren.

Da ist seit Wochen kein Mensch hingekommen, erklärte Messer-Matt, als wir durch das Birkenwäldchen stapften: Erst war da das Wintergewitter und dann diese Schneestürme. Und er konnte auch nicht raus, ergänzte Goggleye: sodass er noch da ist und auch da bleibt.

Na, was ist denn dann das Problem, schnauzte Mike: Ich hab auch noch was anderes zu tun, als diese alkoholisierten Finnen aus ihren Hütten einzusammeln.

Der da ist kein alkoholisierter Finne. Das ist der Mann unserer Rose, sagte Matt ganz leise, und man hörte ihm an, dass, solange die Dinge so lagen wie jetzt, es besser war, seine Worte zu wägen. Für mich war es unfassbar, dass die Onkel es wagten, so mit dem Sheriff zu reden. Messer-Matt wollte klarstellen, dass er die Ordnungshüter auch jetzt nicht mit den Angelegenheiten des Stammes behelligt hätte, aber dieser Goggleye war so dumm gewesen, das zu tun, und hatte von Pattis Wohnung aus angerufen, bevor man das hatte verhindern können. Goggleye verteidigte sich damit, dass es ja auch hätte sein können, dass Rose mit dem fraglichen Mike Björnsson zum Beispiel auf der Jagd im Schnee hätte sein können, und schielte zu mir hin: entschuldige. Vor Kindern sollte man so was nicht sagen.

Na, darüber ist jetzt in den Dörfern geredet worden, dass meine Schwester mit jemandem herumläuft, knurrte Messer-Matt: Und das war nicht ihre bessere Hälfte.

Ach, das überrascht mich nicht, brach es aus Ohren-Mike hervor.

Der oben auf dem Hang liegende Neubau, die Errungenschaft, wirkte unter der Schneedecke wie ein zusammengerollter Puma. Keine einzige Spur führte heraus oder hinein, so heftig war der Schneesturm gewesen. Immerhin stieg Rauch aus dem Schornstein auf, zwischen den Vorhängen schimmerte das vertraute schummerige Licht. Ein warmes Gefühl der Erleichterung durchfuhr mich, als Ettu die Tür öffnete.

Lempi, da sehen wir uns schon wieder! Vater freute sich, als er mich sah, und so wie immer tat er, als hätten wir uns eine Ewigkeit nicht gesehen, und ich stürzte in seine offenen Arme, obwohl ich dafür schon zu sehr Schülerin war. Ich sog den sicheren Duft nach Tabakspfeife und Pomade ein. Ich drückte Vater, und er ächzte. Dann löste ich mich von ihm und schaute ihm ins Gesicht. Erst da bemerkte ich, dass Vaters rechtes Auge von einem blauen Fleck zugeschwollen war, sich aber schon auf dem Weg der Besserung befand. Sheriff Mike wollte wissen, wie diese Verletzungen entstanden waren, ob die Onkel da zugange gewesen waren. Roses Brüder versicherten, sie hätten ihren Schwager sehr zärtlich begrüßt und sich gefreut, als sie hörten, dass alles in Ordnung war, aber dann hätte der Zustand der Hütte weitere Untersuchungen erfordert.

Damals zur Zeit des Wintergewitters war beschlossen worden, die Lage zu klären. Und es fanden sich so viele Scherben und Unordnung, dass Fragen aufkamen, erzählte Messer-Matt, während wir eintraten. Großmutter Helmi schnaubte: Es war doch zu erwarten gewesen, dass Rose hier den Mann drangsaliert und alles kaputt geschlagen hat. Ihn geohrfeigt hat. Ich hab ja gleich gedacht, dass bei denen die Eintracht nicht lange halten würde!

Die anderen Berichte wiederholten dieselbe Litanei, nur in der oberen Ecke wimmelte es von Daten: Tagen, Monaten und Jahren. Und wie sich allmählich herausstellte, dass Rose schon lange verschwunden war. Dann bemerkte ich eine Eintragung, die zwei Monate nach Mutters Verschwinden gemacht worden war: *KEIN VERBRECHEN. Die Ermittlungen wurden eingestellt. The end.*

Weshalb war ich jetzt hierhergebeten worden?

Woher könnt ihr wissen, was mit Mutter geschehen ist, mit welchem Recht und auf wessen Befehl?, fragte ich im Stillen die Papiere.

Lempi, in diesem Umschlag sind die Briefe.

Ein baumlanger, graubezopfter Anishinaabe stürmte aus einer Ecke hervor, in der Hand das Kabel eines Ventilators. Und so warst du da und im Nu zurück in mir, denn wenn mein Gedächtnis auch sonst wie Eulengewölle ist, voller Fehler, die der Organismus und die Zeit bewirkt haben, so habe ich dich doch sofort erkannt. Deine Hand, die mir den Umschlag reichte, war die blanke Wurzel eines Mehlbeerbaums. Dein ascheraues, langes Haar und deine ungewöhnlichen graublauen Tieraugen zwangen in mir eine leuchtende Erinnerungsspur hervor, die

Härchen auf meinem Arm sträubten sich, und ich wurde rot. Da warst du, Jim Graupelz, der vor Zeiten nach Vietnam gegangen war, gleich nachdem wir uns zur Zeit der Frühjahrsflut im Wald gesehen hatten. Du, der du in meiner Vergangenheit bliebst und verschwandest und von dem ich wusste, dass du mir fehlst. Mir ging auch auf, dass du, der Sohn des Wilderers Tim Graupelz, eine Art Sheriff geworden warst.

Du bist also zurückgekehrt, stieß ich hervor, obwohl ein kleiner Kleiber in meiner Brust einen Freudenchoral klopfte.

Woher?

Aus Vietnam.

Du überlegtest einen Augenblick, lachtest dann, und auch mir selbst war klar, wie lächerlich das klang. Genau, aus Vietnam. Natürlich von dort, vor über dreißig Jahren. Alles andere ist mit zurückgekommen, nur die linke Haxe ist da verloren gegangen. Du klopftest gegen das Metall in deinem Hosenbein.

Die Scham schlug über mir zusammen. War es doch meine Schuld, dass eines deiner Beine verloren war, jedenfalls sprachen wir als Kinder so darüber. Wegen der Figur des grünen Kämpfers, den ich aus dem Geisthaus auf dem Grab deiner Mutter gestohlen hatte. Weil ich der ein Bein abgerissen hatte. Aber darüber würde ich später nachdenken, nicht jetzt.

Ich betrachtete den bräunlich vergilbten Briefumschlag. Es war also wahr. Mutter hatte Briefe für mich hinterlassen. Hatte an mich gedacht. Du schautest mich lange und mitfühlend unter den langen Wimpern hervor an.

Aber die dürfte ich dir gar nicht geben, Mike hat es verboten. Die können Beweismittel sein.

Ärger und Verzweiflung packten mich. Von so weit her sollte ich umsonst gekommen sein? Und auch Ettu, der saß da und hielt das Foto eines schwarzen Mannes mit strahlend weißem Lächeln in der Hand und brummelte etwas vor sich hin.

Der da soll der vorige Präsident gewesen sein? Einen alten Fuchs könnt ihr nicht ins Bockshorn jagen. Das gibt es nicht in Amerika, dass ein – was sagt man denn da, also ein Schwärzlicher, Präsident wird. Und bestimmt ist es jetzt auch dieser Geldprotz nicht, wie heißt der noch mal. Sein Gesicht hat so 'ne komische Farbe, lamentierte Vater über den Präsidenten mit dem Schmollmund, der geistesschwach wirkte, und scherte sich nicht um meine Verzweiflung. Hätte man den nicht in irgendeine Anstalt stecken können, hörte ich mich sagen und wurde rot, als ich deine Miene sah. Mir wurde ganz bange. Hattest du für mich nur Verachtung, weil ich nicht schon früher zu meinem Vater zurückgekehrt war? Aber du schütteltest nur den Kopf und sagtest, man könne ihn nicht in die Klapsmühle stecken, weil er für die anderen und sich selbst keine Gefahr darstelle: Und er werde es nicht mehr lange machen.

Warum nicht?

Knochenkrebs, erklärtest du: Deshalb ist dein Vater so empfindlich gegen Berührungen. Nachts leuchten seine Knochen, das wirst du ja sehen, und dieses Medikament, Dilaudid, ist so ein Hydromorphon, das aus der weichen Hirnrinde Erinnerungen hervorklopft.

Ich betrachtete Vater und wusste nicht, ob ich traurig oder fast neugierig war, ob ich es als ungerecht empfand, dass er bald sterben würde, ausgerechnet jetzt, wo ich zurückgekehrt war.

Es wird schon werden. Du legtest mir die Hand auf die Schulter, und einem Impuls folgend drückte ich mich dagegen.

Komm jetzt mal zum Verhör, Ettu, damit die Suppe nicht sauer wird!, rief Ohren-Mike. Es geht um das verschwundene Mädchen.

Der Mike ist wohl ziemlich im Stress, erklärtest du mir: Die Verschwundene hat ja blondes Haar und blaue Augen. Das ändert die Dinge, es ist keine Indianerin aus dem roten Slum.

An der Tür übergabst du mir den braunen Umschlag und zwinkertest mir traurig zu.

Ich blieb allein. Und brach das uralte Siegel auf, und die verblassten, eingerollten Briefe lagen wie schreckhafte, vertrocknete Blätter in meinen zitternden Händen. Da waren nun die Worte meiner Mutter Rose.

FEBRUAR 1973

LEMPI, du mein liebes Lämmchen, diesen Brief schreibe ich mit klammen Fingern, aber mit heißem Herzen. Der Kamin in der Kammer der Errungenschaft qualmt, die Luft steigt nicht in den Rauchfang auf. Es sind noch genau zehn Tage bis zu meinem Verschwinden. Der Frost spinnt Farne an die Fenster, der Schnee spielt auf den Harschflächen, streicht grausam über das Eis, als wollte er uns die Chance auf Frühling verweigern. Mich aber verbrennt ein Feuer, denn es ist etwas vorgefallen, das schon vor langer Zeit hätte geschehen sollen, etwas, das mein Leben aus seiner Bahn gerissen hat und dadurch auch deines, und obwohl das alles erst kürzlich auf der Anhöhe des alten Friedhofs passiert ist, hat es doch schon alles verändert. Ich bin dem Weendigo begegnet, dem fleischfressenden Ungeheuer, und erkannte es auch nach Jahrzehnten wieder. Ich hatte geglaubt, ihm entkommen zu sein. Aber das war ein Irrtum.

In gewisser Weise ist das deine Schuld, verzeih mir, jetzt scherze ich ein wenig, meine liebe Tochter, aber andererseits ist es wahr, dass nichts von dem passiert wäre ohne dein kleines Vergehen. Dein kleines, sanftes Vergehen. In deinem Bett fand ich die grüne Soldatenfigur, und ich erkannte darin das Spielzeug von Tim Graupelz' Sohn Jim, obwohl der Junge zu

Baumlänge aufgeschossen und nach Vietnam gegangen ist. Irgendetwas hat sich zwischen euch ereignet, damals während der Frühjahrsflut. Du hattest der Figur ein Bein ausgerissen, und ich wusste, dass Tims Sohn gerade verwundet worden war, dass Pee-Wee dich deswegen neckte und behauptete, du seist schuld an diesem Unglück, und du, mein Kind, weintest, und so lief ich auf meinen Skiern los und brachte den Plastikmann und zinnoberrote Plastikrosen zum Grab von Tim Graupelz' Frau, Jims Mutter, und schlug auf der Trommel ein Gebet. Aber dahinter steckte mehr. Die Unruhe. Ich musste dorthin, denn ich wusste, dass etwas passieren würde. Der Frost ließ nach, und ich blieb stehen, um von dem kiefernbestandenen Kamm aus den flammenden Horizont zu betrachten. Unten sah ich dich von den Singenden Hainen her auf Schneeschuhen mühsam mir entgegenstapfen, und mir hüpfte das Herz vor Freude, weil Oma Helmi dir aus der neuen, feinen Schule und von der Stadt aus Stein freigegeben hatte. Ich sah, wie du mit der Nase voran in den Schnee plumpstest und dir die Mütze vom Kopf flog, und ich lief los, dir entgegen auf meinen Skiern, aber ich schaffte es nicht rechtzeitig. Aus der Richtung des katholischen Pfarrhofs, hinter der Kurve hervor, glitt knirschend ein schwarzer Chevrolet heran. Wie in Zeitlupe sah ich, dass das Fenster freigekratzt wurde. Ich erkannte den fragezeichenförmigen Rücken und roch in der klaren Luft den Kreidestaub und die Gräue, und mein Herz gefror. Ich hatte geglaubt, ihm entkommen zu sein. Ich hatte geglaubt, ich wäre alldem entflohen. Ich hatte geglaubt, ich hätte dich vor ihm versteckt. Eine behandschuhte Hand reckte sich aus dem Fenster, und inmitten des Raureifs hörte ich die Worte: Mach dir nichts draus.

Ich erkannte diese Worte. Mach dir nichts draus.

Die Zeit blieb stehen. Sie wand sich.

Dann verfielen die Sekunden in Galopp, und im Nu war ich bei dem Auto und schubste dich in den Schnee. Dieselben blauer-Fleck-farbenen Augen bohrten sich aus der Vergangenheit in mich, er lächelte und winkte mit seiner in einem schwarzen Lederhandschuh steckenden Klaue. Ich bin sicher, dass er mich erkannte. Dort im Schnee wurde mir klar, dass ich es diesem Monster nicht erlauben durfte, frei und lebendig herumzulaufen. Er, vor dem ich mein Leben lang auf der Flucht gewesen war, saß dort in meiner Reichweite, aber ich tat nichts anderes, als die Mütze aufzuheben und auszuschütteln. Denn das Entsetzen lähmte mich, als mir klar wurde, dass der Weendigo auch dich gefunden hatte.

Von diesem Augenblick an habe ich Vorkehrungen getroffen und jeden deiner Schritte beobachtet, auf die Netzhaut meiner Augen deine ungeschützten, vertrauensvollen Gesichtsausdrücke eingebrannt, und es macht mich traurig, dass ich nicht alles Notwendige erzählen kann über das, was an dir Ojibwe und dadurch Anishinaabe, vom Volk der Drei Feuer, ist, und was von dir mit deinen Großeltern aus der Alten Welt über die Meere kam, so als würde eine Fliege über die Fensterscheibe krabbeln. Du hast zwei Seiten, eine indianische und eine finnische, und diese Seiten vermischen sich in deinem Blut zu einem starken Strudel, stoßen sich aber auch gegenseitig ab. Ich müsste von *Mide* erzählen, der Gemeinschaft der Heilerinnen, und davon, wie unter deinen Füßen das schildkrötengepanzerte Land lebt, wie der rotsteinige Pfeifenberg spricht, die Salbeistauden singen, wie die Wasser sinnen und dass ein Steinsplitter, der sich in deinen Schuh verirrt hat, eine Seele besitzt und der Berg Kraft. Davon, dass jede Pflanze und jedes

Tier einen Sinn hat, wenn man ihnen zuzuhören versteht, und wie sich überall das eigene Heilmittel der Natur *Mahki-kaa* findet.

Aus der Kommodenschublade habe ich das Finnenmesser von Großvater Heinari hervorgekramt. Darin sind die Worte eingraviert: »Got Sisu?« Hast du den Mumm?

AUGUST 2018

Jim Graupelz,

ich saß mit Ettu auf dem Parkplatz der Sheriffstation, eingezwängt in den Beiwagen deines Motorrads. Die Dämmerung klammerte sich an meine Augen, ich konnte nicht mehr weiterlesen und musste abbrechen. Was war noch mal der Weendigo? In Pattis flackernd-schattigen Lagerfeuergeschichten gab es einen uralten Geist mit knochigen Gliedern, der die Gestalt einer weißen Eule oder eines Kojoten oder, was am schlimmsten ist, die eines Menschen annehmen konnte. Dreist stahl er ungezogene Kinder aus ihren Hütten, weil es ihn nach deren Fleisch und Blut gelüstete. Er lauerte den unruhigen Seelen auf, die sich wegen einer Sache zu sehr ereiferten, sei es beim Werfen nach Schneeschlangen, beim Mokassinspiel oder wenn die Kinder auf den Seidenblumenwiesen mit den Monarchfaltern Haschen spielten. Ganz besonders lauerte er kleinen Mädchen auf, die in heißen Sommernächten mit weit geöffneten Beinen draußen schliefen. Und er wurde niemals satt.

Fahren wir in die Errungenschaft?, hörte ich dich fragen und verstand, dass du das schon mehrmals gefragt hattest. Und erschauerte. Der Gedanke an das finnische Häuschen im Schatten des Reservats erschien mir plötzlich beängstigend. Zu Zeiten von Mutter und Ettu war es ein Zauberkreis des Friedens gewesen, in dem die Leuchtkäfer uns den Weg zur Sauna und zurück zeigten, Wachteln, Grasmücken und Schwalben ihre endlosen Geschichten fabulierten und die freundlichen Geister des Waldes auf uns Acht gaben, aber was würde uns jetzt anderes dort erwarten als Stille und Zweifel, und aus den Winkeln würde der Wind der Verschwundenen wehen, und der Strick, mit dem Großvater Heinari sich erhängt hatte, würde sich leise im Luftzug bewegen. Ich sagte, ich hätte vorgehabt, irgendwo anders hin zu gehen, aber das war eine Lüge, ich hatte mir darüber überhaupt keine Gedanken gemacht, im Retrieval wurde man nicht zu eigenständigem Denken angespornt. Im Grunde hoffte ich sogar, du würdest uns in dein Heim hinter der Autoreparaturwerkstatt mitnehmen, aber das ging natürlich nicht, und außerdem hattest du gesagt, dort sei es jetzt ein wenig eng, weil … Da war jetzt dies und jenes, der Junge und alles …, knurrtest du und ließest den Satz in der Luft hängen.

Vielleicht könnte Patti dir im Kasino ein Zimmer organisieren?, schlugst du vor.

Ich erschrak, als ich hörte, dass meine Großmutter noch am Leben war, aber ich konnte nicht verstehen, wieso im Kasino und wieso Patti das organisieren könnte. War die harte und stolze *Naakomis*, Patti Feathers höchstpersönlich, zur Ausfegerin, Bettbezieherin und Büglerin degradiert worden? Welche Schande für sie, denn sie hatte sie auch zu Hause nicht haben wollen, die Läusetücher der Weißen. Das erschien mir grausam, ja unmöglich.

Wir fuhren der untergehenden Sonne entgegen, bis das Kasino *Schwarzer Bär* plötzlich aus der Sumpflandschaft aufragte wie ein dreist-stolzes Kreuzfahrtschiff. Und als ich das Gebäude so betrachtete, hätte ich nicht hineingehen mögen, das Kasino *Schwarzer Bär* blinkte und funkelte für meinen Geschmack allzu heftig, die Augen kribbelten mir davon, und auch der schwarze Bär selbst machte mir Angst, wie er da links von den Schiebetüren über die Fontäne sprang.

Du flüstertest, die Zeiten haben sich wahrlich geändert, Kleine Tatze. Im Kasino hatte Patti das Sagen, gehörte zum Stammesrat und zu denen, die heute ihre Badewanne mit Hundertdollarnoten füllen konnten, wenn ihnen so etwas gefiel. Patti gefiel es bestimmt nicht.

All diesen Reichtum, der jetzt den Indianern gehörte, betrachtete ich mit einer Mischung aus Respekt und Entsetzen. Ich war überhaupt noch nie in einem Kasino gewesen, auf diesem Lieblingsmarktplatz des Satans. Dergleichen hatte man zu meiner Zeit in den Reservaten nicht einrichten dürfen, jetzt aber strahlten seine Lichter, als wären wir in eine blendende, klingelnde Kirche eingetreten, in der Eingangshalle ein zweiter holzgeschnitzter Bär, erstarrt im Angriff, im Übrigen Chrom und dunkle Holztäfelung, und alles, was an Tageslicht erinnerte, war sorgfältig ausgesperrt. Der rot gekleidete Türsteher und zwei schwarze Wachleute bedeuteten uns mit Kopfnicken näherzutreten, und mir schien, ich würde feierlich den Gang entlanggeführt wie ein Pokal, ein wenig zu sehr mit Besitzergestus, nach rechts, vorbei an dem Sicherheitskontrollpunkt und der Geschenkboutique, die nach geschmolzenen Schokoriegeln duftete. Zum Glück hatte ich mich noch davon überzeugt, dass Ettu schlafend auf der hinteren Bank sitzen geblieben war. Ettu fürchtete Patti, und das nicht ohne Grund. Sie hatte ihn oft zum Spaß mit ihrer Knarre aufs Korn genommen und ihn als Vegetarier verhöhnt, weil er es nicht fertigbrachte, einen neugeborenen Hasen abzubrühen. Mike bekam ein Bier im Plastikhumpen und steuerte den einarmigen Banditen an. Er winkte ab, hatte nach einem langen Tag keine Lust, sich als Indianerbevollmächtigter zu betätigen.

An dem Spieltisch da habe ich zu den Anfangszeiten des Kasinos gearbeitet, sagtest du und deutetest mit deiner gewaltigen Hand in den verräucherten Saal. Dort blinkten alle möglichen Früchtespiele, und die alten Frauen saßen mit dem Bierbecher in der Hand und einer qualmenden Zigarette im Mundwinkel da. Heute haben die Indianer weiße Mitarbeiter, erklärtest du stolz. Du steuertest noch auf eine Wand zu: Dahinten holt man den Stammeslohn ab. Den kriegt heute jeder, der ins Register des Stammesverbands eingetragen und mindestens zu einem Viertel Ojibwe ist. So ist hier das *blood quantum*.

Ein goldener, tabakfleckiger Pipettenlift brachte uns durch einen gläsernen Tunnel hinauf in einen laborweißen, strengen Raum. Ein rothaariger, unter den Achseln schwitzender Kellner führte uns in einen Raum am Ende eines langen Ganges. Es war, als beträte man eine vergangene Welt. Die Mischung der Gerüche von verbranntem Zedernholz und teurer Zigarre verursachte mir Hustenreiz. In Birkenholzschüsseln Erdbeeren, die Patti Herzbeeren nannte, Helmi aber Seelen von Kindern, die bei der Geburt gestorben waren, und schon das allein verdeutlicht den Unterschied zwischen meinen beiden Großmüttern. Ein schön bestickter Traumfänger aus Nessel drehte sich langsam im tonlosen Surren der Klimaanlage unter der Decke. An der Wand ein Gemälde von Buffalo Bills *Wild West Show* sowie eine mit einer Reißzwecke angepinnte

Postkarte, das Foto eines Mannes mit Federkopfschmuck in einem Kanu aus Birkenrinde, der sein Gewehr schwenkt. Diese Postkarte hatte auch bei uns an der Wand gehangen, erinnerte ich mich.

Das einzige Foto, das ich von meinem Vater habe. Obwohl die ganze Geschichte natürlich inszeniert ist, sagte Pattis Stimme, die ich auch nach Jahrzehnten wiedererkannte, tiefer als früher, aber ebenso stahlhart: Früher haben die unsereinen gezwungen, in solchem Zeug rumzulaufen. Na, wenigstens das Kanu ist echt. Schuhe aus!

Ich tat, wie mir geheißen, und meine Füße versanken in der Liebkosung des Teppichbodens.

In dem Zimmer brannte außer dem Kaminfeuer nur eine matte Lederlampe, es duftete nach Rosenwasser und Salbei, und die Stimme schien in dem die Umgebung aufsaugenden Teppich zu ertrinken, dennoch erkannte ich die schnörkelige Frau mit den pechschwarzen Augen, die, in ein Rehfell gehüllt, angenehm in einer schwarzen Lederburg versank.

Sieh an, ist das nicht die Kleine Tatze? Meine Großmutter Patti schaute über den Tisch hinweg und zündete sich eine Zigarre an. Der teure Duft schlängelte sich auf uns zu. Es hatte sich tatsächlich viel verändert.

Ich weiß noch, wie ich als Kind für Patti Kräuter sammeln und sie für den Kinnikick, die Tabakmischung der alten Frauen, trocknen musste, sodass meine Finger abends nach Schafgarbe, Brombeerblättern und Latakia dufteten. Jetzt roch es nach Sattelfett und Marseiller Seife, darüber lag das süße Arom von Leben. Mit gesenktem Kopf spähte ich nach dem, was ich aus den Augenwinkeln erfassen konnte, und stellte fest, dass aus der einst so stattlichen Matriarchin ein mager-blasses, hartknochiges und verbittertes Wesen geworden war, dessen Augen mich mit der Präzision eines Traumfängers maßen und näher heranzogen. Selbst in der Liebenswürdigkeit ihres Pechblicks, so spürte ich, lauerte eine alte Gefahr.

Die Kleine Tatze ist also zurückgekehrt? Was meinst du, das hier ist doch ein bisschen was anderes als der Wohnwagen? Hier ist es fein, flüsterte ich.

Heute arbeiten Bleichgesichter für die Rothäute, sagte Patti zufrieden und rammte das vertraute bärenköpfige Messer in den gewaltigen Tisch aus Mahagoni: »Got Sisu?«

Aus dem Kasino drang der trotzige Bass von Elvis' Cousin herüber. Patti versank wieder in der Tiefe ihres Rehfells und spielte mit dem bärenköpfigen Messer herum, das Rose bekommen hatte, nachdem Großvater Heinari seinen Zug getan und sich von hier in die Ewigkeit begeben hatte. Die Waffe hatte er testamentarisch seiner Schwiegertochter vermacht wegen eines heimlichen Einvernehmens, das zwischen ihnen bestanden hatte. Und nachdem Rose verschwunden war, erschien das Messer bei Patti, ich wusste nicht, warum.

Dann fuhr *Naakomis* fort. Darf ich raten? Du bist gekommen, um hier die Knochen deiner Mutter zu suchen? Ich sah, wie ihr Blicke wechseltet, dann neigte Patti sich mir zu und starrte bis in mein Inneres, als beobachtete sie einen dubiosen Kuchen, der im Ofen aufging:

Es wäre schon gut, diesem Elend ein Ende zu setzen. Aber die klappern nicht hier im Kasino. Nicht im Keller und nicht in der Rouletteschüssel, du kannst dich hier umsehen, wenn du Lust hast. Deine Mutter Rose war so eine wilde Seele und ein Leichtfuß, sie hatte viele Gelegenheiten, von ihrem Pfad abzukommen. Siebenmal kann der Mensch vom Pfad abkommen, und siebenmal kann er seine Richtung wiederfinden. Und das letzte Mal, das wurde ihr zum Verhängnis, verstehst du? Patti schüttelte das Messer.

Ich nickte erschrocken.

Wusstest du, dass unsere Rose gar nicht Rose hieß?, fragte Patti dann mit klarerer Stimme.

Ich schüttelte den Kopf.

Rose ist der Name, der in die Bücher des Internats eingetragen wurde, als für die Weißen einer erfunden werden musste, sodass sie bei meinen Kindern alles Indianische ausmerzen konnten, wusstest du das? Eines Tages erschienen sie einfach, in ihren Amtstrachten jagten sie meine Kinder mit großen Keschern wie Stare, Fremdvögel. An jenem Morgen brachten sie angeblich Eierersatz und Milchpulver und Indianerwhiskey von der Gemeinde, und plötzlich trieben sie meine Kinder in Busse. Und ich trank den Whiskey und weinte und begriff nicht, dass ich eben diese Kinder niemals wiedersehen würde. Aber wozu darüber nachdenken. Dann, nach einer Pause: Rose war eine wilde Seele von klein auf. Wie hat sie das nur mit den anderen ausgehalten, große Schelme sind das, meine Söhne, wenn sie in der Laune sind, sinnierte Patti und schlürfte ihren Rosentee.

Die Rose war so stolz, vom Stamm der Wandlinge, aus ihr hätte wer weiß was werden können. Eine *Mide*, eine Heilerin. Aber nein. Patti wirkte, als sei sie irgendwo in die Schatten ihrer Augenhöhlen versunken: Ich hab immer geahnt, dass es die Zwangsanstalt war oder etwas, was ihr dort zugestoßen ist. Dass dieses Etwas sie dann doch umgebracht hat. Sie hatte einen anderen Namen, als sie dorthin ging. Ich weiß nicht, was sie ihr angetan haben. Patti spielte mit einem Halsband, das mit rotgelben Perlen und Kaurischneckenhäusern benäht war, und ihre knochigen Finger knackten: Aber Rose Feathers war das Mädchen, das von dort zurückkehrte.

Patti deutete auf ein Zeitungsfoto, das mit einem Papprahmen verstärkt und mit Plastikfolie überzogen war. Darauf saßen Indianerkinder mit Topfhaarschnitt an Pulten und streckten den Rücken, und die Nonnen lauerten an den Wänden in ihrem weißen, wehenden Habit. Tja, eigentlich habe ich nie verstanden, dass auch Mutter in einem solchen gewesen war. In einem Kindergefängnis, denn das waren sie ja wohl. Über die Köpfe von einigen der Mädchen hatte jemand ein kleines Kreuz gemalt.

Wie hieß das Internat?, fragtest du überraschend, sodass ich zusammenfuhr. Ich hatte gar nicht erfasst, wie interessiert du das Foto betrachtetest, besonders die Kinder, die ein Kreuz über dem Kopf hatten.

Jaa, wie das hieß, dieses Gefängnis? Wer weiß das noch? Es hatte einen französischen Namen … Flambeau … Flandreau … Eines Morgens kamen sie einfach und holten sie, mit großen Keschern jagten sie sie, nahmen alle mit, jedes Kind hier aus der Gegend, und so herrschte Trauer in jeder Papphütte, sodass auch die Schmetterlinge wieder zu Stein wurden. Glaubst du mir das?

Patti winselte inmitten ihrer Zigarrenwolke und ließ ein Goldzahnlächeln aufblinken, und mir war nicht klar, ob sie in derselben Welt weilte wie ich.

Aber zu deiner Mutter. In dieser Welt wirst du durch Suchen keine Antworten finden, Kleine Tatze. Die sind dort, in der unteren Welt. Im Inneren, in den Träumen und in den Gedanken.

Schau dort hin, Patti klopfte mir mit ihrem kühlen Knochenfinger an die Stirn. Sieh dir das Nordlicht am Horizont an. Dort brennen die Fackeln der Toten.

Da fielen mir Mutters Brief und der Weendigo ein. Ich nahm all meinen Mut zusammen und die Sicherheit, die deine Gegenwart mir gab.

Patti, erinnerst du dich daran, was der Weendigo ist? In Mutters Brief …

Weiter kam ich nicht, da rammte Patti schon das Messer in den Tisch: Lass diese Dinge ruhen, Roses Tochter, hier wird nicht vom Weendigo gesprochen!

Und ich war nicht mehr die Kleine Tatze.

Ich wich zurück, es war leicht, Patti zu fürchten und zu respektieren. Deshalb empfand ich sowohl Erleichterung als auch Enttäuschung, als sie beschloss: Das Kasinohotel ist jetzt voll.

Dann schloss Patti die Augen, und ich begriff, dass die Audienz zu Ende war. Wir begannen den Rückzug. Ich ging mir die Schuhe anziehen und hörte dabei euer Geflüster. Was macht die Kleine Tatze hier?

Deine Antwort hörte ich nicht.

Und jetzt ist wieder ein Mädchen verschwunden?

Ja.

Deine Ausreißerin?

Na, das war nicht meine, sie tauchte auf und suchte Schutz.

Winonah hat sie gefunden und hergebracht. Oder gestohlen.

Für diese Frau kann man nicht die Hand ins Feuer legen.

Ja, ich weiß nicht. In der Errungenschaft ist das Mädchen gesehen worden. Und da ist auch ein Wolf vorbeigekommen.

Ich hörte Pattis erregte Stimme und stellte mir vor, wie sie sich mit ihren Knochenhänden an deiner Schulter festkrallte.

Dort in der Errungenschaft? Was für ein Wolf? Fehlte ihm ein Zeh? Hatte er auf der Stirn eine Narbe? Könnte das unsere Wolfsrose, *Maa'ingan Oginiiwatig,* gewesen sein?, fragte Patti, und für mich hörte es sich so an, als bebte ihre Stimme: Wenn doch auch dieser Albtraum irgendwann ein Ende hätte.

In der Errungenschaft waren wir noch nicht, antwortetest du, ohne dich umzudrehen. Ich stand im fahlen Licht des Ganges mit dem roten Teppich, aber auch dorthin stach Pattis Blick durch den Türspalt. Hör mal, Jim, am besten, du achtest ein bisschen auf Lempi. Kommt morgen zum *Powwow.*

Das war Pattis letzter Befehl, bevor wir in den laborweißen Gang und von dort mit dem Neonröhrenlift in die Spielhalle gebracht wurden. Ohren-Mike sammelte die Spielmarken zusammen, die er aus dem einarmigen Banditen gestohlen hatte, und fragte übellaunig, ob wir jetzt wirklich in das rote Hinterland fahren müssten.

Fahren wir in die Errungenschaft, entschiedst du, als wir wieder das Motorrad bestiegen. Vater kauerte da, und ihm zitterten Hände und Füße wie einem Welpen. Wir starteten in die warme Sommernacht und in die nach dem Kasino flüsternde Dunkelheit, und plötzlich war es zugleich spannend und sündhaft, im Motorrad so dahinzusausen. Mit so einem Vehikel reist bestimmt der Teufel.

Warum hat Mike die Errungenschaft Rotes Hinterland genannt, fragte ich dich, aber du hörtest es nicht oder wolltest es nicht hören.

Ich drehte mich um und betrachtete das in der Dunkelheit leuchtende Kasino. Irgendwo dort saß meine Großmutter Patti Feathers und rauchte eine Zigarre, während in der Spielhalle im Erdgeschoss die Münzen klingelten. Ich stellte mir vor, wie in dem ewigen Neonlicht seiner Innenräume Rentner und Rentnerinnen mit violettem Haarschopf an dem einarmigen Banditen zerren, die qualmende Zigarette zwischen den Fingern, das Bierglas auf der Ecke des Spielautomaten, schal werdend, Äpfel, Erdbeeren, Dollar, geflügelte Geldscheine schimmern auf, Spielmarken klappern, es gibt weder Tag noch Nacht, es gibt wachsende Gier und sich leerende Geldbeutel, in geheimen Hautporen des Körpers teilen sich die Krebszellen. Indianer mit stummen Mienen starren auf die Ereignisse aus den Überwachungskameras und lassen die Zeit vergehen, und vielleicht geht dem Stammesältesten ein zufriedener Gedanke durch den Kopf: Einst habt ihr mein Volk getötet, jetzt töte ich euch.

3

PFAD DES SICH VERSTECKENS – *GAAZOWIN-MIIKANENS*

oder wie Rose vom Baum sprang
und beschloss, Finnin zu werden

FEBRUAR 1973

LEMPI, du mein liebes Kleinchen, elf Jahre ist das jetzt her. Elf Jahre, dass ich vom Baum herabflog und dein Vater mich auffing und unsere Pfade sich miteinander verflochten. Vielleicht solltest du wissen, dass ich damals eigentlich Mike Björnsson vom Büro für Indianerangelegenheiten versprochen war und mit fünfzehn Jahren ein totes Kind von ihm zur Welt gebracht hatte, sodass ich ein Jahr lang mit rußgeschwärztem Gesicht und mit einem leeren Wiegenbrett auf dem Rücken herumlief. Und obwohl ich nicht glücklich war, stellte ich mir vor, dass das mein Pfad war und dass es auf der Welt keine andere Art zu leben gab. Und trotzdem war ich unruhig und voller Angst, und mich trösteten nicht Pattis Reden von der Macht des Büros für Indianerangelegenheiten und von den Vorteilen wie dem, dass meine Brüder donnerstags in Mikes neuem Röhrenfernseher das freie Ringen und die Boxwettkämpfe verfolgen könnten, bei denen die Schwarzen die Weißen halbtot schlugen.

Der vorherige Abend mit der Tanzveranstaltung der Finnen war für mich und Vera völlig danebengegangen. Der einarmige Kommunist, den sie Roter Heinari nannten, hatte eine Rede gehalten, nach der üblicherweise auch die Angehörigen der Stämme das Tanzbein schwingen durften, doch diesmal erschienen dort FBI-Männer mit dunklen Brillen und nahmen den Kommunisten mit. Vera schmollte. Mike wuselte mit seiner Kool-Aid eifersüchtig um mich herum, verscheuchte die Männer, die mich zum Tanzen auffordern wollten, ein Wunder, dass er mir nicht an den Rock pinkelte, um sein Revier zu markieren. Ich war das leid, denn ich hatte das hübsche, von Patti gewebte türkisfarbene *Giizhoopizon*-Tuch umgelegt, und nun durfte ich nicht tanzen. So beobachtete ich also den Finnen, der bestimmt fünf Jahre jünger war als ich. Aber dieser bebrillte Bursche beachtete mich gar nicht, buchstabierte nur irgendwo in der Ecke Geometrie oder was. Aber er hatte etwas, als er seine heulende Mutter hinausführte, die Art von einem, der eine Menge durchgemacht hat, und das entfachte in mir eine seltsame Sehnsucht, wie ich sie bei Mike nie erlebt hatte. Ein rücksichtsloses Verlangen, wie ich es schon ewig nicht mehr empfunden hatte, und so war ich am nächsten Tag dort im Wald, bereit, die Frauensachen zu tun, die ich dich gelehrt habe und die unseren Vogel dazu bringt, frei zu jubilieren. Ich hatte gerade ein faules Schwanenei vom Boden aufgehoben und war bei meiner Lieblingsbirke, der knorrigen, angelangt, inmitten von Kräutlein Rührmichnichtan, Scheidenwollgras und Geweihfarnen auf der Wiese unterhalb des Staunsteins, wo sich manchmal die Kolibris versammeln, und ich war schon drauf und dran, mich rittlings auf die raueste Astgabel zu setzen, um meinen Vogel kommen zu lassen, als ich ein Kind wimmern hörte. Ich kletterte wieder hinunter und sah, dass eine ausgehungerte Wölfin ihr noch blindes Junges am anderen Rand der Lichtung, die von Flieder, Glockenblumen und Weißem Silberwurz gesprenkelt war, gewölft hatte und selbst in ein Tellereisen getreten war. Die Mutter war verloren, aber ich bückte mich, um das Junge, das von der Zunge der Mutter noch nass war, hinter einem Stein hervorzuholen. Ich wusste von dieser herumstreunenden, jetzt sterbenden Wölfin, sie war dieser Tage in den Sümpfen hinter dem Reservat gesehen worden und schon berühmt dafür, dass auf ihren Kopf eine Prämie ausgesetzt war, ein gebrandmarktes Tier und vogelfrei. Die einohrige Wölfin hatte Mike Björnssons Finnischen Spitz in den Wald gelockt, sich mit ihm gepaart und ihn dann dem Rudel zum Zerfleischen überlassen. Aber so ist die Natur des Wolfes, und ich verstand nicht den primitiven Hass, mit dem Mike und seine Kumpels zu einem Rachefeldzug, zur Wolfsjagd, ausrückten, schäumend vor Blutgier.

Ich nahm das warme, schleimige Wolfsjunge, dessen Augen noch geschlossen waren, in den Arm und überlegte, ob ich trotzdem auf den Baum klettern sollte. Zu spät begriff ich, dass ich auf der Lichtung nicht mehr allein war. Der Jeep der Kerls kam angerast, die Reifen bedeckt von Froschmatsch. Sie freuten sich, als sie die Wölfin in ihrem Eisen gefangen sahen, traktierten sie eine ganze Weile mit Fußtritten, und jeder Einzelne leerte sein Gewehr in sie aus. Dann bliesen sie sich auf und schlürften, gegen die verbeulte Motorhaube gelehnt, Freudenwasser aus Blechdosen. Der eine ballerte auf den Wolfskadaver und, als er davon genug hatte, auf die Verbotsschilder. Mich beachtete niemand. Ich schlang das von Patti gewebte türkisfarbene *Giizhoopizon*-Tuch um das Wolfsjunge und begann zu klettern.

Wenn ich es doch geschafft hätte, mich unbemerkt zu verstecken. Aber das Junge biss mich ins Handgelenk und zerriss das Festtagstuch, und ich ächzte vor Ärger und Schmerz.

Die Kerle freuten sich: Da ist ein Mädchen auf dem Baum, und hat sie nicht gar den Welpen dieser Wölfin bei sich? Hei, gib ihn uns, der ist eine Bestie und gefährlich!

Mir wurde klar, dass die Männer das Junge töten wollten. Und war entsetzt, denn in der alten Zeit war der Wolf der einzige Freund von Bruder Nan'obozoo. Die beiden wurden getrennt, aber die Wahrheit ist, dass das, was dem Wolf passiert, auch dem Menschen widerfährt. Deshalb beschloss ich, das Wolfsjunge zu retten.

Hallo, Fräulein, gib uns den Wolf!, röhrten die Kerle, als sie mich noch nicht richtig sahen. Dann änderte sich die Tonlage: Ach, das ist ja nur die Indianerin von den Tanzabenden der Finnen. Du hattest doch so eine flotte Schwester. Ich fuhr zusammen und wurde hellwach. Dieselben Jungs hatten versucht, Vera und mich gewaltsam in ihr Auto zu drängen. Ich hatte mich nach Kräften gewehrt, aber Vera nahm das nicht übel und fuhr mit. Ich fand sie später beim Milchkannengestell, wo sie ihr zerrissenes Kleid reparierte. Ich fragte nichts, und Vera erzählte nichts, ich führte das Porzellanblümchen an der Hand nach Hause zum Wohnwagen der Loonsfoots. Und überlegte, warum ich sie verachtete, warum ich sie nicht in die Arme nehmen und freundliche Worte finden konnte, wenn es nötig war. Ich sollte doch eine *Mide,* eine Heilerin, werden, und dennoch verachtete ich Vera, meinesgleichen, oder zumindest war sie gleichaltrig. Wir waren beide im Internat gewesen, und beide hatten wir einen Schwarm Geschwister, Onkel und Tanten, die untereinander geheiratet hatten und sich vermischten, sodass niemand genau wusste, wer aus welchem Wurf stammte. Dann wurde ich wütend. Vera war lieb, aber dumm, und der Schnaps fließt in sie hinein wie die gierigen

Fangarme eines Tintenfischs und zwingt sie, vor den Männern die Arme zu schwenken und unvorsichtig im Freien zu schlafen. So eine wollte ich nicht sein.

Die Kerle drohten mir. Wir skalpieren dich, Rothaut. Ich rief, das werdet ihr nicht tun, warf das faule Schwanenei in ihre Richtung und traf einen von ihnen am Nacken. Verwünschungen. Komm her, dann werden wir dich liebevoll behandeln, du Squaw-Schickse, komm schon, komm! Dann erkannte mich jemand, zu meinem Glück.

Sch, sch, das ist Mikes Goldfisch.

Jetzt wurden sie unsicher, was zu tun war, ob sie nicht lieber Reißaus nehmen und auf den Leckerbissen verzichten sollten.

Wo ist Mike?, riefen sie vorsichtig.

Ja, wo war Mike Björnsson, der meistens hinter mir herlief und sein Revier so wütend markierte, dass niemand es wagte, mich anzurühren. Aber jetzt war Mike nicht da. Jemand begann den Baum zu schütteln. Da ließ *Kitche-Manitou* in seiner großen Weisheit ein Wunder geschehen.

Hinter den Bäumen hervor kam, in Gedanken versunken, der bebrillte Finne von der gestrigen Versammlung anspaziert. Er erschrak, als er bemerkte, was hier vor sich ging, klemmte sich das Buch unter den Arm und rückte die Brille zurecht. Und sagte, nun hört mal auf damit.

Misch du Schwachkopp dich hier nicht ein! Verpiss dich und geh an der Titte deiner verrückten Mutter nuckeln! Entsetzt verstand ich, dass sie Helmi Haverinen meinten, die Frau des alten, einarmigen Kommunisten, die keine Sprachen konnte und nur vor sich hin glotzte, wenn man sie ansprach. Der da war also Ettu Haverinen.

Der nahm ganz ruhig sein Messer hervor, fuchtelte aber nicht damit herum, sondern war überzeugend. Die Macker wurden ernst, weil ihnen da doch ein anderer Weißer gegenüberstand, und so einen konnte man nicht einfach abknallen, und wenn er noch so sehr Finne war. Sie zogen sich zurück.

Ich sprang so schnell und unvorsichtig vom Baum herab, dass Ettus Messer mir die Stirnhaut aufschnitt, das Blut schoss hervor, aber das machte nichts, weil etwas Unbekanntes mich auffing und in den Arm nahm, sodass ich dort einen Augenblick lang wie in einer Astgabel war und Kraft und Festigkeit spürte. Darin lagen Vertrauen und ein Abgrund, und ich dachte noch: Ich werfe mich dir in die Arme, nimm mich entgegen, ich ergebe mich dir, ich öffne meinen Flaum und entblöße das Bloße. Und von da an liebte ich deinen Vater. Wie er mich immer wieder empfing, jeden Morgen, viele Jahre lang. Bis er das nicht mehr tat, und das Entsetzliche geschah.

Gehen wir, flüsterte Ettu.

Dann lief ich schon durch den Herbstwald mit dem Wolfsjungen im Arm. Wo ist Mike? Meistens rettet Mike mich vor den Männern, aber jetzt war da ein Mensch von anderer Art, ein Finne, und das erschien mir plötzlich richtig. Ich stapfte durch das Geröll und stolperte, dein Vater zog mich zum Lauf des Baches in Sicherheit, und ich drückte beiläufig die Lippen gegen den warmen Männerhals, er war weich und sensibel, innen sehnig. Darin spürte ich die Ströme des Reifens. Ich lag im moosigen Gestrüpp und keuchte. In meinem Mund schmatzte eine Metallzunge. Wer war das, den ich da so plötzlich spürte?

Ist alles in Ordnung?, fragte er leise und zuckte zusammen.

Ich spürte, wie mir das Blut über das Gesicht lief.

Wir lachten beide über diese Schrecklichkeit, die Spannung, aber noch über etwas anderes. Ich ließ den Welpen den blutigen Schweiß von meiner Stirn lecken, beruhigte mich, mein Körper erholte sich von dem Schrecken, und es war mir, als hätten wir eine große Gefahr überstanden. Wir lagen ganz still da im Moos unter den Farnen, die erhitzten Zehen spürten das Streicheln des Bachs und die geschundenen Knie die Wurzelzehen der Bruchweide, mit der sie sich an der Bachbiegung festklammerte. Die Kerls am hohen Flussufer riefen einander, ihre Gewehre schlugen scheppernd gegen die schweißigen Gürtelschnallen, während sie sich entfernten.

Jetzt denke ich oft wehmütig an jenen Tag und daran, wie alles in uns auf den Augenblick von damals zurückgeht: wie ich deinen Vater kennenlernte, wie unsere schon für andere Zusammenhänge vorgesehenen Gegebenheiten sich ungewollt aus ihren ursprünglichen Konstellationen herauswanden und das vorherbestimmte jämmerliche Ende doch noch eine glückliche Wendung nahm. Denn ich war ja mit Mike verlobt. Und hier war nun ein neues und seltsames, stammelndes: Du bist.

Was bin ich denn schon? So eine. Ich war gespannt, mein Instinkt schrie: Was für eine? Ein Rotkäppchen? Eine Injun? Eine Zwei-Penny-Squaw? Aber Ettu blieb ernst stehen. Eine Ernstzunehmende. Eine Beharrliche.

Das letzte Wort verstand ich nicht, erahnte aber die Bedeutung, und eine seltsame Dankbarkeit erfüllte mich. Feierlich schritten wir durch das nach Harz duftende Birkenwäldchen, und irgendwann griff eine Hand nach der anderen.

So einer würde man sogar eine Saimaa-Robbe bringen, sagte dein Vater. Was ist das?, fragte ich. Jaa, das ist wohl eine

Art Seehund. Aber feiner. Sie lebt im Süßwasser, aus dem Fell würde man eine gute Mütze bekommen. Ich lehnte die Robbe ab, verlangte aber aus einer Laune heraus nach einem Biber. So einen kann ich dir schießen, versprach dein Vater und wirkte ganz trübselig. Ich ahnte, dass ich es mit keinem großen Waldkrieger zu tun hatte. Na, bring mir wenigstens einen Blutegel, begnadigte ich ihn und glaubte nicht, dass er das tun würde. Aber er sprang zu dem Ufer mit dem Wildreis, steckte die Arme in das warme, stehende Wasser, das voller vermodernder Rinde war, und holte dort einen solchen Sauger heraus. Er präsentierte mir den Egel mit einer Verbeugung, so wie ich im Kino den Oberkellner auf einer silbernen Platte edle Leckerbissen hatte servieren sehen, und ich schaute zu, wie der Wurm sich mit seinen Saugnäpfen zwischen den hellen Härchen an dem mit Sommersprossen übersäten Arm festgesaugt hatte und saugte, dass das Blut tropfte. Ich starrte den Finnen an, ob er wohl genug Schneid hätte, aber er verzog keine Miene. Das beeindruckte mich. Wirf ihn weg, lachte ich schließlich.

Du siehst aus wie die Nadeln am Baum und duftest wie die Sonne. Woher kommen so erstaunliche Menschen?, seufzte der Mann neben mir.

Woher stammen wir wohl, sagte ich gedehnt. Aus den Schritten unsrer Luchse, aus den Bärten unsrer Heiler, aus den Bergen unsres Landes, aus den Sehnen unsrer Bären, aus dem Atem unsrer Fische und der Spucke unsrer Vögel. Ich spürte den berauschenden Strom meiner Frauenkraft und dachte: Die bekommst du, wenn du mich nimmst. Vielleicht hätte ich dir erzählen sollen, dass es in mir auch eine dunkle Seite gibt, nur spitzige Baumnadeln, die fauchen. Ich zog deinen Vater an mich, und ihm entfuhr ein tiefes Stöhnen.

Sollten wir uns nicht zuerst um Schlösser und Versprechen kümmern, so wie es im alten finnischen Ehevertrag heißt?, sagte er gepresst.

Du bist wohl nicht sehr lochmutig.

So ist es wohl.

Na gut. Ich wischte die Tannennadeln von meinem Rock ab.

Für mich war es erstaunlich, dass Ettu mir zuerst die Verlobungsgeschenke überreichen und mich erst dann berühren wollte. Im Reservat bedeutet Brautwerbung eine von Schweden-Björne gekaufte Flasche Schnaps und ein auf dem Klagefelsen durchstoßenes Jungfernhäutchen. In diesem Moment beschloss ich, Finnin zu werden. Die wurden als Trottel und Fanatiker beschimpft, und doch waren sie mit ihrem hölzernen Englisch freier als die in Armut und Reservate eingesperrten Indianer. Das war daran zu erkennen, dass sie es sich leisten konnten, auch zu uns gut zu sein.

Von diesem Augenblick an dachte ich nicht mehr an Mike, und das, obwohl er mich lockte, mir ein Wolfsfell schickte und seine Kumpane beauftragte, Ettu zu bedrohen und dessen Briefkasten zu sprengen. Ich indes sah einen Weg und eine Tür mit offenem Haken und begann meine Flucht aus der Korruption des Büros für Indianerangelegenheiten und dem Leben ohne Leidenschaft an der Seite eines geruchlosen Mannes zu planen und spürte, dass ich mutig, dass ich eine Kraft war. Das war eine verwegene Idee, und Patti würde furchtbar enttäuscht sein, aber ich fasste einen festen Entschluss und dachte nur daran, dass ich alles richtig machen musste und nichts übereilen durfte. Jetzt musste ich mich zurücknehmen, in mir ein Nest bauen und alles so ordnen, dass es daran nichts auszusetzen gab. Darf man dich besuchen kommen?, fragte dein Vater schüchtern, und ich nickte ebenso schüchtern zurück. Gleichzeitig überlegte ich schon fieberhaft: Patti würde brüllen, vielleicht einen Kochtopf nach mir schleudern, einen finnischen Bräutigam ablehnen, einen Mann, der einen Frosch im Mund hat, so, wie deren Sprache klingt. Besonders dieser würde Mutter nicht gefallen, weil sein Vater, der Rote Heinari, sich den Landbesitz von Pattis Vater ergaunert hatte, während der in Europa in den Kriegen der Weißen kämpfte. Und natürlich war Mike, der Enkel eines Indianerpolizisten, schon für mich ausersehen worden. So einer spielte bei uns eine wichtige Rolle, so einer hatte Macht und die Fähigkeit, schon abgeschlossene Geschäfte rückgängig zu machen, und vielleicht auch, uns das Land zurückzugeben. Das alles wusste ich, und doch hörte ich mich sagen: Komm zur *Manoomin*-Zeit, und trug das Wolfsjunge an der Brust wie ein Neugeborenes. Dem musst du einen Namen geben, sagte dein Vater. Ich wollte es *Manidoo Maningan* nennen, das bedeutet Wolf des Geistes. Aber das kleine Wesen quarrte in meinem Schoß und lutschte an meinem Finger, den ich in Stechwindenmilch getaucht hatte, übergab sich und lutschte weiter, sodass ich ihm den Namen Makikii, Frosch, gab. Makikii, ließ sich der Finne den Namen auf der Zunge zergehen.

Oder Sulo, Liebreiz. So wie du.

Dann kamen Ettu Zweifel: Sulo ist ein Männername, und dies hier ist eine Wölfin.

Ich sagte, das spiele keine Rolle, und Sulo haben wir sie dann genannt, auch damit dein Vater nicht außerhalb der dadurch entstandenen Bindung blieb. Sulo Makikii, Liebreizender Frosch, ganz so wie du, mein kleines Wolfsjunges.

Ich spürte, dass in meine Welt Geborgenheit und ein Schlupfwinkel gekommen waren, und für mich ein *Weedjee*-

waugun, ein Weggefährte, der mich beschützen würde, sodass der Weendigo nachts nicht mehr in mein Bett kommen und unter seinem Talar nächtliches Grauen und Schimmel und den Gestank von zerdrückter Trauersegge mitbringen würde.

AUGUST 2018

Jim Graupelz,

was war ich doch schüchtern und froh, als wir im duftenden Hof der Errungenschaft ankamen, an dem Ort, den ich vor fünfundvierzig Jahren verlassen hatte. Der Boden des Motorradbeiwagens schrammte über einen Stein auf dem Grashügel, und du fluchtest. Noch während der Fahrt öffnete ich eifrig die Klappe des Beiwagens, sprang hinaus, und auf den ersten Blick sah es so aus, als hätte die Zeit vergessen, diesen Ort zu besuchen. Das rotockerfarbene Haus mit den feuchten Fallrohren, die blau gestrichenen Regenwassertonnen, die an Drähten hängende Dachrinne. Der Karren für das Brennholz neben dem Schuppen, das Schaukelpferd aus verrostetem Blech, unser alter Chevrolet, aus dessen Heckklappe jetzt Hundsrosen und Bisongras schäumten. Die Gangschaltung ist kaputt, brummte Ettu, so als wollte er sie bald reparieren. Das Heim meiner Kindheit. Nie hätte ich mir träumen lassen, dass ich jemals an diesen Ort am Ende des Salmi Roads zurückkehren würde. Was hatte Großvater Heinari wohl gedacht, als er hier ankam? Warum um alles in der Welt hatte er beschlossen, ins Reservat zu gehen, oder war es auch dabei um Gewerkschaftssachen und um das Anzetteln von Streiks gegangen, um eine reine Flucht also? Die Jungs von Pinkerton und vom FBI auf den Fersen, vielleicht sogar den OSS, den militärischen Geheimdienst der USA, aber darüber hatte ich nur Helmis grantige Bitterkeiten gehört, davon, wie sie sich in Thunder Bay kennenlernten und Helmi die Cupido-Krankheit bekam, bevor oder nachdem sie Großvater Heinari getroffen hatte, wer weiß, die Zeiten waren, wie sie waren. Jedenfalls heirateten meine Großeltern nach dem Zweiten Weltkrieg gegen ihren Willen, der Anarchist und die syphiliskranke Laestadianerin, und schleppten ihre unpaarige und misshellige Waschkommode hierher ins Reservat Fond du Lac in Minnesota und glaubten bestimmt, in Sicherheit zu sein. Das glaubten wir alle.

Während ich den Rasen überquerte, spürte ich mehr, als dass ich es hörte, wie sich jemand näherte, und ich kam nicht einmal dazu zu erschrecken, als ein riesiger, schwarzer Wolf auf mich zulief und stehen blieb, um mich in Augenschein zu nehmen und zu beschnuppern. Einen Augenblick lang glaubte ich, dass es wirklich Mutters Sulo Makikii sei.

Wie kann denn der Köter von damals noch am Leben sein? Was für eine Erklärung könnte es dafür geben?

Dies ist eine andere Wolfsart. Das Tier ist erst kürzlich aufgetaucht, sagtest du und schwiegst lange: Es hat wohl gedacht, jetzt ist die Zeit gekommen. Abwägend sahst du mich mit deinen schönen Augen an. Wir haben ihm den Namen *Maa'ingan Oginiiwatig* gegeben.

Der Name kam mir bekannt vor, und ich fragte, was er bedeute, aber du zischtest nur: Hier kann niemand mehr die alte Sprache.

Irgendetwas hatte dieses Tier, dass ich gar nicht darauf kam, mich zu fürchten.

Das wolfsartige, zierlich-drahtige Wesen kam zu mir, legte mir den Kopf auf die Schulter, und ich überlegte, ob es zahm sei, aber da war noch etwas anderes an ihm, vielleicht, dass das wilde Tier mich akzeptierte. Der Geruch seines schmutzigen Fells schlug mir heftig entgegen. Die Hand am Hals des Wolfes schaute ich mich um. Auf der Verglasung der Terrasse stand geschrieben: NEDNUWHCSREV TSI ESOR. Es dauerte einen Moment, bis ich begriff, dass der Text falsch herum war und dass da eigentlich ROSE IST VERSCHWUNDEN stand.

ROSE IST VERSCHWUNDEN. Was für ein grausamer Mensch hat sich nicht entblödet, so etwas an das Fenster eines alten Mannes zu schreiben, der sein Gedächtnis verloren hat. Das erschien mir gemein und falsch, aber gleichzeitig wurde mir das Erlebnis zuteil, die langersehnte heimatliche Hofstelle um mich herum wiederzuerkennen.

Ich streifte die Sandalen von den Füßen und bemerkte, dass du lächeltest, der Moosrasen begrüßte gierig meine Zehen. Aus dem Augenwinkel sah ich die Schwalben unter die Traufe des verfärbten Schuppens flitzen, und ich erinnerte mich, wie ich die Knochen ihrer Ahnen hinter den Himbeerbüschen begraben hatte. Im Schatten blieben die aus Finnland mitgebrachten heiligen Ebereschen. Die von Tausenden von Schritten geglätteten Holzstufen, von links flutete der Duft der Hundsrosen herüber, im Nacken die vertraute Berührung der Abendsonne, alles war plötzlich auf so bekannte Weise traurig und melancholisch, dass ich wankte. Gegen mein Bein drückte sich ein weichrauer Pelz, und es war, als hörte ich Mutters Stimme: Willkommen daheim, Kleine Tatze, *Agaasin Makwaasagim*.

Ein Wirbel, ein doppelt belichtetes Foto, die wehmütig-ekstatische Stimme der Trauertaube. Der Sommer ist sommeriger, die Wärme wärmer. Einen Moment schien es mir, als sei meine Mutter zugegen. Bei meinem Traumnamen hatte mich seit Langem niemand mehr gerufen. Ich wankte und wollte schon die Hand meines hinter mir kommenden Vaters ergreifen, doch dann überkam mich eine seltsame Angst, dass, wenn ich nach seiner knotigen Hand fassen würde, dort nur Leere und das scharfe, nasse Kratzen der Blätter des Schwarzen Johannisbeerstrauchs sein würde. Dass alles nur ein Traum und ein Ulk wäre. Vielleicht hoffte ich das?

Drinnen im Haus duftete es nach dem vertrauten Espenholz, nach Lavendel und Kaffee, den Ettu offenbar immer noch durch den von Mutter gestrickten blauwollenen Strumpf filterte. Vater hatte also nicht in jedem Punkt gelogen. Mit roter Farbe war wieder und wieder derselbe Text hingeschmiert worden: ROSE IST VERSCHWUNDEN.

Ansonsten dieselbe verzinnte, knatternde Wasserpumpe, die vergilbten Spitzengardinen, auf der Ecke des nach Leder duftenden Bücherregals das Hochzeitsfoto von Großvater Heinari und Helmi, der Mutter einmal, als sie wütend war, einen Schnurrbart gemalt hatte. Der warme Hauch von Espe und Birke, das Rascheln der Mäuse im Wandgebälk. Anders sind nur die Reihen von Gläsern auf dem Fensterbrett, denn dort logierte jetzt das Knochenkrebsmedikament Dilaudid mit seinen kleinen Hämmerchen, die sich angeblich ihren Weg in die Erinnerungen des alten Holzfällers klopften, so wie der Trotzkopf in den Balkenkonstruktionen. Zum Glück warst du da in meiner Nähe, kiefernsicher und mit schöner Stimme, ganz so, als hättest du verstanden.

Nimm es ganz entspannt, rietst du mir leise, und ich wanderte im Zimmer herum, vermied es, das Geschmiere zu beachten, so als hätten wir es nicht schon gewusst: ROSE IST VERSCHWUNDEN.

Hier erwachte Vater jeden Morgen. Ohne Rose, ohne Gedächtnis.

Ist es fünfundvierzig Jahre her, dass du zuletzt hier warst?, fragte Mike und kratzte sich die Stelle, wo einst sein Ohr gewesen war, und ich überlegte wieder, wie Mike es wohl verloren haben mochte. Bei einem Jagdunfall zur selben Zeit, als Mutter verschwand? Ich erinnere mich gut, wie wir zuletzt in eben dieser Stube gestanden hatten, auf derselben Treppe.

An jenem Winterabend waren wir gekommen, um Mutter zu suchen. Mit dabei waren Roses Brüder Messer-Matt, Pee-Wee und Goggleye mit seiner beschlagenen Brille, Sheriff Mike, der gerade sein Ohr bei einem Jagdunfall verloren hatte, und Oma Helmi. Aber drinnen war es nicht unordentlicher als sonst. Mutters Lieblingslektüre, das Buch über das Blutbad von Wounded Knee, lag aufgeklappt da, einige Flugblätter des American Indian Movement, der Indianerbewegung, in einem aus Birkenrinde geflochtenen Behälter neben dem Herd zum Feueranzünden. Alle schauten auf den sauberen Fußboden und auf Roses Rentierpelz, der an der Garderobe hing. Die Fellskier, die Großvater Heinari aus Finnland mitgebracht hatte und die Rose liebte. Ohne sie wäre Rose nicht fortgegangen.

Na, wo sind denn nun die Scherben und das Chaos?, fragte Mike drängend die Brüder.

Tja, wir haben natürlich sauber gemacht, dann ist es für die Amtsgewalt angenehmer, aus ihrem Dorf hierherzukommen, sagte Messer-Matt gedehnt. Danach gingen Mike und die Onkel in den Vorraum hinaus, um dort miteinander zu flüstern.

Ich stellte mich mit gegrätschten Beinen hin, um abgeputzt zu werden, und genoss Ettus plump-zärtliche Nähe, unser Spiel. Während Vater den Schnee von mir abfegte, flüsterte ich: Wo ist Mutter?

Anfangs schien Vater die Frage nicht zu hören, faselte etwas von Erkältung, legte meine bereiften Handschuhe auf die Wasserheizung und zog mir die von Patti gefilzten, geblümten Hausschuhe an die Füße. Ich wäre gern mit Vater allein gewesen, um ihm zu erzählen, wie sehr ich mich nach den Eltern sehnte und wie gern ich von der Großmutter fort und nach Hause zurückkommen würde. Aber das konnte ich nicht, so lange diese aufdringlichen Leute da waren, und am liebsten hätte ich Mike und Roses Brüder zurück auf den Hof hinausgedrängt. Eine Stimme in meinem Inneren schrie, dies ist unser Zuhause, hierher gehören nur wir und unser Duft.

Aber Rose war tatsächlich nicht da. Es schien nichts anderes zu fehlen als Mutters Anwesenheit. So als hätte Mutter eine ebensolche Leere zurückgelassen wie dann, wenn man in einen weißen Tropfen blaue Farbe träufelt und dessen Farbe sich vertieft. So wie das Geräusch der Wanduhr Stille schafft, irgend so etwas war da.

Wo ist Mutter?, fragte ich Ettu noch einmal, etwas angstvoll.

Vorhin war sie gerade irgendwo hier, sagte Vater mit so aufrichtigem Blick, dass mir unwillkürlich ein Kichern entfuhr, vielleicht war dies nur ein Spiel, bei dem Mutter sich versteckt hatte und wir sie suchen mussten. Das hatten wir damals nach dem Ausflug gespielt, bei dem wir einen Weihnachtsbaum geholt hatten, und schließlich hatte Mutter sich auf dem Dachboden von Pattis Haus befunden, nachdem Patti und die Onkel Vater erst bedrängt und schließlich begnadigt hatten. Sulo Makikii hatte uns dorthin geführt. Der Hund liebte Mutter mit der wilden Hingabe eines Hundes und war überhaupt nicht bereit, einen Augenblick ohne sie zu sein, er schlief an ihrem Fußende und folgte ihr als Köder für die Gespenster auch bei dem schlimmsten Frost auf dem Weg zur Toilette.

Fragen wir Sulo, sagte ich deshalb zu Mike, der unzufrieden zurück in die Stube gestiefelt kam.

Wen?, knurrte der.

Mutters Hund, du weißt schon.

Ach so, dieser Riesenköter. Mikes Gesicht verzog sich vor Abscheu: Das ist kein Hund, sondern ein wildes Tier. Seine Mutter hat mir einen guten Jagdhund genommen. Man sollte ihn zu Handschuhen verarbeiten. Es ist gesetzeswidrig, einen Wolf als Haustier zu halten.

Tjaa, hier sind keine Wölfe gesichtet worden, sagte Ettu nachdenklich damals, vor langer Zeit, und stellte für uns Tassen auf den Tisch: Die zeigen sich hier in der Siedlung nur selten.

Ich weiß noch, wie geruhsam Ettus Geplauder dahinplätscherte, und ebenso waren seine Bewegungen wie die eines Hausherrn, der mit seinen Gästen vollauf zufrieden ist, fast wie jemand, der gern ein Schwätzchen hält und dazu neigt, die Zeit totzuschlagen, und nicht mein wortkarger Vater. Dann bemerkte ich, dass er auf einem falsch herum gedrehten Holzteller grünliche Zwiebackscheiben anordnete, solche, wie sie normalerweise zusammen mit schwarzen Fliegen zu Krebsködern vermust werden. Armer Vater. So hoffnungslos zerstreut, lachte ich, so wie Mutter es immer getan hatte. Mein lieber Ettu, eines

Tages wirst du noch deinen Kopf in der Reuse vergessen. Ich beeilte mich, den Teller umzudrehen und Himbeerkonfitüre und einen Birkenrindennapf mit Dickmilch auf den Tisch zu stellen. Den Kaffeegrund filterte ich unauffällig durch die blaue Socke. Dann schenkte ich Schwarze Medizin ein, wie die Onkel den Kaffee nannten, aber die Hälfte der Tassen hatte einen Sprung, und das schien Vater nicht zu bemerken, obwohl das tintendicke Getränk über den Tisch floss und auf den Fußboden tropfte. Da kam mir der Verdacht, dass Vater gar nicht Spaß machte und dass hier etwas überhaupt nicht stimmte.

Vater, wo ist Sulo Makikii?

Sulo. Vater wiederholte den Namen, und während er versuchte, sich zu erinnern, wirkte er zum ersten Mal ängstlich wie ein Vogel, der sich im Rauch verirrt hat: Jaa, das kann ich nicht sagen. Aber lasst euch nicht nötigen, da steht jetzt ein Imbiss auf dem Tisch.

Ob es an jenem Abend etwas Bedrohliches gab, weiß ich nicht mehr. Ettus aufrichtige Freude, mich zu sehen, denn das war es, seine Umarmung, die mir das Gefühl von Sicherheit gab und alles, aber gab es da nicht in seinen Gesten eine neue Leere, so als wäre aus seinem Inneren etwas Wesentliches herausgegraben worden, das sich dann später als die Unfähigkeit erwies, sich neue Erfahrungen zu merken? Für mich war es schrecklich, dass sie Vater in die Entziehungsanstalt brachten. Aber an jenem Abend, als die anderen fort waren und nur Großmutter Helmi noch dasaß, spürte ich zum ersten Mal in meinem Leben die Einsamkeit und das Fehlen der Schutzhülle, die Ettu und Rose mit ihrer Liebe für mich geschaffen hatten.

Erst das Gebet und dann Kartoffelschalen auf die Augen, sagte Großmutter Helmi und setzte sich in den Schaukelstuhl.

Ich kuschelte mich in die Decke, die nach Lavendel, Schafgarbe und Salbei duftete, und sog Mutters Duft ein. Rose hatte den Salbei Arznei der Weisen genannt und das Kraut in einer Muschelschale auf dem Nachthocker verbrannt, und diesen Geruch hätte ich gern auch jetzt geschnuppert, ein Bund und Streichhölzer lagen bereit, aber ich wagte es nicht, das Kraut anzuzünden, das Helmi Heidengarbe nannte. Sie saß im Schaukelstuhl und wiegte sich geräuschvoll hin und her wie der aufgeregte, überspannte Perpendikel einer Standuhr.

Wo ist Mutter, flüsterte ich, als die Leere und Abwesenheit mein Brustbein unter Geknister allmählich zerdrückten.

Sie ist auf Butterfahrt nach Kanada gefahren oder nach Florida, Eier holen. Helmi schaukelte hämmernd vor und zurück und murmelte, das habe sie nun davon, dass sie einmal nett war zu ihrer Schwiegertochter. Als wir uns zum letzten Mal sahen, habe ich sie freundlich in der Sauna gebadet. Und das ist nun der Dank. Ein spaltsüßes Leben wollte sie suchen.

Schluchzend begann ich zu weinen, erst gedämpft, und dann etwas lauter in der Hoffnung, Helmi würde sich wenigstens jetzt mit ihrer Wärme meiner erbarmen, aber Großmutter gehörte nicht zu denjenigen, die aus Mitleid weich werden und die Arme öffnen, und ich musste mich allein zusammenkauern in dem Feldbett, das jetzt riesig und leer war. Schließlich schnauzte Helmi, ich solle meinen Allerwertesten seitlich betten, dann könnte sie, ein alter Mensch, endlich schlafen. Und dass auch Jesus einen Schwanz gehabt habe. Ich erschrak, weil Großmutter sich so grob ausdrückte, denn was wusste ich schon von der befreienden Wirkung der Neurosyphilis auf die menschliche Psyche. Ich gehorchte, obwohl ich wusste, dass der Schlaf nicht kommen würde. Das war sicher. Gerade, als ich glaubte, dass ich niemals wieder einschlafen würde, geschah genau das.

In der Nacht erwachte ich von einem Geräusch, das an das Knistern von Nordlicht erinnerte. Ich spähte aus dem Fenster und sah, dass der Hund Sulo Makikii zurückgekehrt war – mit zerfetztem Fell und eingerissener Lefze. Er saß in dem vom Mond erhellten schneebedeckten Hof in seinem Blut, die kaputte Schnauze zu den Sternen erhoben, heulte und klagte aus dem tiefsten Grund seines Tierherzens. Am Morgen wickelte Großmutter Helmi seinen starren Körper in eine Decke und warf ihn in einen verlassenen Keller, von dessen Eingang kürzlich jemand die Bretter abgerissen hatte. Dort endete Mutters Wolfshund, und erst da kam mir der Gedanke, dass Rose wohl niemals mehr zurückkehren würde.

FEBRUAR 1973

LEMPI, meine kleine Tatze, kannst du dir vorstellen, wie sehr ich mich freute, als dein Vater am Tag unserer Hochzeit in den Hof der Errungenschaft einen Falben führte? Ich war perplex, wie er mit erhobenem Kopf stolz dort anspaziert kam, vor der Festtafel stehen blieb, die sich unter all den Leckerbissen bog, sich einen Weizenwecken schnappte und ihn mit einer Verbeugung Patti überreichte. Schlemmerei und Bewirtung waren überreichlich, aber ich saß in dem von Matt mitgebrachten Wohnwagen, rauchte und hörte, wie die Frauen der apostolischen Gemeinde in ihren steifen, gestreiften Volkstrachten flüsterten, dass ihre Wangen schwabbelten: Unser Ettu wird nicht zweimal heiraten. So? Dieses Eheschloss mit einer Indianerin wird nicht lange halten. Die finnischen Frauen hatten vom frühen Morgen an geschleppt und Tische gedeckt, Tücher ausgebreitet und alles mit Fliederzweigen geschmückt. Niemand war untätig, alle regten sich, aber es war schwierig zu ignorieren, wie sie trotz aller Eile noch dazu kamen, mich ihre Verachtung spüren zu lassen und um unser Indianerlager einen Bogen zu machen.

Ich eilte Ettu entgegen, hinaus auf den duftenden, quirligen Hochzeitsplatz. Ich hoffte, er werde mich mit den Augen umfangen, sodass ich mich sicher fühlen konnte. Aber das tat er nicht, ich bekam nicht einmal Blickkontakt zu ihm. Meine Brüder umringten den Bräutigam wie die Kojoten das kranke Rentierkalb. Warum bringt er so eine alte Schindmähre hierher?, überlegte Matt, den Kopf schief gelegt, und: Hallo Froschmann, über welche Prärie werden wir mit der Kracke da galoppieren?

Ich hab sie billig bekommen!, prahlte Ettu, bis ihm aufging, dass er eine Dummheit gesagt hatte. Er bemühte sich, mich anzusehen, und kam zu mir gestolpert: Obwohl ich es nicht deshalb der Familie der Braut schenke. Ich hab einfach … das Beste mitgebracht. Als es hieß, ich müsse Brautgeschenke besorgen, da hatte ich keine rechte Idee, und der Sheriff beriet mich dann und meinte, dass man hier so was schätzen würde …

Wie bist du denn darauf gekommen, dass man hier Wildwest spielen würde?

Patti deutete mit einem Tortenstück auf das Tier, sodass der süße Saft auf die Spitzen ihres Festkleids kleckerte. Auch aus den Mundwinkeln rann ihr der Saft.

Ein Pferd, sagte Ettu, und ich sah, wie er seinen beengenden Kragen lockerte: ein Festpferd.

Als das Festpferd mit seinem Maul, die Nüstern bebend, versuchte, sich einen Wecken zu nehmen, erschrak Patti und fürchtete, jetzt werde es sie beißen. Darüber begannen die Brüder so wiehernd zu lachen, dass sie sich bogen, gegen die abschilfernde Pritsche des Dodge taumelten und sich die Kleider beschmutzten.

Prrrrrr! Ettu bemühte sich, den Gaul beiseitezuzzerren, aber der verzog sich, um ein Büschel Büffelgras zu rupfen, ohne sich um seinen neuen Besitzer zu scheren. Ich schämte mich der Albernheit meiner Brüder. Wie arm sie doch wirkten, sie rauchten Kette und lachten schallend über Matts lautstark vorgetragene Geschichten aus dem kommunalen Gefängnis Saint Paul in der Nähe von Minneapolis, in dem er gesessen hatte, weil er aus dem Auto des Sheriffs Benzin für sein Aggregat abgesaugt hatte. Alle meine Brüder hatten sich trauerfarbene Bänder in die Haare geflochten und Federn an den Kopf gebunden. Ich schämte mich für Matts Heilsarmeekleider, dafür, dass die mit heißgemachten Blechdosen gebügelten Hosen ausgebeult waren und ihre Nähte sich auflösten und dass Goggleye blank geputzte aber verschiedene Schuhe an den Füßen trug. Ich bemühte mich, die krumme Haltung des nach Schnaps stinkenden Pee-Wee zu akzeptieren, der vor zwei Wochen beim Tanzfest der Nationalgarde verprügelt und misshandelt worden war, ebenso die hellblaue Elektrogitarre der Marke Les Paul, die die Spoons als Geschenk mitgebracht hatten und die garantiert gestohlen war, die grünen Augenwinkel von Mutters Schwestern, die um unsere Beine herumwuselnden Hemdenmätze und deren minderjährige Mütter, die stumm und schüchtern an der Wand lehnten. Ich versuchte zu verzeihen, konnte das aber nicht ganz. In diesem Augenblick sah ich all das, dem ich entfliehen wollte.

Dann bemerkte ich Mike Björnsson, der im Schatten des Wohnwagens lehnte und Rauchringe in die Luft blies. Der Kragen seiner Baseballjacke war aufgestellt, obwohl es so warm war, dass schon fast alle Anwesenden Schweißflecke unter den Armen hatten.

Mike, zischte ich aus dem Fenster, ist das dein Werk?

Ich deutete auf das Festpferd, das Gras gnurpschte.

Na, aber das ist doch lustig, grinste Mike schief. Ich wurde wütend, aber gleichzeitig durchfuhr mich herbes Mitleid. Ich war es doch, die Mike, den für mich Erwählten, verlassen hatte, und der wollte nun Ettu dafür bestrafen. Um ihn zu demütigen, hatte er ihm geraten, ein Pferd zu besorgen. Mein Instinkt sagte mir, dass dieser Halbschwede da sich immer noch nach mir sehnte. Auch ich sehnte mich nach ihm, aber in ganz anderer, für ihn unzureichender Weise. Mike wird den Gedanken kaum ertragen können, dass ich vorhabe, mich diesem finnischen Schlaks hinzugeben, ihm vielleicht mein Einziges sogar schon gegeben hatte. Doch Mikes Herzschmerz war nicht das Problem dieses Tages, durfte es nicht sein.

Mit steifem Rücken stieg ich die Stufen des Wohnwagens hinunter.

Ettu eilte mir entgegen, blieb in einiger Entfernung stehen und zögerte. Halt dich jetzt nicht zurück, betete ich in Gedanken. Überwinde diesen Abgrund.

Kommst du meine Mutter begrüßen? Ettu streckte von Weitem die Hand nach meiner aus, aber die Entfernung war zu groß. Wie am Ende eines langen Stricks folgte ich ihm zu der verbeulten offenen Ladefläche. Hinter den Weltmeeren hervor betrat meine künftige Schwiegermutter das Land. Helmi Haverinen, deren Mund fremde Worte in die Luft des Hochzeitstages versprühte.

Mutter spricht nur Finnisch, flüsterte Ettu.

Päivää, 'n Tag. Ein taxierender Blick, der besagte, dass der Sohn seinen Schlüssel in diesem Eheschloss nicht lange drehen würde.

Päivää. Ich spürte dem Geschmack dieses Wortes auf der Zunge nach. *Guten Tag*. Das hörte sich gar nicht so unmöglich an. Kurz entschlossen nahm ich mir vor, die Sprache dieser seltsamen Vögel zu lernen. Ich würde die Braut im Hause dieser Fremden werden, und ich wusste, wenn ich das werde, dann bleibe ich auch. Wenn das eine Sprache erfordern sollte, dann würde ich sie lernen.

Sprechen wir also Finnisch: *Päivää*.

So leicht lernen Fremde das nicht, sagte dein Vater verwundert, mit vorsichtiger Hoffnung.

Ich sagte, ich hätte einen starken Willen.

Helmi nickte, als verstünde sie, und schob dann Ettu einen silbernen Ring in die Hand, obwohl sie das nicht gewollt hätte. Die Worte verstand ich nicht, wohl aber den Ton.

Wo ist Vater?, fragte Ettu. Was meinst du wohl?, fragte Helmi mit Gesten. Wir gingen hinter die rostdunkle Bergbau-Eucklin, Ettu hob das Sackleinen an und sagte: Vater, komm raus aus deinem Versteck.

Sind die Verfolger da? Ein grauer Schopf kam zum Vorschein.

Niemand will dich holen.

Helmi zuckte die Achseln, dann eben nicht.

Eine Geige und eine Ziehharmonika spielten jetzt den Hochzeitsmarsch.

Wieder sind ihm die Agenten mit den dunklen Brillen auf den Fersen, schnaubte Ettu und hakte mich unter. Er glaubt, das FBI mache Jagd auf die Unruhestifter von der Gewerkschaft aus den 1930er-Jahren. Wenn es kommt, dann kommt es eben.

Wir schritten zum Altar. Ich spürte die Mauer von starrenden Hochzeitsgästen. Und wenn ich mich nun nicht eigne als Ehefrau eines Finnen? Den ganzen Tag habe ich versucht, mich dort zu finden, wo bist du, Rose, und wo ist deine Kraft? Fremd fühlte sich die vergilbte Spitze auf meiner Haut an. Rose, sagte ich mir. Du bist in das Brautkleid einer finnischen Frau gezwängt worden und sollst rascheln, knicksen, den Geruch von überseeischem Sumpf verströmen, nach dem du dich nicht sehnen kannst und auch niemals lernen wirst, das zu tun. Diese Menschen sind von allzu weit her gekommen, sie sind zu zornig und fürchten zu sehr, dass du mit ihrer Hilfe lernen könntest, ihre ureigene morgendliche Geräuschempfindlichkeit zu verstehen und ihre Bedürfnisse, zu plaudern oder zu schweigen, zu erahnen. Ich zündete eine Zigarette nach der anderen an, aber drückte sie gleich wieder aus. Heute sollte ich weiß duften. Wie würde der Junge mit dem Schopf die Helligkeit in mir und die dahinter verborgene fauchende dunkle Wildnis ertragen? Ich wäre gern nackt und klar und empfänglich gewesen, aber wie könnte ich das wohl sein, wenn ich das Gefühl hatte zu versinken, das schwere Tüllkleid zog mich hinab, und die Krallenhände der Ungeheuer der Tiefe packten meine Knöchel. Panik ergriff mich. Er wird es auch nicht ertragen, nicht dieser Jungspund, der beim ersten Wind umfällt, im Torf versinkt, und den will ich jetzt heiraten. Und wenn ich einmal die Schwelle der Errungenschaft überschritten habe, dann gibt es kein Zurück. Er wird mich nicht mit wehendem Haar durch den überfluteten Wald laufen lassen, er wird die Nachtfrostgefahr wittern und mich festbinden, den Wolfshund an die Kette legen.

Auf halbem Weg bremste ich ab. Ich keuchte, ich könne nicht. Das Herz schlug mir bis zum Halse, der Atem entfloh meinem Mund, und ich bekam ihn auch nicht durch Gähnen zurück. Die Schuhe scheuern, flüsterte ich, und dein Vater antwortete, dann wirf sie weg.

Das war das Wunder, das ich gebraucht hatte: Dann wirf sie weg. Ich musste den Kopf wenden, um Ettus Gesicht zu sehen. Es gelang mir, seine wasserdunklen Augen festzuhalten. Und da war ich, endlich. Erleichterung breitete sich in mir aus. Danke *Kitche-Manitou*. Dann wirf sie weg. So einfach war das. Ich schleuderte die Kerker von den Füßen und trat barfuß auf die glatte, harte Pflasterung. Der Boden schwankte nicht. Freude entzündete sich in mir als eine klare Flamme und durchdrang den ganzen Tag. Dieses Leben möchte ich.

Nichts anderes mehr spielte in diesem Augenblick eine Rolle. Wir stellten uns einander gegenüber, der Pastor sagte, was er zu sagen hatte, ich achtete nicht darauf. Verlässliche Hände hielten die meinen. Ich betrachtete mich in den Augen des Mannes und spürte, dass die Zukunft mir entgegenflutete wie ein warmer, zuverlässiger Steppenwind. Dieser Wind blies stark, aber wir fielen nicht, sondern ließen uns mitreißen und stiegen auf in die Höhe. Ich sah, dass am Himmelsdeckel ein Adler schwebte, für ihn waren wir etwas Geringes, für uns aber war das alles groß und im Kommen. Ein kleines Grasbüschel kitzelte mich am Zeh, als mir Helmis Silberring an den Finger gesteckt wurde. Ich nieste, als der Pfarrer Amen sagte.

Nach der Zeremonie kamen die Leute, gaben uns die Hand und beglückwünschten uns. Meine Brüder verkniffen sich ihre Kommentare. Nach ihrem scheelen Grinsen trat ein gebräunter Waldmensch mit gewaltig breiten Schultern hervor.

Heinari Haverinen, der Vater des Bräutigams.

Ich hielt ihm die Hand hin, um die Glückwünsche entgegenzunehmen.

Ich müsste eine Krawatte haben, bedauerte Heinari und

verbeugte sich. Die Hand gab er mir nicht. Ich hab keine. Keine Krawatte.

Erst jetzt fiel mir wieder ein, dass im Ärmel von Ettus Vater die rechte Hand fehlte. Die leere, schmutzige Öffnung wirkte so hilflos, dass ich irgendwie den Mut fand und dem Mann den Arm um den Hals legte, ihn umarmte und einen Hauch von Branntwein, Sägespänen und Kernseife wahrnahm. Unter dem rauen Mantelstoff auf seinen Schultern fest zusammengepresste Trauer. Der alte Mann räusperte sich, ich ließ ihn los und sah, dass er genauso freundliche Augen hatte wie sein Sohn, aber das Licht fehlte darin.

Noch mal zu dem Klepper.

Ich drehte mich um nach dem geschenkten Gaul.

Es ist ein gutes Pferd, hat aber eine sensible Seele.

Die Schlange hinter uns kam ins Stocken, doch niemand drängte uns zur Eile.

Als Kind wurde er einmal vom Blitz getroffen, fuhr Heinari gemächlich fort: Er flog viele Fuß weit vom Anleger fort, und das Haar fiel ihm aus. Dennoch verlangte er, Mutter solle nichts davon erfahren.

Ich nickte. Ein solches Pferd hat ein kühnes Wesen.

Geh achtsam mit ihm um, riet mir der einarmige alte Kumpel, und ich dachte, er ist selbst so ein alter Klepper, ein Überrest der alten Flößerei. Jetzt fiel mir etwas aus seiner Rede ein, die er bei der Versammlung gehalten hatte. Dass die meisten Bergwerke hier geschlossen worden seien und in den Schornsteinen der Sägewerke der Nordwind pfeife. Dass keine Streikversammlungen mehr stattfänden, die Zusammenkünfte der Arbeiter der Vergangenheit angehörten und man nicht mehr im Wind von Chicago auf der Rednertribüne zu stehen und auf die Revolution zu schwören brauche. Diese Zeiten seien unter den Stiefeln der Nationalgarde, der Söldnerarmeen der Fabrikbesitzer und denen der Jungs von der Pinkerton-Agentur zertrampelt worden. Jetzt öffnete ich den Mund, um zu sagen, dass ich mich gut um das Pferd kümmern würde, als wir unterbrochen wurden:

Heinari Haverinen! Alter Wilderer! Laut schallte die Stimme von Tim Graupelz vom anderen Ende des Brudermeeres herüber, von dort drängelte er sich heran mit dem mutterlosen Sohn auf den Schultern. Jetzt kapierten auch Matt und die anderen, dass es sich hier um Bekannte handelte. Es folgten lautstarkes Rückenklopfen und kameradschaftliche Rippenstöße. Mir wurde zu verstehen gegeben, dass Ettus Vater ein beliebter Mann war.

Einmal hatte er meinem Bruder Matt bei der Stammespolizei aus der Patsche geholfen.

Er hat die gefangenen Fische auf sein Konto genommen, so brauchten wir nicht in den Knast!, erinnerte Spoonie sich mit Wärme. Als der wilde Reis reif war, verteidigte er die Indianer, als die Behörden deren Kanus zerstechen wollten. Er behauptete, es seien seine.

Kommt Kaffee trinken!, rief eine der Gemeindetanten laut, und Heinari stapfte gehorsam los, um sich ein Gedeck zu holen.

Er teilt immer das Wenige, das er hat, begann Matt hinter seinem Rücken zu sprechen, aber es waren gute Worte, denn anders pflegten wir hinterrücks nicht zu sprechen.

Aus ihm wäre ein guter Indianer geworden, sagte Pee-Wee traurig.

Das genügte.

Für alle war reichlich Fischsuppe da, dazu süßes Hausbier. Danach seltsam blasses finnisches Gebäck, dessen Geschmack die Finnen an den lieblich-traurigen heimatlichen Geschmack der Zichorie erinnerte.

Irgendwann wollte der alte Heinari eine Rede halten, und ich freute mich darüber, dass die Stimme meines neuen Schwiegervaters ein wenig zitterte: Im Namen der Gewerkschaft der Industriearbeiter der Welt IWW und aller Arbeiter erhebe ich mein Glas …

Sei still, Kommunist!, rief Tim Graupelz, und einer der Gäste lachte unsicher.

Halt den Mund!, schnauzte Patti.

Es wurde festgestellt, dass dies nur der bekannte Rote Heinari sei. Über ihn gebe es die Anekdote, dass, wenn man ihn durchs Dorf gehen sieht, er entweder unterwegs ist, um eine Handelsgenossenschaft zu gründen oder um zu spät zur Revolution zu kommen.

Rot bleibt rot!, rief Tim Graupelz, und der Junge auf seinen Schultern rief begeistert: Kommunist!

Syndikalist, korrigierte Heinari, und in diesem Augenblick furzte der geschenkte Gaul, und plötzlich brachen alle erleichtert in Gelächter aus, sodass das Eis auf den Gesichtern der Gäste schmolz.

Heinari räusperte sich und fuhr fort: Mein Sohn Eduard. Und meine neue Tochter Rose. Als ich in dieses Land kam, brachte ich Fellskier und Beeren von der Eberesche mit. Die Beeren steckte ich hier in Minnesota in das Erdreich der Errungenschaft, und daraus erwuchs ein Baum. Darunter haben wir, ich und die Helmi da, geheiratet. Von dem Baum nahm ich einen Schössling, und jetzt habt ihr euern eigenen Baum. Den da.

Heinari deutete mit seiner noch übrigen Hand auf den Baumsetzling, der in einen Saunakübel gepflanzt worden war.

Tja, was soll ich sonst noch von dieser Hochzeit erzählen. Dein Onkel Matt hielt eine Rede, der zwar nicht der Schwung fehlte, jedoch der Sinn. Den Frauen des Hauses wurde gedankt, diese beklagten zufrieden die Erbärmlichkeit dessen, was sie anzubieten gehabt hatten, und jeglicher Widerspruch wurde zurückgewiesen. Auf dem Hochzeitsfoto, das mit Pee-Wees gestohlener Leica gemacht worden war, zierten sich die Finnen: Ach nein, die Kamera geht kaputt, wenn damit so eine Fresse aufgenommen wird, aber als unser Stamm sich ohne einen Mucks und mit ernstem Gesicht in Pose stellte, eilten die Finnen munter hinzu. Die finnischen Spielleute intonierten mit Ziehharmonika und Geige eine Polka. Matt schnappte sich einen der Streifenröcke und schwenkte ihn um den Platz herum, dass die Schürze flatterte. Die anderen folgten. Der Boden erdröhnte, die Melodien umfassten und verbanden die Menschen, sie stimmten ein, jeder in seiner Sprache, nicht schön, aber sie wirkten glücklich. Das Lagerfeuer wurde spät angezündet wie dann, wenn es viel Licht gibt am Sommerabend und in den beschwingt pochenden Herzen.

Ich weiß nicht, ob in mir schon damals der Zweifel wohnte. Irgendwann stolperte ich beiseite, um kühle Luft zu atmen. Da bemerkte ich hinter den Birken ein dunkles Auto. Das Fenster auf der Fahrerseite war heruntergekurbelt, und ich meinte, im Wagen zwei Gestalten mit dunklen Brillen zu sehen. Ich lehnte mich gegen den Hals des geschenkten Pferdes und streichelte ihn. Als ich wieder zum Wegrand hinübersah, glitt das Auto mit ausgeschalteten Scheinwerfern fort. Aus irgendeinem Grund blinzelte ich, um das Nummernschild zu erkennen, aber entweder gab es keines, oder es war übermalt. Ich kehrte zum Tanzplatz zurück, und Ettu streckte mir die Arme entgegen.

Was für Männer waren das da? Waren sie wegen Heinari hier?

Welche Männer? Ettu zog mich an den Hüften zu sich heran, und ich vergaß die Frage, spürte, an ihn geschmiegt, meine Begierde aufflackern wie nie zuvor, einen sich hinziehenden Augenblick lang verschmolz die Musik im Hintergrund mit den fröhlichen Menschen, die Gitarre vereinigte sich mit der Ziehharmonika, Pee-Wee spielte einige Rockabillyakkorde. Das Stimmengewirr der ausgelassenen Menschen, die Mantras des Teufels, murmelte Helmi, als wir an ihr vorbeischlichen.

Gehen wir in den Speicher?

Noch nicht gleich.

Ach, Ettu, wie viel Widerstand gegen mich doch in dir ist, dachte ich, vielleicht irrtümlich, aber damals war in mir keinerlei Raum für böse Ahnungen. Nein, es war eine Sommernacht, ich war der geruchlosen Trauer an der Seite von Mike entkommen, der Wind sang, und der Adler kreiste über unseren Köpfen.

Einmütig wanderten wir in den Wald, und ich spürte, wie mein Körper voller Feuer war. Die hinteren Knöpfe meines weißen Kleids wollten nicht aufgehen, die Lederschuhe flogen ins Riedgras, schmerzhaft schlug ich mir die Knie auf, als wir umfielen, mein perlenbestickter Halsschmuck zerriss, und die blauen und goldroten kleinen Sternenkrümel sprangen ab, und wie wir uns da am Boden wälzten, das duftete nach Glück. Bei diesem Getümmel musste ich lachen, denn ich hatte deinem Vater geschworen, dass ich dein Spiegelbild auf der Oberfläche des Weihers sein und dich zum Leuchten bringen und mit etwas füllen will, was du nicht kennst und was immer bekannt ist, aus unseren Mündern kommen Worte ohne Bedeutung: blinder Puls, Sackgasse des Bluts, aber das macht nichts, alles muss fließen.

Ich streichelte deinen Vater mit meinen fremden Worten, die mir vertraut erschienen wie von Anbeginn an, als er mich zum Staunstein führte. Dort zwischen den Kiefernsäulen war ein Himmelbett, wir kletterten hinauf und setzten uns lachend einander gegenüber, den Mund unten, von hinten, überkreuz und eng nebeneinander. Der feuerheiße Harzduft blieb an den Zehen hängen und befleckte die Finger, die Haut reichte nicht aus, oder es gab genug davon, Flaum im richtigen Maß, Schrammen, heller werdende Narben und Sonnenwärme.

Bist du mein?

Ganz dein.

Dann sprachen wir nicht mehr, da war nur Freude und Begierde und Glück der Haut. Ich keuchte und lenkte deinen Vater zwischen meine Beine, wo noch niemand anders jemals gewesen war, und ich dachte: Stanze in diese Mädchenhaut eine Frau.

AUGUST 2018

Jim Graupelz,

ach, du hättest es nicht zulassen dürfen, dass Ohren-Mike Ettu einen solchen Schlag aufs Auge versetzt. Dass er so brüllt, wie man Gehörlose anschreit: Wo ist das Mädchen, wo ist es, wo hast du es versteckt, du dreckiger Satansbraten? Was ist damals passiert?

Es regnete, antwortete Ettu.

Also anderthalb Monate, nachdem das Mädchen hier gewesen war, murmeltest du vor dich hin, und als ich fragte, woraus du das schlössest, antwortetest du, aus dem Regen. Hier hat es seit Juni nicht mal mehr genieselt.

Da hatte sie plötzlich gestanden. Vater deutete mit seinem Hakenfinger auf die Türöffnung: Stand da und näselte. Ihr Mantel fiel zu Boden, und ich dachte zunächst, es sei Lempi. Aber sie war es nicht. Es war ein fremdes Kind, mit einer Metallbox im Arm.

Ohren-Mike fragte weiter: Ein blondes Mädchen? Blaue Augen? So wie Lempi?

Nein. So irgendwie verschlossener, sie roch nach Kleber wie ein postverpackter Truthahn.

Und was geschah dann? Hat sie was gesagt? Was hat sie gesagt?, drängte Mike.

Vater begann erschrocken zu plappern, wie er vom Fenster aus staunend gesehen habe, dass alles wächst, und dachte, wie gut solch ein silbergrüner Regen doch sei, er schwallt, der Bärlappp reckt sich dort wunderschön aus dem Boden, und das gefällt Rose, aber dann ging mir auf, dass er da schon gierig am Stufenstein leckte und dass er, wenn man ihn da wuchern ließe, bald den ganzen Stein spalten würde, und dann muss man die Stufe auswechseln und auch die Verschalung, und Rose wird böse, und ich war schon unterwegs, um die Treppe auf Schäden zu untersuchen, da steht dort plötzlich ein fremdes Kind mit einer Blechbox in der Hand. Noch dazu mit einer vertrauten Box, derselben, von der ich angenommen hatte, dass sie vor vielen Jahren bei einem Gang in den Wald verloren gegangen sei, da war sie, nur das Schloss war aufgebrochen.

Die vertraute Lunchbox. Vaters Stimme klang jetzt belegt.

Ich hörte mir Vaters Gebrabbel an, und es tat mir in der Seele weh, denn auch ich erinnerte mich gut an diese Büchse.

Darin verpackte Rose immer den Proviant, wenn Ettu fort musste, und fragte ihn nicht, wann er wiederkomme, ob es nun um einen Auftrag in Kanada ging oder um einen Vertretungsjob in Björnes Sägewerk. Das geräucherte Rentierfleisch aus dem Keller bei der Eberesche, das aus Heinaris Wilderei stammte, und eine Flasche Milch, manchmal ein bekritzelter Zettel, der Ettu den Tag verschönern sollte. Im Innendeckel ein von Rose aufgeklebtes Foto von uns und ein mit Filzstift in sicherer Schrift gemalter Text: *Nitaa-nagamokwe,* mein Liebster. Mir ging durch den Kopf, so war meine Mutter Rose, zärtlich-rau in ihren kleinen Taten.

Was geschah dann? Hast du sie angerührt?, setzte Mike das Verhör fort, die Schneeblindheit des Hypochonders in den Augen.

Ich trug das Mädchen zum Schlafen auf den Dachboden, so hätte es Rose gefallen.

Was wollte das Mädchen hier?, fragte Mike, und sein Wesen verriet durchdringendes Misstrauen.

Schutz.

Warum? Vor wem? Warum hast du nicht im Revier angerufen, eine Anzeige aufgegeben?

Vater sank auf die Bank und begann zu schluchzen: Es war ja alles so seltsam, und was bin denn ich, ich dachte, vielleicht hatte sie Blaubeeren gepflückt? Oder sie war eine Pfadfinderin und hatte sich verlaufen? Ein Blatt im Winde, das sich in ein Kind verwandelt hat.

Wenn du dir das mal nicht alles eingebildet hast, begann Mike zu zweifeln.

Das hat er wohl nicht, sagtest du und hobst etwas Hauchleichtes vom Fußboden auf, wie die Haut einer Schlange, die sie am Rand des Pfads abgestreift hatte. Ein blaues Zopfband. Ich erschrak. Vorhin erst hatte ich so eins auf einem Foto an der Wand des Polizeireviers gesehen.

Hör zu, aus Washington kommt demnächst eine Spezialtruppe mit schwarzen Schnauzbärten, die Eisen scheißen, wenn sie gut drauf sind, damals vor fünfundvierzig Jahren fanden sich am Fußboden Glassplitter und Blut, deine Frau war verschwunden, und wir haben den hier laufen lassen, aber jetzt werden wir alle gefeuert und kriegen obendrein eine Anklage, allen wird der Arsch untersucht ohne Gummihandschuhe, genau so was haben wir hier befürchtet.

Nun geh mal ein bisschen an die frische Luft, Mike, zum Abkühlen, sagtest du in deiner lockeren Art, aber doch so, dass ich schon losgetrabt wäre. Mike dagegen rührte sich nicht von der Stelle.

Wir wissen doch, was das für ein Kerl ist, schließlich stammt er hier aus der Gegend. Ein Päderastenbastard, so sind die doch, ficken Brüder und Schwestern in der Sauna durcheinander, dass die Augäpfel Haare treiben! Denk daran, wie der Rote Heinari und seine Alte geendet sind. In der Hölle, wenn du mich fragst.

Du sahst mich mitleidig an, aber ich verstand nicht, warum.

Es wäre am besten, wenn du dich mal ins Auto setzen und kurz abschalten würdest.

Du hast hier nichts zu befehlen, verdammter Indianer! Er wird sich ganz fix wieder erinnern, drohte Mike, ohne Rücksicht auf mich: Und gleich wird er auspacken!

Aus Vaters Augen flossen Tränen über seine gefurchten Wangen, und er beteuerte: Ich würde einem Mädchen niemals etwas Böses tun, einem kleinen Mädchen, Rose weiß das, Rose kann das bestätigen.

Das alles war plötzlich allzu traurig, und so huschte ich hinaus und setzte mich auf die Treppe. Als Letztes hörte ich, wie Mike zischte: Du bist genauso ein Kommunist wie dein Vater, und wie ist es dem ergangen? Du Waldteufel bist nicht der Einzige, der Rose vermisst.

FEBRUAR 1973

LEMPI, liebes Lämmchen, kleine Krabbe, ich schaue zu, wie du durch den Abend gehst, und sehe, dass in dir zwei Völker wohnen, das finnische und die Ojibwe, zwei stille Völker, die in die Wildnis gehören so wie die Wildnis in sie, und mal ziehen sie einander an, mal stoßen sie einander ab. Damals, als ich die Errungenschaft zum ersten Mal als mein Zuhause betrat, saß Ettu da und wartete auf mich, er wollte zur Tür und mir entgegenlaufen. Aber weil ich überraschend an der Eberesche vorbei über den hinteren Pfad kam, hatte Ettu nicht die Geduld, den Umweg durch die Tür zu machen, sondern schwang sich über das Fensterbrett zu mir heraus, dass der Spitzenvorhang zerriss, und ich bekam einen vor unbändiger Freude sprühenden Mann in die Arme. Damals dachte ich, es werde alles gut gehen, und ich werde in Sicherheit sein, in Sicherheit vor allen bösen und elenden, nach Betonschutt riechenden Klischees über die Indianer, vor Mutter Pattis zitronenpuddingfarbenem Wohnwagen, vor der Stille, die sich herabsenkte, als wir hörten, dass dein Onkel Spoonie in der vergangenen Woche nackt ausgezogen und gezwungen worden war, so entblößt beim Ball der Amerikanischen Legion in Wisconsin die Gewehrpolka zu tanzen, und dass die

Rotzbengel von Loonsfoot ihn auf der Ladefläche des Wartungswagens der Ölgesellschaft, übel zugerichtet, gefunden hatten. So etwas passiert den Rothäuten, nicht aber den Weißen, und die Finnen waren immerhin Weiße, obwohl hart an der Grenze und ihnen ähnlich.

Was wusste ich schon.

Ich wusste nicht, dass Blut und Geld deinen Vater zur Waldarbeit und in die Camps der Flößer zogen. Dass er nicht da sein würde, um mich zu verteidigen und sich gegen seine Mutter aufzulehnen, und dass er nur selten das Bett in der Bodenkammer mit mir teilen würde, weil er mal Langholz aus Thunder Bay holen, mal es im Hafen von Duluth verladen musste. Ich hatte nicht gewusst, dass Helmis Gürtel stachelnbewehrte Metallösen hatte. Ein Schlag damit hatte zur Folge, dass der Fußknöchel nächtelang schmerzte. Aber es fiel mir nicht im Traum ein aufzugeben.

Nein, ich hatte beschlossen zu kommen, um zu bleiben. Ich würde die Sprache lernen und das Backen von Fladenbrot und mich um das Lab für die Herstellung von Dickmilch kümmern, und ich ließ mich nicht entmutigen, obwohl ich sehr bald erkannte, dass ich überhaupt nicht vorbereitet war auf Helmis kreissägenhaftes, verbissenes und gehässiges Finnentum, das aggressiv war und kleine Stückchen aus dem Fleisch des Glücks herausschnitt, wo Helmi auch immer mit dem Gestank von Zinkpaste in den Achselhöhlen herumwankte, in der Ecke des Kuhstalls herumtrippelte, jammerte und die Zitzen und Euter ihrer Kühe, die seltsame Namen hatten, so heftig bearbeitete, dass das Blut nur so spritzte.

Helmi zu mögen habe ich nie gelernt, aber es hat mich immer traurig gemacht und ein bisschen auch geschaudert zu sehen, wie es deinem Großvater Heinari ergangen war. Ihr seid euch ja nie begegnet, aber ihr habt vieles gemeinsam, erschreckend viel. Immer, wenn ich an Großvater Heinari denke, fällt mir der Herbst hier in der Errungenschaft ein: die seltsame Ungenauigkeit der Jahreszeiten, als würden die Neue Welt und das alte Finnland miteinander einen Hinhaltekampf austragen. Die erschöpften gelben Kronen der Narzissen schon dann, wenn die Lupinen erst im Kommen waren. Die vergilbten Spitzenvorhänge am Fenster der Treppe zum Dachboden, das schäumende Feuerrot der Ahorne und Hemlocktannen und die resignierten, vermodernden Blätter der Birken, der Wind, der hier sanfter war als anderswo, die im Schatten geschrumpften Graubeeren und die ewigen Reparaturarbeiten am Moosdach des Kellers hinter der Hochzeitsebéresche.

Großvater Heinari war ein sensibler, stiller Mann und gegen Ende seines Lebens bis ins Mark verängstigt. Mit mir plauderte er gern, zumal am Beginn der Woche. Dann verwünschte er die Tatsache, dass im Reservat jeder zweite Typ faul sei wie die Sünde und niemand energisch an die Arbeit ginge, wenn dazu aufgefordert wurde, aber an jenen Montagen bedrückte ihn sicherlich das Fehlen der Hand und der Arbeit, so ein Rassekerl kann nicht ohne sein, ohne Hand und ohne Arbeit, nachdem er in der Neuen Welt nun einmal dem Sumpf einen Platz für das Haus seiner Familie abgerungen hatte.

In Amerika angekommen, bewunderte Heinari das Getöse und Gewimmel, das in New York anscheinend herrschte, und irrtümlich hielt er die sinnlose Hektik für aufrichtiges Streben nach einer besseren Welt. Sobald er dem Butterfass Ellis Island entronnen war, stapfte er los, um sich das Bügeleisen, den *Flatiron* getauften Wolkenkratzer, anzusehen, der an der Ecke von

Fifth Avenue und Broadway so viel Wind sammelte, dass die Passanten durcheinandergewirbelt wurden. Als Heinari zu der Stelle kam, war gerade ein Zeitungsjunge unter ein Auto geraten, und dessen für immer unverkaufte Papiere flatterten im Wind wie tintenbekleckste Vögel. Traurige Geschichte, dachte Heinari auf Finnisch, und sofort antwortete neben ihm jemand in seiner Heimatsprache, so ist es. Glücklicherweise wurde der Fall des Zeitungsjungen von einem IWW-Agitator beobachtet, der Heinari zu einem Gespräch mit einem Bauunternehmer verhalf, der aus Skåne stammte, ihm aber die Hand auf die Schulter legte wie ein Amerikaner:

Perkeleen pillusti päivää, wünschte ihm der schwedische Direktor auf Finnisch, und so fand Heinari Arbeit.

Sie dauerte nur einen einzigen Tag.

Hör mal, prahlte Großvater Heinari vor mir, Manhattan wurde von uns und von den Indianern erbaut, viele Chefs haben gar keine anderen Leute eingestellt. Die Indianer hatten keine Höhenangst, und die Jungs aus Finnland gingen überall hin, wenn sie ordentlich bezahlt wurden. Obwohl Großvater Heinari am Bau von Manhattan wohl überhaupt keinen Anteil hatte, entnahm ich Helmis Reden, dass er einen Nachmittag lang dort herumgewerkelt hatte, bevor seine Wanderung über den drei Fuß breiten Strebebalken in vierhundert Fuß Höhe endete, der Himmel kippte um, der Stiefel blieb im Luftschlauch des Niethammers hängen, und Heinari wäre beinahe zu Tode gekommen. Das Leben verlor er nicht, nur die Würde, Heinari blieb zwischen Himmel und Erde kopfunter mit dem Fuß an dem Schlauch hängen und machte sich in die Hosen. Infolgedessen hing ihm ein Tropfen Pisse an der Nasenspitze, als er, von Flüchen begleitet, zurück auf den Balken gehievt wurde. *Ja så det*, aus dem Jungen ist wohl kein Jobber geworden, überlegte der schwedische Chef, und so musste Heinari gehen, von der Arbeit als Handlanger blieb ihm nur Eisenrost und Vaseline in der Hand.

Damals wollte Großvater bestimmt aufgeben. Zumindest holte er seine Sachen aus dem Klingelknopfhaus in Brooklyn, zockelte mit dem Straßenwagen in den Hafen, wo die Agitatoren und Werber die mit dem Schiff angekommenen Einwanderer zur Arbeit in die Bergwerke lockten. Damals hatten die Finnen noch einen guten Ruf, deshalb schnappten sie sich auch Heinari. So blieb die Rückfahrkarte ungekauft, falls er die dafür nötigen Dollars überhaupt gehabt haben sollte, und Heinari machte sich auf ins Hochland von Michigan, um sich tief ins Innere der Erde hineinzugraben. Auch diesen Job machte er nur einen einzigen Tag. Heinari fand es widernatürlich, mit dem Aufzug in einen Schacht einzufahren, wo ein einziger gelber Vogel um den Preis seines Lebens darüber wachte, dass der Sauerstoff ausreichte und das Leben auch morgen noch vorhanden war. Das war keine Arbeit für einen gestandenen Kerl aus Salla. Aber erst im Copper Country, im Kupferland, erzählte Heinari, wurde ihm so richtig bewusst, um was für eine gewaltige Ausbeutungsaktion es im ganzen Staat Amerika eigentlich ging und wie wenig dabei ein Menschenleben wert war. Die Bergwerksbosse diktierten, wie und wo ihre »parasitären Untergebenen« sich zu suhlen und zu schlafen hatten. Heinari lag noch in Hosenträgern in einem käuflichen Bett, als das ganze Dorf Ely auf Pferdewagen verladen und in eine weit abgelegene Grasebene gebracht wurde, weil es einer neuen Grube weichen musste.

Obwohl es unter den Finnen Sozialdemokraten, christliche

Sozialisten, Marxisten, Anarchisten und Genossenschaftler gab, entflammte Heinari für die Gewerkschaftsidee, und er wurde für die IWW angeheuert, um die Bergwerksdörfer abzuklappern und dort die Sprache der Solidarität zu sprechen. Es kam zu Streiks, zu Aufruhr und Arbeitsniederlegungen in den Gruben von Quincy, Mohawk und Wolverine, und die Bergwerksbosse wurden nervös. Aber was Großvater Heinaris geistigen Höhenflug beendete, war das Kinderfest, das am Weihnachtsabend 1914 in der Italian Hall von Hancock veranstaltet wurde und in einen Massenmord umschlug. Ein Komplize der Bergwerksgesellschaft rief in den gerammelt vollen Saal hinein, ein Feuer sei ausgebrochen, während die Ausgänge verrammelt wurden. Von den dreiundneunzig erstickten und im Treppenhaus zerdrückten Opfern waren mehr als fünfzig Finnen. Heinari schrieb darüber in der *Arbeiter*-Zeitung, wurde verhaftet und schwer verprügelt, aber niemand von der Bergwerksgesellschaft wurde verklagt.

Nach dem Blutbad von Hancock war Heinari ein abgestempelter Mann und jahrzehntelang hier und dort, in abgelegenen Gegenden und bei Waldarbeiten auf der Flucht, bis er auf einer Abendveranstaltung der Abstinenzler in Thunder Bay in Kanada Helmi kennenlernte. Er verliebte sich in die junge Schauspielerin, die mit einer Kuh auf der Bühne stand. Die Kuh stellte sich später als ein Versehen oder als glücklicher Zufall heraus, aber um Heinari war es schon geschehen, er warb um Helmi und umschmeichelte sie, die zwanzig Jahre jünger war als er selbst, so heftig, dass er sie in seiner Brunst mit Neurosyphilis ansteckte. Von den Mitgliedern des Abstinenzlervereins pflegte er immer zu berichten, dass, wenn die Essensglocke bimmelte, alle, auch die Abstinenzler, eine Tasse warmen Whiskey genossen und sagten, dass nichts Schlimmes daran sei, eine zu trinken, dass aber zwei Tassen schon eine dritte verlangten, und das sei dann Sünde.

Auch dass er ins Reservat Fond du Lac gekommen war, bereute Heinari in seinen letzten Jahren. In der Zeitung hatte er gelesen, dass man in Minnesota Land kaufen könne, wenn man den Sumpf und die Indianer nicht fürchtete, und Heinari fühlte sich in beider Nähe wohl. Nur traf es sich so, dass Heinari, ohne es zu wissen, auf diese Weise meinem anderen Großvater das Land wegnahm, der es verloren hatte, weil er in Europa im Krieg kämpfte, sodass er die Grundsteuer nicht bezahlt hatte, und als Heinari das klar wurde, hatte er die Kolonisierung schon durchgeführt, den Sumpf trockengelegt, und Helmis Kühe käuten dort ihre Disteln wieder. Es gibt kein Recht in dieser Welt, pflegte Heinari zu sagen. Besonders in seiner letzten Zeit saß der alte Agitator gern auf den Stufen der Sauna und rauchte seine Pfeife, trank Hausgebrannten und erzählte von einem russischen Anarchisten namens Kropotkin, der sagte, die einzige Aufgabe des Staates sei es, den Menschen Sicherheit und Freiheit zu geben. Das, so fand Großvater Heinari, sei ein guter, aber fernliegender Gedanke: Sumpf dort, Morast hier, das hatte Heinari erkannt. Ohne Sicherheit ist man im Kapitalismus, ohne Freiheit in der sozialistischen Diktatur.

In beiden steckte Erfindergeist, im Vater und im Sohn, aber die Welt sahen sie auf unterschiedliche Weise. Ettu hat seinen Vater immer sehr bewundert, und er weigerte sich, dessen Fanatismus und Wankelmut zur Kenntnis zu nehmen, ebenso wie die Tatsache, dass Heinari irgendwie immer in der falschen Zeit und am falschen Ort war, in höheren Sphären oder im

Inneren eines Eisenbergwerks, in der vordersten Reihe der Streikenden immer in unmöglicher Sache, wenngleich auf der Seite des Guten.

Sinnlos war Großvater Heinaris Tod, und er hatte einen so nichtigen Anlass. Es war an einem windigen Tag im Schnapsmonat Oktober, als wir von Pattis Quartier mit der guten Nachricht aufbrachen, dass ich schwanger war. Ob das neue Leben etwas, vielleicht alles, verändert hätte? Aber Heinari war schon kaputt. Eine Woche zuvor war ein Brief gekommen mit der Aufforderung, Heinari Haverinen solle zum Verhör kommen, und er müsse seinen Pass abgeben, falls er einen habe. Gesucht wurden alte Agitatoren wegen Streiks, die vor dreißig Jahren und auch zu Beginn des Jahrhunderts stattgefunden hatten, und auf eine der Listen war auch Heinaris Name hingekliert worden. Schweden-Björne flüsterte ihm zu, er wisse, wohin Heinari dann kommen würde. Nach Ellis Island in Quarantäne, und von da nach Finnland. Natürlich hätte er gedacht, dass Heinari nun vor Glück platzen würde, weil er Amerika immer miesgemacht hatte, aber was sollte dann in Finnland aus ihm werden? Sein Heimathof in Finnland war ja nach den Weltkriegen auf die andere Seite der Grenze geraten.

Ich hätte nicht geglaubt, dass Heinari sich umbringen würde, obwohl Anzeichen dafür natürlich in der Luft lagen. Wochenlang hatte er auf der Schwitzbank der kalten Sauna gesessen und gedroht, er werde sich umbringen. Dafür hast du nicht genug Sisu, hatte Helmi gehöhnt. Heinaris Hand war schon vor einigen Jahren in Schweden-Adolfs Sägewerk zu Boden gefallen, von wo Sulo Makikii sie eifrig und stolz zu Helmi gebracht hatte, aber man bekam sie nicht wieder angenäht. Dein

Vater und ich waren damals auf der Flucht vor diesem Hass vorübergehend bei Patti.

Es war Helmi, die an einem frostigen Oktobertag an der Säge stand, Brennholz machte und die Säge ihren Sang singen ließ. Helmi hatte die schlechte Gewohnheit, die anderen für unvollkommen zu halten, aber selbst nach dem Mond zu greifen.

Wo ist Vaterr?, fragte Ettu, als wir auf den Hof kamen, ich mit roten Wangen und eifrig.

Er probiert die neue Krawatte an. Er hofft, damit vor Gericht besser dazustehen als mit irgend so einer Fliege.

Ettu ging hinein und fand Heinari, der sich am Deckenbalken mit einem aus Rosshaaren geflochtenen Strick erhängt hatte. Er hatte also doch den Mumm, überlegte Helmi verblüfft und warf die Handschuhe auf den Tisch.

* * * * *

Sie war eine harte Frau, deine Großmutter Helmi, sagtest du fast ehrerbietig. Sie machte Feuer im Herd und kochte Kaffee, obwohl ihr Mann noch immer am Deckenbalken hing.

Woher weißt du das?, fragte ich, als wir dort auf der Treppe hockten, ich das Zirpen der Heuschrecken hörte und den Duft der Apfelblüten und dich neben mir spürte, eng an meiner Seite.

Du erzähltest, dass meine Mutter Rose eilig mit dem Fahrrad losgefahren sei, um deinen Vater Tim Graupelz zu holen, Großvater Heinaris Kumpel beim Wildern und sein Bruder bei der Waldarbeit. Der nahm die Geschichte am schwersten und beschuldigte Helmi, ihr sei das alles egal. Dein Vater musste

Heinari vom Deckenbalken mit dem »Got Sisu?«-Messer abschneiden. Es war wie eine besondere, humorige Geste des alten Bergmanns, denn wegen seines fehlenden Mumms hatte Helmi ihren Heinari am meisten beschimpft, und jetzt hatte er diesen Mumm zum letzten Mal bewiesen. Dann erzählte Rose Helmi, dass ein Kind unterwegs sei, weil ihr nichts anderes einfiel. Helmi strich sich den hart gewordenen Rock glatt, stand auf und machte sich daran, Kaffee zu kochen. Sie filterte ihn durch die blaue Socke und stieg über den toten Heinari hinweg, um das bessere Porzellan auf den Tisch zu stellen. Auf den Toten warf sie keinen Blick. Sie goss einen Schluck Kaffee auf die Untertasse, nahm ein Stück Zucker zwischen die Lippen und begann das Pechgetränk durch den Zucker hindurch zu schlürfen. Schließlich: Das Kind wird dann Lempi heißen.

Den ganzen restlichen Tag lang sagte Helmi nichts mehr und schwieg auch noch lange danach.

4

PFAD DES LIEBENS – *ZAAGI'IDIWIN-MIIKANENS*

oder wie Rose den Vogel singen lehrte
und Lempi und Jim sich während
der Frühjahrsflut am Staunstein begegneten

AUGUST 2018

Jim Graupelz,

ich war dir dankbar dafür, dass du dich neben mich auf die sonnenheißen Treppenstufen setztest und erzähltest.

Dein Vater Tim scherte sich nicht um meine Großmutter Helmi, er hasste sie sogar und hat ihr deshalb nicht mal Heinaris letzten Brief gegeben. Du kannst ihn irgendwann hier lesen, wenn er dich interessiert, er ist auf Finnisch, damit du weißt, was darin steht. Dann fuhrst du fort, es mache nichts, Tränen seien der Regen der Seele, so sagtest du und gabst mir ein Taschentuch und sahst mir nicht dabei zu, wie ich mich schnäuzte, sondern ließest die Glühwürmchen leuchten und meinen Atem sich beruhigen, denn ich habe da wohl geweint.

Wie war es bei euch, als du ein Kind warst?, fragtest du fast träumerisch, aber ich verkrampfte mich ebenso wie vor fünfundvierzig Jahren, als Mutter verschwunden war und alle mich deswegen bedrängten, und ich wollte schon zurückschnauzen und sagen, Vater habe niemanden geschlagen, weder mich noch meine Mutter. Ohren-Mike ging damals von Haus zu Haus, von einem Wohnwagen zum anderen und erkundigte sich, ob Rose zu Hause geschlagen worden sei. Auf diese Frage wurde mit einem stillen Lächeln geantwortet, sogar die schüchternen, zahnlosen Bewohner des Blauen Hauses schmunzelten wehmütig-abwesend. Ettu selbst saß in der Polizeistation fest und nickte den am Fenster burrenden Hummeln freundlich zu.

Streit? Nein, bei uns war Leben.

Gehen wir ein Stück in den Wald?, fragtest du, und mich überlief ein Schauer. Zuletzt hatten wir uns vor fünfundvierzig Jahren während der Frühlingsflut im Wald gesehen. Staunstein, Wiese und die Birkenhütte, in der ich geruht hatte, die frühe Amsel und der Morgen, und irgendwie hängt das mit dem Suchen von Träumen zusammen.

Roses Tochter fürchtet sich ja wohl nicht vor dem Wald, frotzeltest du. Mir ging durch den Kopf, dass für Grant der Wald eine furchterregende Falle war, die stummen Felsen, die in den Bülten lauernden Krankheiten, die zerzausten Fichtenwipfel, die den Himmel verbargen.

Jetzt ist die Nacht warm und duftet wie damals, als ich mit Mutter hier war.

Ich beschloss, dir auf den warmen Graspfad zu folgen, wo kühle Halme die Knöchel streiften. Kurz hinter den Singenden Hainen stießen wir auf ein gewaltiges, halb mit Zweigen und Planen bedecktes eisernes Ungetüm, eine Planierraupe, deren Greifer gerade die vor ihr liegende niedrige Steinmauer fressen wollte. Ich ahnte, was der Caterpillar hier, so weit entfernt von der Grenze des Reservats, machte, als du stehen bliebst, energischen Schritts zu dem Metallmonstrum strebtest und hinaufsprangst, um die Tür zu öffnen, mit dem Zündschlüssel in der Hand zurückkehrtest und ihn wütend in eine Vertiefung im Felsen schleudertest. In diesem Moment hörte ich in der Ferne einen Hubschrauber brummen.

Eine Ölleitung wollen sie hier verlegen, schimpftest du, aber daraus wird nichts. *Enbridge, Pipeline 3*. Dann erzähltest du von Baggern, Barrikaden und von Hubschraubern, die nachts lärmend über dem Reservat kreisten. Manchmal verstummen in der Nähe des Kasinos die Handys. Viele haben Angst.

Aber lass uns jetzt nicht darüber reden, sagtest du, und ich nickte. Ich wollte das auch nicht, wollte nur mit dir im Dunkeln allein sein.

Stattdessen bliebst du neben der niedrigen Mauer stehen, legtest einen Steinbrocken darauf und fragtest: Siehst du diesen Bach? Sein Wasser kommt von den Schlafhügeln. Was schläft dort unter dem Moos, weißt du das?

In der Dämmerung schüttelte ich den Kopf. Aaskäfer. Und Maden, die die Augen der Toten fressen. Vor allem aber alte Krieger. Indianer. Du erzähltest, wie Patti, meine Großmutter, als Kind träumte, dort sei ein alter Friedhof. Sie wurde ausgelacht. Vor zwei Jahren kamen Archäologen, um in der Gegend zu graben, und tatsächlich fanden sich dort tausend Jahre alte Knochen. In deiner Stimme lag Ehrerbietung, als du sagtest: Ich versprach, dort eine Steinmauer zu bauen. Zwischen uns eilten die Libellen dahin wie der Hubschrauber am Himmel, ohne sich um uns zu kümmern.

Ich erinnerte mich, dass Patti in meiner Kindheit als trinkfreudiges, leichtes Mädchen galt. Vermutlich weißt du nicht, dass sie heute den Namen *Gichiayaayaa*, verehrungswürdiges Wesen, trägt.

Wir gingen weiter. Bleib hinter mir, fordertest du mich auf.

Im Birkenwald waberte der Nebel in den Senken zwischen den Wacholderbüschen und den Felsen. Immer wieder schien es mir, als spähten zwischen den Reisern Wald- und Erdgnome und sonstige Wald-*Manitous* hervor, aber deine versehrten Füße wanderten anscheinend instinktiv, sogar der linke, der in Vietnam verdorben worden war, sprang auf dem unsichtbaren Pfad von Stein zu Stein. Allmählich wurde mir etwas bange, denn ich wusste nicht mehr, wo wir waren. Der Kiefernwald ringsum war still und fremd. Die mit blühenden Blaubeersträuchern bedeckten Bülten saugten den Pfad ein, über den wir gekommen waren, und in der stehenden warmen Nacht konnte man die Himmelsrichtungen nicht erkennen. Maiglöckchen und Siebenstern leuchteten stumm zu Füßen der Birken. Da erhob sich von einem rundlichen Felsen her ein leichter Wirbelwind und mit ihm der Duft von Seealgen. Irgendwo hier hatte Vater vor Zeiten Mutter vor den Skalpierern gerettet. Mutter und das schwarze wütende Wolfsjunge.

Im Dunkeln erschien mir der Pfad gefährlich, denn links lag eine zehn Fuß in die Tiefe stürzende Steilwand, darunter Felsgestein und der See.

Aber du zögertest nicht.

Setzen wir uns dort auf den Staunstein? Eigentlich heißt er *Kikinoomaukae-waubik*, Stein des Wissens. Wusstest du das, Kleine Tatze?

Natürlich wusste ich das nicht. Ich erinnere mich nur daran, dass ich den Steinblock, der auf dem Felsen hängen geblieben war, bestaunt und gefürchtet hatte. Von dort konnte man als Kind hinunterspringen, dass es krachte, und Bewunderung einheimsen, wenn man sich das traute. So wie du.

Dieser Ort ist erfüllt von *Manitou*, guten Geistern. Du legtest meine Hand auf den Stein und führtest meine Finger über die zerklüftete Oberfläche. Da ertastete ich eine Frau, einen Jäger, ein Boot. Die Umrisse eines Wolfs.

Lass uns ein Feuer machen, sagtest du, und ich sammelte Reisig, während du am Steilhang eine Prise Tabak aus deinem Lederbeutel opfertest. Dann kehrtest du mir den Rücken zu und begannst zu sprechen: Hör mal, Lempi, eine Sache musst du wissen, die weiß niemand, nicht mal Mike. Kann ich dir vertrauen, Lempi?

Ich nickte eifrig.

Das verschwundene Mädchen, dessen Foto an der Wand der Polizeistation war, das mit den Zöpfen. Ich kenne das Kind, Clara. Sie war einige Zeit als Ausreißerin bei uns, wer weiß, von wo sie geflohen ist, wir stellen keine Fragen. Aber sie war verrückt. Wir mussten sie fortlassen, als bei uns die Messer für das Ausweiden verschwanden. Der Hund wurde blind, und eines Morgens war einem Perlhuhn der Kopf mit dem Beil abgehackt worden. Wir mussten im Schlafzimmer ein robusteres Schloss anbringen. Dann versuchte sie, Ben in der Regenwassertonne zu ertränken.

Das Mädchen, das in der Errungenschaft aufgetaucht war?

Ja, das.

Ich konnte nicht verstehen, warum du das nicht schon eher erzählt hattest. Warum sollte der Sheriff so etwas nicht weiterberichten, seinen Vorgesetzten, laut schreien? Warum sollte man das Foto des Mädchens mit den Zöpfen friedlich an der Wand hängen lassen wie die Anzeige einer verschwundenen Ziege? Das wagte ich nicht zu fragen, aber du antwortetest trotzdem:

Vor irgendetwas hatte das Mädchen Angst, und es ist nicht meine Aufgabe, seinen Verfolgern zu helfen.

Du hantiertest mit einer Art kleiner Gewürzmühle. Deren Knirschen drang weit in die Sommernacht hinaus, und von irgendwo antwortete der Schrei eines Prachttauchers.

Ich verstehe gar nicht, warum ich das Mike nicht erzählt habe, fuhrst du fort, und der Tabaksbeutel hing dir aus dem Mundwinkel. Wahrscheinlich deshalb, weil unser Schutzheim für Ausreißer nicht ganz legal war. Das Mädchen, Clara, saß zuletzt in einem kleinen Verschlag und träumte davon, die Bude in Brand zu stecken.

Du klopftest den Pfeifenkopf an der Schuhsohle aus: Die Gören, die zu uns kommen, sind manchmal völlig durcheinander. Das liegt an den Pillen, mit denen die Indianerkinder abgefüllt werden. Und auch die der Weißen. Und manche sind so schlecht behandelt worden, dass sie wie besessen sind. Dieses Mädchen wollte einem ständig nackt auf den Schoß kommen und da rumhopsen, obwohl es schon ein großes Mädchen war, und sie behauptete, ich hätte versucht, sie unter der Decke zu begrapschen. Eines Morgens dann war sie abgehauen und hatte aus der Kaffeebüchse das Wirtschaftsgeld mitgenommen und mit dem Hammer den Keramikfrosch zertrümmert, der auf dem Hof mit einer Steinfliege auf der Zunge im Gras gehockt hatte.

Du klopftest auf das Kraut, das du in die langstielige Calumetpfeife gemahlen hattest.

Die Pfeife fing schon beim ersten Versuch Feuer. Salbei, sagtest du, aber ich hatte den Duft schon erkannt, Mutter pflegte geflochtene Kräuterbüschel zu verbrennen, das reinigte die Luft von bösen Geistern. Kraut der Weisen wurde es hier genannt, im Retrieval war es ein Feind und Unkraut. Du tatst einen tiefen Zug, sogst mit zurückgelegtem Kopf die Rauchluft ein, dein Profil im Licht des frühen Morgens war sicher und scharf zugleich. Ohne die Augen zu öffnen, reichtest du mir den Pfeifenstiel und sagtest: Den Rauch einzuatmen ist ohne Wirkung, wenn man nicht daran glaubt.

Einen Augenblick lang überlegte ich, was wohl Pastor Grant davon halten würde, wehrte den Gedanken aber ab. Ich war doch bis hierhergelangt und hatte beschlossen, mich nicht mehr vor Schatten zu fürchten. Ich nahm den Pfeifenstiel zwischen die Finger, führte die Spitze an die Lippen und biss von dem Rauch ab. Er schlängelte sich vom Mund gierig, aber weich in die Kehle, floss mir in den Magen, erfüllte mich von innen, wand sich mir um die Glieder und erzeugte einen überraschenden Freudenschauer. Seit einer solchen Empfindung war so viel Zeit vergangen, dass ich anfangs gar nicht begriff, worum es sich handelte, sondern meinte, verrückt geworden zu sein.

Das Herz hämmerte ein Weilchen, aber dann bemerkte ich, dass die Nacht ringsum glühende Farben angelegt hatte.

Na, Kleine Tatze, wie fühlt es sich an, auf dem eigenen Grund und Boden zu stehen? Deine Stimme war weich und träumerisch.

Ich war verdutzt, weil mir der Gedanke, dass ich mich hier auf meinem eigenen Land befand, gar nicht gekommen war. Dass ich überhaupt irgendwelches Land hätte, von dem ich fortgehen und auf das ich zurückkehren könnte. Ich spürte, dass du die Hand auf die nackte Stelle meines Rückens legtest, und es begann zu prickeln, aber das Gefühl war so vage, dass ich ihm nicht nachgeben wollte.

Auch wir hier hatten es nicht leicht, sagtest du langsam.

Bestimmt nicht.

Jetzt ist es besser, wo wir das da haben. Du zeigtest auf das Schild des Kasinos *Schwarzer Bär*, das hinter dem westlichen Wald leuchtete.

Ich weiß.

Tatsächlich ist es hier anders als vor fünfundvierzig Jahren. Niemand wohnt mehr im Wohnwagen oder in Pappbuden, die meisten haben Strom. Ich weiß noch, wie erzählt wurde, dein Vater habe aus einer verrosteten Öltonne, die er auf einem Abrissgrundstück gefunden hatte, einen Kamin gebaut und wegen Diebstahls eine Geldstrafe bekommen. Mit Reisig und gestohlenem Propan überstanden wir irgendwie den Winter, und im Sommer wurde Schnaps gebrannt. Das weißt du doch noch.

Nach Vietnam vergingen zehn Jahre mit Saufen und Maischengepansche, weil man sich schuldig fühlte. Dafür, dass etwas an der ganzen Sache nicht in Ordnung war.

Woran genau?

An der ganzen Aktion. Einmal saß ich auf einem Bergplateau und drehte mir eine, und dabei betrachtete ich das brennende Reisfeld und das Dorf und die Kämpfer des Vietkong, die gefesselt im Gras lagen und für unsere Propagandazwecke fotografiert wurden. Und während ich da ins Gegenlicht blinzelte, fand ich plötzlich, dass sie mir sehr ähnlich sahen. Die Wangenknochen, das aschige Haar, die verschlossene Miene. Da ging mir plötzlich auf, dies ist ein Krieg der Weißen. Und ich führe den für sie, die zuerst mein Volk getötet und mir dann mein Land weggenommen haben. Und jetzt töte ich für sie meinesgleichen.

Warum bist du dann dahin gegangen?

Ich musste.

Ich antwortete nicht. So konnte es leicht gehen, wenn man schon mit vierzehn Jahren sein erstes Auto von der Brücke hinabgefahren hat, die Stiefmutter an einer Überdosis gestorben ist, die Beine des Bruders amputiert werden, Diabetes Typ 2. Etwas, was hier ständig passierte.

Ich hab mit dem Schnaps aufgehört und bin in die Versammlungen gegangen.

Zu Gebetsabenden?, fragte ich, und beinahe wäre mir herausgerutscht, dass ich im Retrieval gewohnt hatte.

Du lachtest ein tiefes Lachen. Nein, zu den Zusammenkünften der Heiler. In die Hütte. In die *Midewin.*

In meiner Kindheit waren die heidnischen Sitzungen gesetzlich verboten, aber trotzdem nahm Mutter mich einmal mit dorthin. Deinetwegen, aber davon will ich jetzt nicht reden.

Kommst du mal mit?, fragtest du.

Wann?

Ob die mich da überhaupt akzeptieren?, zweifelte ich.

Vielleicht, sagtest du und betrachtetest mich im Schein des Feuers prüfend und plötzlich ganz aufmerksam: Hast du dort jemanden, der dich streichelt? Wo war doch gleich dein Zuhause?

Ich antwortete nicht, das Retrieval lag jenseits von Millionen von Meilen und geplatzten Gebeten aus Luftballonfetzen. Und dort hatte mich niemand gestreichelt. Ich sah wie in einer anderen Wirklichkeit oder in einem Film Pastor Grant, wie er in seinem Bett mit Baldachin auf mir liegt und mich rammelt, ich spürte, wie mir die Luft aus dem Brustkorb gepresst wurde, ich versuchte zu zischen, dass ich gleich ohnmächtig würde, aber entweder hörte Grant das nicht, oder es war ihm egal. Nach dem Beischlaf klatschten Grants lange, baumelnde Hoden gegen seine Schenkel, während er in das taubenblaue Badezimmer ging.

Ich bin nicht viel gestreichelt worden, sagte ich dann. Und du?

Du brachst in ein glückliches, wieherndes Gelächter aus, ohne die geringste Verlegenheit: Ich war zeitweise ein echter Frauenheld. Hab mich ordentlich ausgetobt.

Ich verstand nicht, was austoben bedeutete, und konnte auch nicht fragen, denn aus meiner Zunge war ein freundlicher, träger Riese geworden. Aber du erklärtest mir, dass dich nach Vietnam, zumal nach dem Verlust des Beins, eigentlich nichts anderes interessierte als die Idee von Frieden und Liebe, und beides fand sich im staatlichen College auf Kosten der Armee.

Du hobst die linke Hand, und wir sahen zu, wie der Rauch im Schein des Feuers durch deine Finger hindurch aufstieg.

Ich erkannte, dass aus einem Indianer kein Doktor wird, dass aber die Mädchen die Rothäute mögen und mit ihnen eine so urwilde Brunst erleben, dass ihnen auch ein Lahmer recht ist. Sie wollen den Schwanz des letzten Mohikaners, wirklich alle. Viele Jahre vergingen mit dem Geflatter von einer Honigblume zur nächsten. Kann man denn widerstehen, wenn Funkadelic spielt und sich überall in den Korridoren der Wohnheime süßfettige Lippen finden, die mit Pillen angereichertes Kool-Aid saugen, im Rhythmus des schwarzen Soul kreisende Vinylpobacken, am Boden kriechende Linksradikale und freigiebige Volkskundler, die einem alle entgegenströmen?

Ich schloss die Augen und versuchte mir eine solche satanisch dekadente Brunst vorzustellen, sah aber nur durchscheinende, sich langsam drehende Frauengestalten, und es fiel mir schwer, die Fortsetzung deiner Geschichte zu erfassen: Auf dem Campus begegnetest du der *Micmac-potawatomi* Winonah, einer biegsamen jungen Frau, die halb so alt war wie du und deren Name »alles befruchtend« und »Göttin der Gebärenden« bedeutet. Winonah verriet dir auf der Feuertreppe des Studentenheims bei einer aus einem Apfel geschnitzten Wasserpfeife, dass sie die Vision gehabt habe, ihr wäret in eurem früheren Leben Seelenverwandte gewesen, und du erlebtest, dass deine Seele vibrierte, als dir einfiel, dass dein Vater Tim seine Frau *Weedjeewaugun*, Weggefährtin, genannt hatte.

Weggefährtin – so nanntest du auch mich vor fünfundvierzig Jahren, erinnerte ich mich, und eine eisige Welle der Eifersucht und des gebrochenen Versprechens überflutete mich.

Es ist dann doch gut gegangen?, konnte ich nur mühsam flüstern, und ich spürte, wie die betörende Wirkung des Salbeis aus meinen Gliedern wich, und hörte, wie deine Worte vom nachtharten Himmel zurückgeworfen wurden.

Na, ich will mal so sagen: Ich hätte auf deine Großmutter Patti hören sollen und darauf, wie es bei unserer ersten Begegnung im Gras zu zischen begann, murmeltest du kaum hörbar und drehtest dir eine neue Zigarette: Dass dieses vergnügungssüchtige Ding nicht lange bleiben würde. Dass sie Adleraugen habe, die ständig auf etwas Besseres lauern, und dann versuche, es zu erjagen. Und dass sie erschrecken werde, wenn sie die alkoholgeschädigten Kinder sieht, die bei euch abgestellt werden. Ich hörte nicht auf Patti, war gerade dabei, einen hundert Jahre alten finnischen Hof instand zu setzen, und erwartete einen Wurf, es kamen sieben, von derselben Familie.

Winonah verbrannte Gebetsräucherwerk und schreckte nicht vor den infolge des Drogenmissbrauchs der Mutter niedrigen Stirnen und der heftigen Natur der Kinder zurück, jedenfalls nicht am Anfang. Ein halbes Jahr lang glaubte Winonah daran, dass die Kinder in der frischen Luft gesunden würden, wenn sie nur genug gewaschen wurden. Als das nicht geschah, wünschte Winonah sich ein weißes Kind. Und als das Mädchen erschien, waren die Ureinwohner mit der schmutzfarbenen Haut sofort vergessen. Immer wieder erinnerte Winonah daran, dass Jims Sohn, der da, nicht ihr eigener war, sondern ein falscher. Sie zeigte auf den zweijährigen Ben und zischte, schaff den weg, den hat jemand anderes geworfen. Dann kamen ihre Stadtfahrten und die nächtlichen Herumtreibereien. Eines Morgens hatte sie die Socken eines fremden Mannes an den Füßen, und er bemerkte auch, dass es im Bett mit ihr nicht mehr so flutschte wie gewohnt.

Und es war auch nicht sonderlich angenehm, in die glitschigen Hinterlassenschaften eines anderen Männchens zu geraten.

Als Nächstes fand Winonah in einem Saloon in North Dakota einen Countrysänger, der die heißen Quellen von Yellowstone und eine in Miami tanzende bärtige Frau sehen wollte.

Dieses Tausendblatt wollte, dass ich ihr nachzog. Ich sagte, das werde ich nicht tun, sondern wir werden zum Scheidungsrichter gehen.

Ist sie dann von der Bildfläche verschwunden?

Nein, antwortetest du mit geschlossenen Augen. Sie ist zurückgekehrt. Jetzt will sie mich verstehen. Du wirst sie morgen sehen. Und Ben auch.

Ich wollte nachfragen, wieso morgen, aber eine neue Salbeirauchwolke erzeugte in meinem Körper eine Welle des Wohlbehagens.

Eine Stille entstand. Ich bemerkte, dass wir im gleichen Rhythmus atmeten, dass unser Atem sich beschleunigte und wieder beruhigte. Aus und ein, als hätte der Sternenhimmel selbst uns seinen Atem eingepumpt. Das Lagerfeuer erlosch, aber die Mücken waren unter den Blättern der in den Senken der Felsen schwankenden Ranunkeln und der weißblumigen Schafgarben schlafen gegangen. Schafgarbe, Tausendblatt, erinnerte ich mich. Weisheitspflanze, Ostblume, immer in Richtung Licht. Rose hat sie in Pattis Pfeifenkinnikinnick gemischt, dachte ich noch, als du fragtest:

Da gab es wohl einen peinlichen Moment, letztes Mal? Während des Eisgangs?

Ich nickte, obwohl ich nicht wusste, wovon du sprachst.

Hastig wandtest du dich mir zu: Zwitschert dein Vogel noch? Deine Stimme hatte sich verändert, nur um eine Idee, aber das genügte. Und jetzt fiel mir plötzlich ein, was mich bei deinem Anblick unruhig macht. Wir hatten uns in diesem Wald schon einmal getroffen, genau dort, am Fuß des Kiefernfelsens, unter den gebeugten, frischbegrünten Birken, zwischen den flügellahmen Farnkräutern, als das Moos vor Frühlingsfreude tropfte, die Welt neugeboren und ich noch unschuldig und unverdorben war.

Es war der Frühling, als in mir das Blut erblühte und Mutter mich zum Lauf des Baches führte, noch hinter die Stelle, wo der achtfüßige Wasserfall die Wasser der Widjiw-Berge auch bei der größten Hitze hinabstürzen lässt und wo die grünhaarigen alten Steine im Strom der Zeit meditieren. Ich weiß noch, dass es nach dem Spätwinter endlich warm geworden war, die

Birken hatten grüne Mäuseöhrchen, aber aus den Schatten der Moosbülten starrten noch traurige Augen. Der Frühling inszenierte ein großartiges Spektakel, in dessen Hauptrolle das Wasser rauschte, es sprühte, funkelte, drang ein und durchbrach das Bodeneis, indem es von den Felsvorsprüngen in funkelnden Strahlen freundlicheren Zeiten entgegenstürzte. Aus biegsamen Ulmenzweigen baute Mutter uns eine Laubhütte, die sie mit Birkenrinde und Decken aus meiner Kinderzeit abdeckte, und sie drückte ihre Wange an meinen nackten Bauch, und sie blies und trällerte und sagte, sie sei stolz darauf, aus Wasser mit ihrem Körper ein solches Wesen geformt zu haben.

Feu, feu, Feuervogel, mein es gut mit meinem Mädchen, sprach Rose zu meinem Bauch und verbrannte Salbeibündel, damit deren Duft die richtigen Visionen herbeilockte. Der Geruch war süß und einschläfernd, und die Rauchfinger streichelten mir Wangen und Schultern. Dabei sah ich viele Bilder, furchterregende, aber auch prächtige. Vier Tage und vier Nächte verbrachte ich in der nach Zedern und Rauch duftenden Hütte. Abends erschien Mutter geräuschlos in der Türöffnung, reichte mir einen Bissen Elchfleisch oder Sonnenfisch und Salbei in einer großen Muschelschale.

Schöne Träume, wünschte mir Rose, und es war gut, so einzuschlummern.

Am Morgen lagen Rose und ich lange auf dem Zedernbett, eingewickelt in die gemeinsame Decke, und Mutter fragte mich nach meinen Träumen. Nichts war wichtiger als die Träume, und die mussten genau gedeutet werden. Wir rekelten uns im Dunst der Langhütte, es duftete nach Regen und reiner Freude. Mutter erzählte mir von *Nanab'oozoos* Abenteuern, von *Peuguk*, dem fliegenden Skelett, von den *Paweesuk*, die an abgelegenen Sandstränden wohnen und aus ihren Gräbern steigen, um im Mondschein zu tanzen, und von *Kawaesind*, an dem alles böse ist. Von den im Oberen See wohnenden Fischwesen, den *Nebauwabi*, und dem *Missabikong*, einem kleinen Eisenmännchen, das sich in tiefen Schluchten versteckt und Visionen hat.

Wenn ich davon manchmal genug hatte, schickte Mutter mich Verstecken spielen, und wenn es keine anderen Gefährten gab, durfte ich mit den Schmetterlingen spielen. Rose erzählte, dass *Nanab'oozoo* die Schmetterlinge aus kleinen bunten Steinen gemacht habe, nur damit die Menschenkinder ein lustigeres Leben hätten.

Sing ihnen etwas vor, dann kommen sie.

Und meistens kamen sie angeschwebt mit blauen, flatternden Flügeln.

Schmetterlinge riechen das Glück und kommen, um es zu suchen.

Am letzten Tag fand Mutter mich, als ich den Finger in mich gesteckt hatte, um herauszufinden, ob dort wirklich ein Vogel wohnte. Ich erschrak, aber Mutter war nicht böse.

Das ist ein wildes, ungezähmtes Wesen, das sich in dir versteckt, erklärte sie.

Geh sorgsam mit ihm um, hüte es. Erzähle den Weißen nichts davon, überhaupt niemandem. Sie nennen es Begierde oder Verlangen und halten es für unrein und schmutzig.

Jetzt, wo ich hier mit dir auf dem Felsen lag, wurde mir klar, was Mutter gemeint hatte. Als Kleinkind hatte ich einen Körper, der leidenschaftlich in seiner Freude und in seiner Trauer und in noch etwas anderem gewesen war, das ich damals nicht benennen konnte. Meistens geschah es aus Versehen, wenn das Pferd Echter Ofen galoppierte oder wenn ich mit dem hölzernen Spielzeugauto die Anhöhe hinabsauste, aber zum ersten Mal erlebte ich dieses Gefühl meiner Erinnerung nach damals, als man mich auf dem Wiegenbrett tanzen ließ, noch bevor ich laufen gelernt hatte. Es war ein erstaunliches Gefühl, plötzlich konzentrierten sich alle Gedanken auf einen einzigen Punkt zwischen den Beinen, auf einen Zipfel, der rot und feucht pulsierte. Jetzt wusste ich, das war ein Lied, das sich da in mir aufschwang.

Dein Vogel hat eine starke Zunge und ein fröhliches Lied. Aber das sind Dinge, die wir vor den Blicken der anderen verbergen, besonders vor denen der Männer, weil sie das nicht verstehen würden.

Wir gingen in ein Wäldchen voller Buschwindröschen, und Mutter zeigte mir: Ich nenne das Vereinigung mit dem Wald.

Sie erkletterte einen schönen weißen Birkenstamm und setzte sich rittlings in eine Astgabel. Mit den Händen streichelte und liebkoste sie ihren Körper, wiegte sich vor und zurück, schloss die Augen und begann zu summen. Die weiße Sonne umfasste ihre Schultern, und Mutter hob ein wenig die Hüfte an, sodass der Vogel zwischen ihren Beinen sich besser in den Rhythmus des Baumes hineinfand, und irgendwann wurde aus Mutter und dem Baum ein einziger pulsierender Saft und eine Härte. Das habe ich niemandem erzählt, weil die Menschen schlecht darüber denken würden, aber für mich war das ein schöner Augenblick, in dem ein älteres Weibchen sein Junges das Leben lehrte.

Du hast mich einmal ertappt, als ich im Wald allein mit meinem Vogel war. Ich saß gegen den knolligen Stamm einer

Haarbirke gelehnt, über mir der Himmel, und war an einem Punkt, von dem es keine Rückkehr gab. Damals war ich so sensibel, dass ich versuchte, den Vogel zwischen meinen Beinen zu mäßigen, mich nicht zu bewegen, denn eine Regung auch des kleinsten Muskels meines Beckenbodens würde den Vogel zum Überborden und zum Schreien bringen, und deshalb strengte ich mich an, meinen Kopf zu leeren, an den ewigen Wellengang des Großen Sees zu denken, an weiße Baumstämme im Nebel, aber ich sah nur mich selbst gegen den Stamm gedrückt, und das genügte. Während die Lust mich durchflutete, wurde mir bewusst, dass ich auf dein Erstaunen blickte. Wir starrten einander an, während es zwischen meinen Beinen pulsierte und mein Saft den Birkenstamm entlanglief und dein Gesicht sich um eine Miene bemühte, die deine Empfindungen ausdrücken konnte.

Damals kannten wir uns noch nicht, du warst ja in der sechsten Klasse, als ich in die erste ging, und jetzt warst du schon ein Krieger und in Vietnam. Trotzdem erinnertest du dich an mich. Roses Kleine Tatze?

Ich wurde rot, war entsetzt, er erkennt mich und wird herumerzählen, dass ich genauso lüstern und geil bin wie die Indianermädchen, die an den dunklen Straßenrändern darum bettelten, von den Lastwagenfahrern mitgenommen und von fünf oder sechs Waldarbeitern besprungen zu werden. Nach dem Entsetzen überkam mich die Scham, eigentlich schämte ich mich zum ersten Mal in meinem Leben, denn wenn meine Mutter Rose mich auch alles Mögliche gelehrt hatte, dann doch nicht das Schämen.

Ich begann leise zu weinen.

Ich war fischen, sagtest du, wie um dich zu verteidigen.

Du stelltest dich fest auf, damals hattest du noch beide Beine, und fingst mich auf, als ich aus der Astgabel fiel, und sahst nicht hin, als ich mir die Flanellschlüpfer anzog. Du reichtest mir auf einen Weidenzweig aufgefädelte gewaltig große Fische, schwarzschleimige Welse und Sonnenbarsche.

Ich muss gehen, flüsterte ich.

Bleib hier, wir machen Feuer und nehmen die aus, du kannst das Herz behalten, und du fügtest hinzu: das Fischherz, meine ich.

Ich konnte mich nicht rühren, die Tränen rannen mir heiß über die Wangen.

Ich hab nicht vor, das im Dorf auszuposaunen, falls du dir deswegen Sorgen machst. Aus deinem Beutel legtest du ein kleines Tabakopfer an den Fuß des Kiefernfelsens. Danach stopftest du Wacholderbeeren in die ausgenommenen Bäuche der Sonnenbarsche. So nett und freundlich warst du damals zu mir.

Warum solltest du das nicht ausposaunen?, flüsterte ich. Auch du wusstest ja, wie ich in der Reservatsschule gequält wurde, weil ich zur Hälfte Finnin war, Findianerin, Findianerin, war dein Vater ein Frosch, dass du so komisch sprichst? Schreckschraube! Schreckschraube!

Daran musstest du dich doch erinnern.

Immer habt ihr mich gemobbt. Mir Haare mit der Wurzel ausgerissen.

Genau genommen warst das wohl gar nicht du, du hattest immer etwas, das nach Höherem strebte.

Ach, Kleine Tatze, ich bin heute ein anderer Mann, weißt du, und das Lachen verschwand aus deinen Augen.

Du reichtest mir eine Wacholderbeere und stilltest damit meine Tränen.

Werde mein Kumpel beim Fischen. Oder meine Weggefährtin, sagtest du, und ich glaube, ich wunderte mich schon damals, wie viele verschiedene Tonlagen deine Stimme haben konnte und wie sie mich beruhigte in meiner Scham. Ich spürte deine Hand auf meinem Venushügel. Ein leichter Druck, den ich mir vielleicht nur eingebildet hatte. Dies war der Klang deiner Stimme, in dem die Lieder und die alten Geschichten mitschwangen, in sie hatte ich mich verliebt, sie war mir so vertraut, dass es mir schien, als wäre ich bei ihrem Klang aus dem Mutterleib gekrochen, der Faden zwischen mir und der Urzeit. Sie hatte einen leisen und weichen und selbstsicheren Rhythmus, der mich streichelte wie eine Unschuldige. Und ich schloss die Augen und spürte die Kühle des Frühlingswinds auf den Lidern. Spürte, wie die Flaumhärchen auf Ohrläppchen und Armen von meiner prickelnden Haut fortstrebten.

Ich öffnete die Augen, sah deinen Ernst und konnte nichts anderes als ablehnen: Du bist doch im Krieg.

Sie geben mir noch längeren Urlaub. Komm in meinen *Wigwam*.

Befreiendes Gelächter brach sich aus mir Bahn. So erging es allen Mädchen.

Du hast gar keine Hütte.

Ein Mann muss ein Langhaus haben. Wenn du ein bisschen größer geworden bist, dann kommen wir zusammen.

Du zupftest mir ein Haar aus, schlangst es um ein Lederband, nahmst zwei Holzstücke und bandest sie zusammen.

So. Damit du dich daran erinnerst, dass du mit mir eine Beziehung angefangen hast.

Dann zogst du dich zurück. Vielleicht hattest du verstanden, dass du dein unbeholfenes Geschenk einem Kind übergeben hattest. Ich war ja noch ein junges Mädchen, das an diesem abgebrochenen Abend lernte, was es heißt, sich zu verlieben.

Jetzt, Jahrzehnte später, spürte ich auf dem Felsen erneut jene Berührung. Auch du, denn du fragtest:

Gehen wir schwimmen?

Ich nickte im Dunkeln, und du ergriffst meine Hand.

Dort unten in der Tiefe wächst kein *manoomin*, deshalb kann man dort hineinspringen, sagtest du, obwohl ich wusste, dass man das kann, denn wenn da Wildreis oder anderes Schilf gewachsen wäre, wäre das Wasser zu flach.

Ich ließ mich von dir zum Rand des Felsens führen wie eine Blinde.

Vertraust du mir?, fragtest du.

Vielleicht.

Ich krallte die Zehen an der vertrauten Stelle am Rand des Felsvorsprungs zusammen, unter der Flechte erfühlte ich gleichsam die Gegenzehen des Berges, die mich begrüßten. Du beugtest dich vor, und dein warm duftender Arm wollte mich mit hinunter in die Tiefe ziehen. Im letzten Moment stemmte ich mich dagegen, die Tiefe gähnte mir entgegen.

Manchmal hatte ich überlegt, ob Mutter ertrunken sei.

Oder sich ertränkt habe, aber das sagte ich nicht laut.

Lass es los, flüstertest du oder jemand mit deinem Mund.

Was soll ich loslassen?, fragte ich.

Das, was du ständig mit dir herumträgst.

Was meinst du?

Diese Schwere. Sei eine Sonne, so wie früher, sagtest du ein wenig traurig. Du warst so eine Klarheit, dass man glühende Wangen bekam, wenn man dich ansehen durfte.

Einen Moment lang stellte ich mir vor, wie ich meinen Körper in die Dunkelheit fallen lassen würde, wie die Beine ins Leere treten würden.

Ich stellte mir die schwindelerregende Angst vor und die Wonne während des Fluges durch die Luft, wenn das unten wartende schwarze Wasser wächst, wie ich auf seiner Oberfläche aufschlagen und in den weichen, kühlwarmen dunklen Schlund hineingleiten würde, in den geschlossenen Schlund, in den Mutterleib. Und was dann? Das Ersticken?

Ich wich zurück.

Du musst nicht, sagtest du und führtest mich zurück zum Feuer.

Ich lag neben dir auf den Decken und spürte deine Wärme und deinen nach Rauch riechenden Atem, deine Nase zeichnete sich gegen den weißen Nachthimmel ab wie eine abgenutzte Bärenkralle. Unsere Körper ruhten nebeneinander, in nur einer Spanne Abstand oder weniger, dann drückte sich Haut gegen Haut. Ich überlegte, was Mutter über ihre erste Begegnung mit Vater geschrieben hatte. Dass Vater flüsterte: Ettu, und Mutter antwortete: Rose, und so blieben ihre Blicke ineinander hängen, und ungewollt wanden sich ihre Geschichten aus den Angeln, so wie auch jetzt, und ich dachte noch: Und wenn nun das Vorherbestimmte doch noch eine glückliche Wendung nimmt? Wir hatten hier zwei schweigende Münder. Ich schirmte die Augen gegen die glühenden Holzscheite ab, aber in meinen Augen warst du, Jim Graupelz, und hattest begonnen zu leuchten. Deine Hüfte zeichnete sich ab unter dem groben Baumwollhemd, ein vornehmes Schlüsselbein und die zierlichen Nackenwirbel, die Krähenfüße, aber ein noch starker Körper. Setze mich fort! Verbinde mich mit etwas! Nimm diese Seltsamkeit und die Fremdheit fort! Mach aus mir ein heiles Ganzes!

Plötzlich legtest du mir die Hand auf den Venushügel: Weißt du noch, damals? Deine Hand ruhte dort, auf meinem Vogel, der gerade erwacht war, und ich wagte mich nicht zu rühren, damit dieser Augenblick nicht verging.

Weißt du noch, wie ich hier so etwas für dich machte? Und du standst auf, nahmst zwei Hölzchen und bandst sie mit Haaren von uns zusammen: Damals dachte ich, ich bin ganz dein, viele Jahrzehnte lang. Aber vielleicht ist es jetzt zu spät?

Nein, es ist nicht zu spät, hätte ich gern gerufen, aber in meinem Mund vollzog die Spinnenfrau ihren Zauber, und so beugtest du dich zu mir, gestützt auf dein krankes Bein, dessen Fehlen meine Schuld war, berührtest meine Hüften und zogst mich an dich, und mich packte die Angst, dies sei nur ein Traum oder ein Schabernack der Geister. Aber da warst du neben mir und über mir, deine rauen Lippen an meinem Hals, ach, wie habe ich doch darauf gewartet, flüsterte ich und spürte, wie Glut und Leidenschaft in mich eindrangen.

Schlafen wir diese Nacht hier nackt?, fragtest du, und ich brauchte nicht zu antworten.

Und ich kann nicht leugnen, dass ich enttäuscht war, als ich am Morgen allein auf dem Felsen erwachte.

August 2018

Jim Graupelz,

ich hatte mir von dir wenigstens ein klein wenig Sicherheit erhofft, als ich mit Ettu in Messer-Matts klappriger amerikanischer Karre zum *Powwow* kam. Aber du tatest, als sähest du mich nicht. Das ungestüme Dröhnen der Trommel war weithin zu hören, bis zu dem am Waldrand geparkten Wohnwagen, wo Patti und eine Schar von Onkeln und Cousins mit asketischer Miene mich sanft nickend begrüßten. Von den im Schatten eines Schutzdachs mit der Zigarette im Mund ruhenden, braun gebrannten späten Schelmen erkannte ich nur einige wenige, so den beim Tanzabend der Nationalgarde übel zugerichteten Pee-Wee, den immer allzu aufgekratzten Spoonie, dessen fragwürdige Karriere als Jahrmarktindianer endete, als sich herausstellte, dass die Hauptattraktion der Show, eine gewaltige Spieluhr, die darauf herumtorkelnden Tauben mithilfe von Elektroschocks dazu brachte, Schwanensee zu tanzen. Am besten erinnerte ich mich an Goggleye mit der dicken Brille und dem Haarschopf, an dessen richtigen Namen sich niemand erinnerte und der Goggleye genannt wurde, weil er niemals richtig lesen gelernt hatte. Goggleye war der

Einzige, der mir so zulächelte, dass ich seine tief sitzende Trauer über diese Tatsache erahnte. Ich war so aufgeregt, dass ich es nicht wagte, irgendjemandem in die Augen zu sehen, und aus den langsamen Bewegungen konnte ich nicht schließen, ob ich willkommen war oder nicht.

Ich hab doch geahnt, dass dieser Tag kommen würde, sagte Großmutter Patti, als sie uns sah, und entnahm einer Truhe ohne Nägel, die unter die Hinterräder des Wohnwagens gekeilt worden war, ein rotes Kleid, das mir bekannt vorkam, und fragte mich streng, ob ich wisse, was sie da in Händen hielt. Ich nickte.

Roses *jingle dress*, das Klimperkleid, auf das Vera Dutzende von Metallringen genäht hatte, die von Bierdosen stammten, Schicht für Schicht, sodass sie bei jedem Schritt klimperten und klangen. Dann bekam ich mit Perlmutt verzierte lederne Beinstulpen in die Hand, deren Glöckchen und Leder von dem Pferd Echter Ofen stammten, weil es nach Roses Verschwinden keine andere Verwendung dafür gab und weil aus dem Gaul selbst fröhlich-zähe Wurst gemacht worden war.

Pattis verwittertes Gesicht sah aus wie trockener Lehm, als sie murmelte: Rose ist nie dazu gekommen, die zu tragen, und mir schien, als läge für einen Augenblick Sehnsucht in der Luft. Aber als ich den Mund auftat, um etwas zu sagen, drehte *Naakomis* sich plötzlich um und verlangte, ich solle ihr folgen. Es begann der *Great Entrance*, der große Einzug.

Das Dröhnen der Trommel erfüllte die Brust schon von Weitem. Die Kiefernstämme flirrten in der Hitze des Nachmittags, so als träfe sie eine Kräuselung des Wassers, obwohl wir in der Hochebene des Reservats waren, auf der *Mas-Ka-Wi-Sen*-Lichtung. Den staubigen Boden zwischen den Bäumen stampften in der Sonnenglut runzlige Stammesälteste, die schwere, perlenverzierte Regalien und Kopfschmuck mit Adlerfedern angelegt hatten, und sei es um den Preis ihres Lebens, denn die Temperatur betrug sicherlich hundert Fahrenheit. An der Spitze dieses Festzugs der Uralten schritt dein Urgroßvater, der Nörgler genannt wurde, in seinem Kopfschmuck aus Adlerfedern, und die butterblumenflaumigen Fusseln flatterten ihm um den Schädel. Irgendwie wunderte ich mich, dass er noch am Leben war, wunderte mich über seinen trockenen, fragezeichenförmigen Rücken und darüber, wie die Schläge, die auf das Trommelfell aus Rentierhaut trafen, sich dem Rhythmus der Schritte dieses uralten Wesens anpassten. Das Festpublikum hatte sich erhoben, um die Ankunft der schwarz-rot-gelben, drei Speere darstellenden Stammesfahne zu ehren, und da sah ich dich. Du gehörtest zum Klan des Nörglers und durftest als Zeichen dessen das Bärensymbol tragen.

Das amerikanische Sternenbanner hing in voller Breite unter der Überdachung wie ein anmaßender Ehrengast.

Ich stand als Pattis Schatten in der Ehrenfront der beleibten Matriarchinnen und fächelte ihr mit einem Fächer aus Blaukehlchenfedern den Schweiß von der Stirn. Die Luft flimmerte über dem vor Hitze gelben Boden, und die alten Frauen verzogen den Mund und überlegten besorgt, wie lange der letzte Regen wohl schon her war. Anderthalb Monate, errechnete Pattis Schwester Mee-Wee mit dem runzligen Gesicht und den imposanten Armen, und ich begriff, dass so viel Zeit vergangen war, seitdem das Mädchen mit den blonden Zöpfen in der Errungenschaft aufgetaucht war, Vater hatte ja erzählt, dass es damals geregnet hatte. Dann erschrak ich, denn ich hatte Ettu in diesem Augenblick vollkommen vergessen, meinen demenzkranken und von Geburt an scheuen Vater, und ich spähte nach dem zwischen den Baumstämmen herumstehenden Beiwagen des Motorrads und unserem dahinter liegenden Zeltlager. Vor Erleichterung seufzte ich, als ich die vertraute *Bestrebung*-Schirmmütze auf dem schäbigen Gartenstuhl schimmern sah. Ettu jedenfalls war noch da und in Sicherheit vor der Glut der alten Frauen.

Der große Einzug, der ist schon imposant, doch, doch, aber er ist ein Schwindel – ich erkannte die knarrende Stimme der alten Frau Loonsfoot, eines Geizdrachens. Sie schien sogar beim Sprechen an der Wärme zu sparen und hatte die Taschen immer voller Lebensmittelgutscheine und Sammelmarken der Geschäfte und hatte meine Mutter als Sandfotze beschimpft, weil sie nicht mit Vera Loonsfoot zusammen in denselben Filmen posieren wollte. Weil man ja auch dafür Geld bekommen hätte.

Fauler Zauber, verurteilte auch Patti den bombastischen Umzug. Erfunden, um die Weißen zu täuschen. Mutter hatte erzählt, dass man damals, als die *Powwow* verboten waren, sie als Teil von Rodeoshows oder sonstigem harmlosen Zirkus tarnen musste.

Tempo, Tempo!

Es war mir peinlich, als Patti mich aufforderte, mir die Lederstulpen mit den Fransen fester zu binden. Schweiß tropfte mir unter das bestickte Stirnband und rann die Birkhuhnfeder entlang hinab.

Eine Stimme in meinem Kopf flüsterte, das sei ein Fehler. Ich sollte nicht hier sein, ich gehörte nicht hierher, zwischen mir und diesen Menschen gebe es zu viel Groll, lägen zu viele Jahrzehnte, und überall um mich herum witterte ich unausgesprochene Zeichen und mir unbekannte Muster, dort der Kaurimuschelanhänger der *Midewin*-Heilerinnen, der Kräuterbeutel aus Biberhaut, in die Haare gebundene Vogelknochen und der weiße Büffel der Indianerbewegung – die Bedeutung von alldem kam mir bekannt vor wie aus einem flüchtigen Traum, aber ich wusste nicht, waren das Botschaften für mich oder sollten sie mich ausschließen aus ihrem Kreis. Dennoch kleidete ich mich weiter an, obwohl ich fühlte, dass mein Fleisch alt, meine Haut gelb und mein Geist müde geworden war. Die alten Frauen verfolgten mein Tun aus den Augenwinkeln.

Rose hätte niemals Ohrringe mit türkisfarbenen und roten Steinen zusammen mit diesem Brustschmuck getragen, tadelte Frau Loonsfoot, und die anderen stimmten ihr zu.

Weiß Roses Tochter einfach nicht, wie man sich anzieht?, flüsterte jemand.

So als hätte ich eine Wahl gehabt, als hätte ich es irgendwo lernen können. In meiner Kindheit wurde der *Powwow* wohlweislich vor den Behörden geheim gehalten, es gab ihn eigentlich gar nicht, höchstens, dass die Krieger sich im Frühjahr mal in dem alten Flößercamp zu einem Trinkgelage versammelten und um zu trommeln, sodass der Klang weit über das Wasser hin schallte, wild und sehnsuchtsvoll. Das waren keine für Kinder geeigneten Zusammenkünfte, sondern ein wenig gefährliche Veranstaltungen voller Bitterkeit, bei denen die Niederlagen des vergangenen Winters und die Überlebenden gezählt wurden, und wenn am Ende des Abends mit den Messern Fangen gespielt worden war, dann wurde die Mannstärke am nächsten Morgen neu nachgezählt.

Die mürben Schnüre zerbröselten mir in den Fingern, sodass ich gern hätte aufgeben und unter das Wohnmobil kriechen wollen, in Sicherheit, und um dort einen Knochen abzunagen wie ein Hund. Hitze und Anspannung nahm ich in meinem Kopf als Nebel wahr, und ich dachte, dass ich überhaupt nicht den Wunsch gehabt hatte, hierherzukommen, und auch nicht das Wissen, dass es solche Feste überhaupt gab, dieser Ort flimmerte von Geheimnissen, die mich nichts angingen. Grant würde es niemals gutheißen, dass ich hier anwesend bin, dachte ich und bezog daraus ein wenig Trost.

Ich wandte den Blick zurück zur Arena und entdeckte dich. Du hattest mich alleingelassen, sobald du konntest, dachte ich bitter, obwohl es ja nicht so war, du gehörtest zur Trommlergruppe des Reservats, die muskulösen Rücken beugten sich konzentriert über das dröhnende Trommelfell, die Armmuskeln schlugen den Rhythmus, als Goggleye mit dem Vorsingen begann. Die anderen fielen so ungestüm ein, dass es mich schüttelte. Im Klang der Trommel aus Rentierhaut lag eine solche Trauer, so viel Sehnsucht und Trotz, dass ich am liebsten aufgestanden und in die weiße Sommernacht hinausgelaufen wäre und nicht eher innegehalten hätte, als bis mein Geist sich von mir lösen würde, zumal ich bemerkt hatte, dass neben dir eine Frau mit stolzer Haltung und dicken Zöpfen aufgetaucht war. Dir zu Füßen saß ein Junge, der im Schoß einen ovalen, blaugefleckten Stein hielt wie das Urei eines mythischen Monsters. Ben, was für ein schöner Name, schoss es mir durch den Kopf, und wie seltsam ruhig er dort inmitten des Schreiens und Dröhnens war.

Wenn der Grastanz der Frauen beginnt, machst du mit, verfügte Patti und schlürfte von dem Zitronenwasser, das ihr die stolze Frau in ihrem türkisfarbenen Kleid gebracht hatte: Ach, wie erfrischend das doch ist. Patti hatte mir einen Klaps gegeben, weil ich den Fehler begangen hatte, von der Verkaufsbude eine Coca-Cola hierher mitgebracht zu haben.

Wahoo, seht mal, seht mal, die Weiße bringt der Indianerin Gift, quakte Großmaul Loonsfoot, und ich schämte mich.

Das passt ja wie die Faust aufs Auge, nickten die Frauen im Kreis.

Die Matriarchin saß, in eine Decke gehüllt, zurückgelehnt unter dem Sonnendach, das hintere Bein des eisernen Liegestuhls knickste demütig unter dem gewaltigen Hinterteil. Ich erinnerte mich, diese Filzdecke mit dem Sägezahnmuster schon in meiner Kindheit gesehen zu haben, bei nichts anderem wollte Patti vor der Kälte Zuflucht suchen. Blatterndecken, hatte sie geknurrt, als Ettu aus dem Hafen von Duluth Decken mitgebracht hatte, da war sie ebenso unbeugsam wie in ihrer Valutapolitik. Patti war nicht bereit, an der Tankstelle Zehndollarscheine anzunehmen, weil darauf das Konterfei von Präsident Andrew Jackson prangte, einem ehrenhaften General, der dem hartnäckigen Stammesgedächtnis zufolge die Indianer durch die verschmutzten Decken mit der tödlichen Seuche angesteckt hatte: Einen Indianer kann man töten, aber ein Indianer vergisst nicht.

Jetzt hatte ich alle Hände voll zu tun, um den mit Stachelschweinstacheln verzierten Brustschmuck an seinen Platz zu bekommen.

Roses Tochter, hörte ich jemanden flüstern.

Sie glaubt ganz offensichtlich, etwas Besseres zu sein.

Ich sollte nicht hier sein. Diese eingeborenen, richtigen Indianer wollten ein Halbblut wie mich hier nicht haben. Ich sollte in Grants Gottes-Jamboree *Mayflower*-Kuchen mit krausem Rand backen, dort würde man mich dulden, weil ich lieb war und meine Äpfel immer sauber und fest, dort bemitleideten mich alle wegen meiner Verrücktheit. Hier scherte sich niemand um so etwas, weder um meine Verrücktheit, meine Scheinerinnerungen noch um meine Traumata, jeder hatte seine eigene Last zu tragen, und die damit verbundene Freiheit machte mir Angst.

Sie hat höhere Schulen besucht, eine Professorin, fuhr die alte Loonsfoot fort.

Wenn sie wüssten. Die einzige Errungenschaft in meinem Leben war die Bibliothekskarte mit vollen Ausleihrechten, die ich zu meinem fünfjährigen Jubiläum im Retrieval geschenkt bekommen hatte. Und jetzt das Telefon, das Geschenk zu meinem fünfzigsten Geburtstag.

Kümmere dich nicht um die. Überraschend drückte Patti mir die Schulter, ihre Hand war kühl, und ich beruhigte mich etwas.

Geh jetzt tanzen, in Roses Kleid!

Das für den Grastanz vorgesehene Kleid glitt mir überraschend leicht über die Hüften, nur über den Brüsten spannte es ein bisschen. Ich betrachtete die schönen, stolzen Tänzerinnen, deren Brustschmuck von Gold und Silber schimmerte, um sie herum flatterten bunte Bänder, die Lederpanzer der alten Männer waren mit Bisamborsten verziert, in den Stulpen wiederholten sich die Stammesfarben und Rosenmuster, und die schweren Schellen und Glöckchen bestimmten den stampfenden Tanzrhythmus, und mir war es peinlich, dass die *Jingles* meines Kleids aus Ringen von Bierdosen bestanden.

Ich blieb am Rand des Kreises stehen und überlegte, ob es für den Eintritt eine geheime Hierarchie gab, oder ob man sich einfach so unter die Tänzer mischen durfte. Die älteren

Frauen bewegten sich würdig im Kreis, indem sie ihre Mokassins kaum vom Erdboden anhoben, im grauen Haar perlenbestickte Bänder. Die gefurchten Gesichter waren stolz in das Licht erhoben, das durch die Kiefernwipfel fiel, viele hatten die Augen geschlossen und genossen den Tanz.

Immer mehr Mädchen in Seidenkleidern schlossen sich leicht hüpfend den Tanzenden an, eines von ihnen hatte eine Preisschärpe angelegt, die es bei einem Schönheitswettbewerb gewonnen hatte. Der Discjockey, der sich mit einem gewaltigen Schnurrbart und einem Cowboyhut ausstaffiert hatte, rief: Nun tanzt und freut euch!

Ich zögerte immer noch: Ich wage es – soll ich es wagen? Ich wage es! Gerade wollte ich in den Kreis eintreten, als eine ringgeschmückte Hand nach meiner Schulter fasste.

Welche Sippe, welcher Klan? Dies ist den Anishinaabe vorbehalten, schnauzte eine Frau in türkisfarbenen Mokassins und einer kunstvoll mit Perlen bestickten Tracht, dieselbe, die etwas früher stolz neben dir gestanden hatte. Winonah.

Auch einige andere Tänzerinnen blieben stehen, die Hände in die Hüften gestemmt, und sahen mich befremdet an. Ich wurde aus dem Kreis hinausgeschubst.

Ist die Ottawa oder Potawatomi?

Nein, das ist Roses Tochter.

Winonah blinzelte mich mit ihren grausam-schwarz umrandeten Augen an und zischte: Hat Jim die Nacht bei dir verbracht? Mach dir bloß keine falschen Hoffnungen!

Die anderen Anwesenden hatten das wohl kaum gehört, sondern wunderten sich weiterhin.

Roses Tochter? Von der, die verschwunden ist?

Die Frauen betrachteten mich abschätzig von Kopf bis Fuß.

Roses Tochter wagt es, sich hier aufzudrängen, meinte ich zu hören.

Ihr Vater ist auch hier.

Ein Lager von Mördern.

Na, soll sie es versuchen, obwohl man die mit einer Feder umwerfen könnte. Winonah stieß mich in den Rücken, und plötzlich befand ich mich inmitten eines stampfenden Menschenmeers.

Einen Augenblick lang stolperte ich herum, bis ich mich in den Rhythmus hineinfand, dann bewegte ich die Beine, den Blick auf die vom Staub schwarzen Mokassins konzentriert, Schritt, Schritt, tamtamtam, zählte ich die Trommelschläge.

Nun stolpere mal nicht, schnauzte ein rundbäckiges Mädchen in Mokassins und einer kunstvoll mit Perlen benähten Tracht und versetzte mir im Vorbeigehen einen Stoß, und ich bemerkte noch Winonahs bösartige Augenbrauen in dem Meer von Menschen, ehe ich auf den staubigen Boden fiel.

Also jetzt ist es genug, Mädels. Hör auf damit, Winonah, erscholl Pattis Stimme neben mir. Ich suchte nach einem Halt und fand ihn.

Ich wollte sehen, ob du dich behaupten kannst. Pattis Arm zog mich aus dem Staub und ließ mich weitertanzen. Wir schritten zusammen, tamtamtam. Die Trommel schlug lauter und lauter, das Schreien des Männerchors übertönte alles andere, der Rhythmus mischte sich mit meinem heftigen Herzklopfen.

Und dann geschah das Wunder.

Als die Menschen mich an Pattis Arm sahen, schmolzen plötzlich die Gesichter um mich herum. Zuerst bekam ich ein Lächeln von einem bezopften Mädchen, das hohe Sprünge machte und an dessen Beinen Federn und Glöckchen befestigt waren, dann von einem schnurrbärtigen kleinen Krieger, der sich einen Bärenkopf aufgesetzt hatte, und schließlich winkte mir die alte Loonsfoot mit ihrer Feder zu.

Und dann umgab mich schon wogende Freundlichkeit.

Inmitten all der Anspannung fühlte sich das an wie eine himmlische Wolke, wie ein tröstliches Schützenloch in einer Tasche des Weltalls, und ich spürte, hier bin ich, inmitten meines wütend trommelnden und lebendigen Stammes, und in diesem Stammesmoment krankte ich nicht an schlechtem Gewissen, weil ich einst fortgegangen war, sondern spürte, wie die gemeinsame Freude mich einhüllte, und ich dachte, diese Menschen haben überlebt, obwohl sie hatten aussterben sollen. Wir hatten überlebt.

Komm, wir gehen uns ein bisschen ausruhen, forderte Patti mich schließlich auf, als ich mir die Füße schon wundgetanzt hatte und ihr folgte, jetzt wusste ich schon, dass ich ihr ein Wasser mit Zitronensaft bringen musste.

Miigwech, sagte Patti, und auch die anderen nickten, als ich mich auf einem Stein niederließ, um zu verschnaufen.

Rose, wie sie leibt und lebt, sagten die alten Frauen anerkennend von dem Wohnwagen her, der von der Sonne ganz ausgeblichen war.

Ein schöner Schritt, lobte auch Messer-Matt und hob einen grünen Schlauch hoch: Aber jetzt pass mal auf.

Die Hitze des ganzen Tages hatte den Tänzern so zu schaffen gemacht, dass die alten Leute schwer keuchten, und so hatte mein Onkel vom Hydranten der Entzugsklinik her eine viele Yard lange Schlange gezogen, die jetzt einen erfrischenden Schauer in den zu Ende gehenden Tag versprühte. Ein ausgelassenes Gekreisch ertönte, als die Mädchen unter die Schutzdächer der Wohnwagen rannten, um ihre Kostbarkeiten zu schützen. Die Stammesältesten schirmten ihren Federkopfschmuck mit Flugblättern ab, die kleinen Jungen führten ihre Omas unter die Zeltüberdachungen, und aus allen Stimmen klang die Freude über den Moment der Erleichterung heraus. Die Metallflächen der Autos und die Wellbleche der selbst gebauten Grills dampften und zischten, wenn Wassertropfen darauf trafen. Ich sah, wie du in unsere Richtung schautest, während du unter einem blauen Planendach mit Schildkrötenmuster Ben mit einem halben Apfel füttertest, und mir fiel ein, wie du mir am Staunstein zugeflüstert hattest: Du duftest nach Weibchen.

Hör mal, Kleine Tatze. Der Jim ist ein guter Mann, aber er lässt sich von den Frauen lenken.

Patti musterte mich nachdenklich.

Die Winonah da, vor der nimm dich in Acht, die ist von böser Natur. Angeblich hat sie ein Waisenhaus für weggelaufene Kinder unterhalten, für Kinder mit Alkoholsyndrom, und als jemand Jim ein uneheliches Kind mit dem eigenen strohblonden Haarschopf unterjubeln wollte, da wollte sie auch das besitzen, und als Jim es ihr nicht überließ, holte sie aus der großen Stadt einen Haufen Rechtsverdreher, und jetzt ist sie gekommen, um den Jungen zu holen. Und Jim kann nichts dagegen tun. Er ist ein sensibler Mann, denk daran. Und stolz, auch das.

Ich nickte, etwas anderes konnte ich nicht tun, schon gar nicht sagen, dass du nicht mein gewesen warst, nicht im Entferntesten. Da war nur die Nacht am Staunstein gewesen und deine Hand auf meinem Venushügel und unsere Körper, die einander umarmten, und das Flüstern: Was, wenn wir doch füreinander bestimmt sind?

Ich sah, wie Winohah dich unterhakte und so lachte, dass ich es garantiert hörte, und erkannte, wie unbedeutend ich war.

Demonstrativ kehrte ich dir den Rücken, obwohl das sinnlos war, denn wie kann man jemanden abweisen, der einen schon selbst abgewiesen hat? Dennoch war es mir, als spürte ich im Nacken deine Berührung von der vergangenen Nacht und deinen Finger in mir.

Hier und da flammten in der Nähe der Zelte und Wohnwagen helle Feuer auf, und die Familien gingen ihren abendlichen Verrichtungen nach. In Folie verpackt wurden Fleischstreifen, Mais und Kartoffeln gebraten, die beleibten Frauen des Klans nötigten sie den Kindern auf und wischten deren Hände an den Alltagsröcken ab, die sie inzwischen angezogen hatten.

Ich horchte auf das erleichterte Lachen und das familiäre Gezänk. Die Menschen waren aus einem Umkreis von Hunderten von Kilometern angereist, hatten den und den wichtigen oder weniger wichtigen Angehörigen des Klans getroffen, jemandes Tochter hatte in Keweenanbay unbegründeterweise den Titel der *Powwow*-Prinzessin gewonnen, und anderswo wurden fehlerhafte Ersatzteile für den Traktor reklamiert. Pattis Söhne mit dem spitzbübischen Blick, die es im Verlauf der Jahrzehnte zu stattlichen Bäuchen gebracht hatten, aber immer noch verwegen aussahen, kutschierten in ihren selbst gebauten, mit blinkenden Lichtern geschmückten Dreiradkarren auf den Pfaden des Kiefernwaldes hin und her wie Feuerkäfer, wünschten den müden Kindern auf den Fichtenzweigmatratzen lauthals gute Nacht und verteilten Wasserflaschen und Espenscheite an die Lagernden.

Einen Augenblick lang glaubte ich, dich mit einem Armvoll Brennholz in den Wald hineingehen zu sehen. Ich wäre gern aufgestanden und dir gefolgt, aber das erlaubte die Situation nicht. Zu Pattis Füßen war ein Bündel Räucherstäbchen aus Zedern angezündet worden.

Merk dir, Lempi: Der Weiße zundet ein großes Feuer an und sitzt weit entfernt von allem. Der Indianer macht ein kleines Feuer und sitzt nahe bei den anderen, lehrte mich die Matriarchin und steckte einen Streifen Speck in den Mund.

Ich nickte, dachte aber daran, dass auch die Finnen ein kleines Feuer machen, und rückte langsam näher zu Vater heran, der das Spiel der Flammen ruhig und nachdenklich beobachtete. Das rührte mich. Ein Weilchen quälte ihn nicht der Gedanke an die verschwundene Ehefrau und die verlorenen Jahre. Es duftete nach Espenholzfeuer, Zedernholzräucherwerk, weich-leidenschaftlichem Lachen, nach dem zügellosen Schweiß der am Abend abkühlenden Tänzer und Musiker. Ich meinte zu sehen, dass Winonah, hübsch zurechtgemacht, in dieselbe Richtung ging wie du.

Auch Patti begann, müde von der Luft, zu gähnen. Bevor sie ging, beugte die *Naakomis* mit der feucht-ledernen Haut sich noch zu mir herab und sagte unheilverkündend: Hör zu, Kleine Tatze. In deinem Vater wohnt ein Vergesser, aber der zieht sich jetzt zurück. Mach dich gefasst auf das, was da noch kommt.

Ich wusste nicht, ob diese Worte Teil der abendlichen Darbietung waren oder ernst genommen werden sollten, und ich konnte nichts schließen aus der Art, wie Patti Ettus Hände ergriff und Vater das geschehen ließ, und wie sie ihm zärtlich-raue Worte ins Ohr flüsterte, die ich nicht verstand.

Widerstandslos ließ der alte Holzfäller sich von mir zur Ruhe führen. Ich verpackte Vater im Schlafsack und legte mich neben ihn, um über Pattis Worte nachzudenken. Ich versuchte mir selbst zu versichern, dass uns keine Gefahr drohte. Auf der Zeltwand spielten die Schatten der vorüberlaufenden Kinder, und mir ging durch den Sinn, hier seid ihr in Sicherheit. Von hier verschwindet ihr nicht, Mädchen. Tobt nur herum. Seid fröhlich. Dann überlegte ich, wohin du und deine Frau verschwunden wart, stellte mir den zitternden Schlaf deines Jungen vor, neben dir, unschuldig, nichts wissend von den für ihn vorgesehenen Ränken und Fallen und den grausamen Visionen, die ihm noch vor Augen kommen würden. Wach lag ich da und horchte auf Vaters rasselnden Atem. Schon wollte ich in einen süßen Traum hinübergleiten, in dem du dich herabbeugtest, um mich rau zu umarmen, deinen Körper an mich drücktest, sodass ich aufstöhnte, und flüstertest, ich dufte nach Weibchen, und ich sog den Duft von Salbei, Rasierwasser und Männerschweiß ein und keuchte, ist das so, und du lachtest in einer Weise, die verriet, dass du mich kanntest, und zogst deine Hüfte zurück und antwortetest, *ina*, ja, als Ettu plötzlich zusammenfuhr, wieder erwachte und flüsterte, ihm drängten sich Dinge unter die Lider.

Was für Dinge?

Ich öffnete die Augen und spürte, wie die Kälte durch die Zeltwand hindurch nach mir griff. Unter Anstrengung setzte Vater sich mühsam auf und zerwühlte sich das Haar, und du warst mitsamt dem Traum verschwunden.

Dass ich zweimal vom Blitz getroffen wurde. Dass Rose einen anderen Mann hatte.

Was für einen Mann? Aus dem Reservat? Mike Björnsson?

Nein, den Terroristen mit dem Hut.

Dann schien Vater in eine Art Fieberwahn zu sinken, seine Glieder zuckten, und die Lider flatterten.

Das Glas der Veranda. Darauf geschrieben die Bestürzung, die Schmach.

Vater wollte nicht sagen: ROSE IST VERSCHWUNDEN.

Ettu flüsterte: Ich hab mir das von draußen angesehen, als ich zur Toilette ging, da stand NEDNUWHCSREV TSI ESOR. Und da hab ich begriffen, dass diese Worte von drinnen geschrieben worden waren und dass ich selbst es war, der das da hingeschmiert hat. Ich erinnere mich daran, ich erinnere mich tatsächlich. Daran und an den Blitz.

Vater strömten die Tränen aus den Augen: Lempi, mein Kind, warum musste ich mich an diese schreckliche Geschichte erinnern?

Ich drückte dem alten Holzfäller die Hand, und er wich nicht aus, aber der poröse Knochen in der Pergamenthaut war fremd und leblos, und zum ersten Mal auf dieser Reise sehnte ich mich nach meinem sicheren Nest aus Bettwäsche im Keller des Retrievals. Würde jetzt das geschehen, was ich immer befürchtet hatte, und was, wenn ich das nicht ertragen könnte? Ich gehe in Stücke und zerfalle wie auch früher schon, und da ist kein Grant und auch sonst niemand, der mein Fleisch und meine Psyche zusammennähen würde. Und wo warst du, Jim Graupelz?

5

PFAD DER UNTERWERFUNG – *ZHAGASHKITAAWIN-MIIKANENS*

oder was mit unartigen Mädchen passierte, früher und jetzt

AUGUST 2018

Jim Graupelz,

ach, dieser schneidende Schmerz, bei Anbruch des gelblichen Morgens dich und Winonah zu beobachten, wie ihr zusammen mit euerm Kind im Thunderbird in Richtung der Singenden Haine saustet, in dir die überbordende Freude zu sehen, als die flatternden Ärmel deiner Frau sich liebkosend über das Gesicht deines Sohns legten und dieser sie eifrig abwehrte wie einen Drachen mit ledriger Haut. Ich stand im Torf mit den eisernen Zelthaken in der Hand, und mir wurde klar, dass sich dort eine Familie tummelte, dass das für dich gut war und dass ich mich darüber freuen sollte, denn diese Tatsache würde ich nicht ändern können, ebenso wenig wie meine heiße, pechschwarze Wut, die mich aus einem Urdunkel heraus überflutete, einen mir fremden, baumnadelknisternden Zorn, der sich als fließende Lava über den *Powwow*-Platz ergoss. Ich kann mich nicht erinnern, dass ich jemals zuvor wegen etwas böse geworden wäre, denn wer war ich schon, ein solches Gefühl gegen jemanden zu hegen, und gegen wen auch. Jetzt aber führte ich Ettu zu Roses Brüdern, und die versprachen, ihn zur Errungenschaft zurückzubringen, und Messer-Matt setzte mich auf ein verrostetes Herrenrad: Lass dich mal vom Wind abkühlen, Lempi, mir scheint, das würde dir guttun.

Taumelnd fuhr ich los, ganz unter dem Eindruck meines seltsamen neuen Gedankens. Zwischen den Kiefernstämmen ordneten die Familien ihren Federkopfschmuck und ihre Kostbarkeiten, den Kindern wurde aufgetragen, ihre Kissen und Mokassins aufzusammeln und ins Auto zu bringen, die vor mir geheim gehaltenen Stammesnachrichten wechselten den Besitzer zusammen mit dem Tabak und dem selbst gemachten Motoröl. Kurz bevor ich auf den Sandweg abbog, glaubte ich einen Wolf zu sehen, der sich von den Laubmoosen hinabbeugte, um zu trinken. Ich drehte mich nach ihm um, wäre beinahe gegen einen zurücksetzenden Wohnwagen geprallt und schalt mich: Da war gar nichts.

Ich strampelte am alten Friedhof vorbei, an dem, wo ich einst aus dem Geisthaus deiner Mutter die grüne Kämpferfigur gestohlen hatte. Der Wind bauschte meine Röcke, und eine Stimme in meinem Kopf knatterte wie ein elektrischer Weidezaun, auf den das Wasser einer Beregnungsanlage pladdert: Jim Graupelz ist zusammen mit seiner Exfrau abgereist, da kannst du nichts machen, ätsch, warum bist du auch hierhergekommen.

Wieso durfte die Frau dich berühren?

Mit dem Gestus des Besitzers, ganz selbstverständlich.

Der Neid auf diese Berührung krampfte mir das Zwerchfell derartig zusammen, dass ich mich am liebsten übergeben hätte, und ich war nicht nur auf dich und Winonah neidisch, sondern der Neid war zugleich allgemeinerer Natur und ein Gefühl von Außenseitertum, als stünde ich hinter einer trüben Glaswand, würde verdorren, und man würde mich zwingen, auf einer Leinwand zu beobachten, wie ineinander verschlungene, fremde Wasserwesen sich paarten. Noch nie habe ich dergleichen erlebt, weder Nähe noch Kameradschaft. Der Schreigesang und das Trommeln der Männer tönte als Nachhall in meinem Kopf, als ich an der katholischen Kirche vorbei und zum Ende des Salmi Roads und zum Anfang der Errungenschaft sauste. Ich kam vorbei an dem verfallenen, leer stehenden Gebäude, das Blaues Haus genannt wurde, nach meiner Erinnerung jedoch niemals blau gewesen war. Ich weiß noch, dass dort früher die Verrückten des Reservats schnüffelten, spritzten und hurten. Dort war damals auch Mutters einzige Freundin Vera verschwunden. Jetzt wirkte das Haus ruhig, fast zerstreut im Abenddunst des August. Auf dem Hof lagen ein abgenagtes Schulbusgerippe, eine vom Frost verbogene Rutsche und ein Müllberg. Im Winter schien dort niemals eine Fußspur hinzuführen, geschweige denn ein Pfad, und doch randalierten sämtliche Hitzköpfe des Reservats dort herum. Wie war das möglich?

Ich fuhr langsamer. Und betrachtete gedankenverloren das vorübergleitende verwitterte Gebäude. Ist dort Vera verschwunden, Mutters beste Freundin, eine unruhige Seele, die glaubte, Liebe zu bekommen, wenn sie ihren Körper jedermann hingab?

Und wann war Vera verschwunden? Zwei, drei Sommer vor Mutter? War es damals, als Mutter begann, sich für die Indianerbewegung zu interessieren, und Vater immer abwesend war? Ziemlich sicher, aber ob diese Dinge zusammenhingen, davon hatte ich keine Ahnung. Ich erinnerte mich nur, dass Vera erzählt hatte, sie habe einen einflussreichen Mann kennengelernt, der eine glatte, derbe Ponymähne hatte und Beziehungen zu höheren Kreisen. Vera war zu uns gekommen, um sich von ihrer Reise auszuruhen, saß in der Küche in ihren flatternden Batikkleidern, rauchte Kette und trug hinterm Ohr eine Margerite. Mutter hielt nicht viel von Veras Geschichten, aber ich saß am Tisch, wandte den Blick nicht von ihr und hörte mir an, wie aus Vera ein Filmstar werden würde.

Rate mal, wie der Produzent sich vorgestellt hat?

Na, wie? Ich war begierig, von Veras Abenteuern zu hören.

Franklin – und dann gab er mir das hier.

Zwischen Veras langen Fingernägeln vibrierte ein Hunderter, auf dem ich Benjamin Franklins Konterfei erkannte. Aus Veras Stimme waren große Verehrung und Verwunderung herauszuhören: Und er gab mir den hier, einfach so. Und auf die Ecke da hat er eine Telefonnummer geschrieben, eine lange, kobaltblaue Reihe von Nullen und Einsen und Siebenen, denen der Querstrich fehlte. An jenem Abend hörten Mutter und Vera sich die zerkratzte Platte *Superfly* von Curtis Mayfield an, rauchten filterlose Zigaretten und tranken direkt aus der Flasche ein Schaumgetränk mit goldenen Partikeln, als bekämen sie dadurch Sonnenlicht in ihr Inneres.

Am Morgen machte Vera uns Rührei mit Speck, ging zum Blauen Haus und verschwand.

Ich weiß selbst nicht recht, warum es mir wichtig erschien, das Blaue Haus zu betreten, abgesehen davon, dass Vera Loonsfoot dort vor fast fünfzig Jahren verschwunden war. Ich erwartete nicht, dort irgendetwas Besonderes zu finden, und wunderte mich höchstens darüber, dass im Winter gar kein Pfad dorthin führte.

Für mich als kleines Mädchen war das Blaue Haus der aufregendste und gefährlichste Ort. Dort wohnte Vera, wenn sie zurückkehrte von ihren Fahrten mit dem Minibus, der mal diese, mal jene Farbe hatte, eine elektrisch-blaue Perücke auf dem kurz gestutzten, drahtigen Indianerhaar, der gehäkelte Spitzenrand des Büstenhalters über den unteren Knöpfen des Hemdes, die Zigarette in eine silberfarbene Spitze gesteckt, dankbar, eine ermattete Frau von Welt, die jedoch nach dem ersten Abend zu seufzen begann: Nach New York!, oder: nach San Francisco! Egal wohin, nur nicht in dieses Rattenloch. Alizarinrote Samthosen mit Schlag, aggressiv gebogene künstliche Wimpern und ein Kirschmund, der einen riesigen Kaugummi kaute. Und Vera erzählte, wie sie gebeten worden sei, in einem Film aufzutreten, für den in einem glitschigen Schwimmbecken und in einer Wüste kurz vor Sonnenaufgang Probeaufnahmen gemacht worden waren. Ich bewunderte und vergötterte Vera, und ich hätte mir inständig gewünscht, dass sie MEINE Freundin wäre, und verstand nicht Mutters besorgtes Gegrummel. Auch war ich knisternd neidisch auf Vera, die überhaupt keine eigenen Zähne mehr hatte, sondern ein künstliches Gebiss, mit dessen Geklapper sie mir begeistertes Kreischen entlockte.

Für mich war es traurig, dass Vera nie lange blieb. Immer hatte sie nach kurzer Zeit genug von unserem Familienleben, zettelte einen Streit mit Rose an und kehrte ins Blaue Haus zurück. Dann seufzte Mutter, verbrannte ein wenig Salbei zum Schutz für Vera, murmelte etwas und verbrachte ein paar Tage damit, über die Angelegenheiten der Amerikanischen Indianerbewegung zu lamentieren. Dann, als Gegengewicht, kam sie darauf, etwas für die Bewohner des Blauen Hauses zu backen, band sich Oma Helmis Schürze mit der Aufschrift *Die Furcht des Herrn ist der Beginn der Weisheit* um, und wenn der köstliche Duft aus dem offenen Fenster in den Hof schwebte, rief sie: Bring den Schwestern Kuchen!

Und das tat ich dann.

Ich hatte beim Blauen Haus keine Angst, natürlich nicht, denn der Ort war das Reich von Roses Tante Dolphine. Patti selbst wohnte einige Wohnwagen weiter in ihrem eigenen Haus, achtete aber regelmäßig darauf, dass keine zu jungen Mädchen ins Haus kamen. Es gab da ein einfaches System: Jeder, der hinein wollte, musste eine Mindestgröße haben, und diese Messungen nahm Dolphine höchstpersönlich vor, bewaffnet mit Maßband und Zimmermannsbleistift.

Darf ich schon kommen?, quengelte ich jedes Mal und versuchte ins Innere des Hauses zu spähen.

Na, schauen wir mal, seufzte Dolphine, nahm das Maßband und tat so, als messe sie meine Größe am Türpfosten.

Bin ich schon groß genug?, fragte ich.

Es fehlt noch so ein Stück, zeigte Dolphine mit dem Abstand zwischen ihrem dicken Daumen und dem vom Rauchen gelben Zeigefinger, und dieser Abstand schien von Jahr zu Jahr entnervend gleich zu bleiben. Erst jetzt, Jahrzehnte später, begriff ich, dass meine Großtante Dolphine überhaupt nicht die Absicht gehabt hatte, Roses Tochter ins Blaue Haus einzulassen, wofür ich ihr sicherlich dankbar sein sollte, denn egal was drinnen auch getan wurde: ob gespritzt, gelöffelt, Prostitution getrieben oder auf Träume von Menschlichkeit verzichtet wurde – nichts davon habe ich jemals zu Gesicht bekommen.

Roses Kuchen fand bei den sich in der Tür drängelnden Drogensüchtigen ausnahmslos eine positive Aufnahme, die zahnlosen Münder mümmelten und die pockennarbigen Köpfe nickten: Wie geht es deiner Mutter? Grüß sie schön!

Damals als Kind war ich eine willkommene Brise aus einer Welt, in der das Leben noch seinen normalen Gang nahm.

Jetzt war die Haustür mit einem halb verbrannten Birkenstamm gestützt, und ich musste alle Kraft aufwenden, um sie aufzukriegen – drinnen würde jedenfalls niemand sein. Zum ersten Mal trat ich ein. Jedes Zimmer roch verlassen. Die Wände waren beklebt mit Tapeten in Streifen- oder Kullermustern, mit Bildern von Pin-up-Mädchen, aus einigen ragte ein schuppiges Brett oder durchnässtes Furnier heraus. Fotos von Monsterautos und großbrüstigen schwarzen Frauen waren an die Wände gepinnt, von Indianerfrauen erzählte nur ein einsamer, langsam sich über dem Fenster drehender Traumfänger aus blaurotem Garn. Die Fußböden waren von Nadeln und anderem Drogenzubehör gesäubert worden, hier und da lagen angedunkelte Löffel, Streichholzschachteln von Hotels und vom Kasino *Schwarzer Bär*, leere Kondomverpackungen und Einwegrasierer. In einem Raum vermoderten fünf Matratzen, um die herum Mückennetze über ein Gestell mit verbogenen Rippen aufgehängt waren, die Privatheit schaffen sollten, und in einer Ecke gab es eine fragwürdige Steckdose, darin der Stecker eines hellrosa Föhns.

Vorsichtig trat ich in das hinterste Zimmer.

Plötzlich kam vom Dachboden her ein lautes Geräusch. Das kann eine Eule sein oder eine Fledermaus, die durchs Fenster hereingeflogen ist und dort herumzappelt, sagte ich mir, hier ist niemand, das kann nicht sein. Trotzdem stieg ich lautlos die Treppe hinauf. In der Ecke hockte ein sehr junges, sehr schwangeres Mädchen und drückte einen Rucksack an sich. Das blonde, wirre Haar floss auf den grauen Stein ihrer Haut.

Clara?, fragte ich, aber das Mädchen starrte mich verständnislos an wie ein Tier. Auf den Wangen Schmutz, in den aufgelösten Zöpfen fehlten die Bänder. Ich war erschrocken und entsetzt, wie zierlich und verwirrt deine Ausreißerin war, denn das musste sie sein. Clara, die aus deinem und Winonahs Waisenhaus entflohen war. Ich versuchte sie zu überreden, mit mir mitzukommen, ich sagte, in diesem Zustand sollte man nicht in einem kalten, leer stehenden Haus herumliegen, man könne davon eine Blasenentzündung bekommen. Oder eine Fehlgeburt. Dieses Läusenest, das bei Vater gewesen war, presste den Rucksack im Schoß zusammen, ihre Kapuze war bestickt mit einer blauen Schildkröte, der Sendbotin des Verständnisses und Trägerin der Erde.

Alles wird sich regeln, versprach ich. Wir gehen zur Polizeistation und rufen von dort deine Mutter oder deinen Vater an. Ohren-Mike wird dir helfen, Mike ist auf der Seite der Guten, auf Roses Seite, der Sheriff wird dir helfen, keine Sorge, komm nur mit, du seltsames Kind. Aber da begann das Mädchen zu treten, zu toben und lauthals zu protestieren, keine Polizei, kein Anruf! Ich dürfe es niemandem erzählen!

Das versprach ich.

Danach stolperte ich ins Erdgeschoss und zur Haustür, die ich wieder mit dem Birkenstamm verrammelte, sauste zu deiner Autowerkstatt, rief nach dir und brach so das Versprechen, das ich dem Mädchen gegeben hatte, nur einen Lidschlag später.

In der Garage befand sich der übellaunige und betrunkene Ohren-Mike. Er nuschelte, er werde ins Kasino gehen und Roulette spielen und ein Bier aus dem Glas mit seinem Namen darauf trinken. So ein Sheriff und Vorgesetzter war Mike.

Ich erzählte ihm von dem bedauernswerten schwangeren Mädelchen im oberen Stockwerk des verlassenen Hauses, worauf Ohren-Mike anfangs zischte: Was geht das irgendjemanden an, wo solche Landstreicherinnen sich verstecken, und begann in dem ausgebreiteten Werkzeugkasten nach einem Kreuzschraubendreher zu suchen. An der Seite des Kastens hingen zartbunte Fliegen mit hervorstehenden Haken, an denen der Ärmel hängen bleiben wollte. Wenn das Mädel sich schwängern lässt, was kann man da machen, solchen Charakter kennt man.

Es ist das weiße Mädchen, flüsterte ich, und Ohren-Mike fiel die Kinnlade herunter.

Warum hast du das nicht gleich gesagt!

Jetzt hatte Mike es eilig. Die Dienstwaffe fand sich unter der öligen Putzwolle, ein Schluck Whiskey stürzte die Kehle hinunter. In aller Eile machten wir uns auf den Weg und kehrten zum Blauen Haus zurück. Die Tür war immer noch von außen verrammelt, aber schon als wir eintraten, spürte ich einen Krampf von Enttäuschung. Das Haus war leer. Wir untersuchten die Bruchbude in der sich verdichtenden Dämmerung des Sommers, riefen und suchten. Keinerlei Hinweise auf das Mädchen, kein Duft, keine Spur von menschlicher Wärme. Von überallher atmete nur die abgestandene Feuchtigkeit des unbewohnten Hauses.

Vielleicht war es ein Waschbär? Ein Kleiderbündel? Vielleicht hast du dich geirrt?

Ohren-Mike war erst erleichtert, dann gereizt und schließlich verärgert darüber, dass er sich wegen nichts so ins Zeug gelegt hatte, er hätte schon im Kasino sein sollen, denn dort gab es um diese Zeit große Gewinnchancen. Ich versicherte

Mike, das Mädchen habe hier in der oberen Etage gehockt, genau dort, und mit ihren seltsam fehlerhaften Kinderaugen, die schon alles gesehen hatten, vor sich hin gestarrt. Der Sheriff wollte nicht zuhören, jetzt ist nicht die Zeit, mit Verrückten Fangen zu spielen. Die Jungs vom FBI in Washington packten schon ihren Kram zusammen. Dann sagte Mike etwas, von dem ich nicht geglaubt hätte, dass er es sagen würde: Vielleicht spielen bei dir jetzt die Hormone verrückt oder der Mangel daran. Du bist ja schon eine alte Frau.

Und als ich nicht antwortete: Du hattest ja wohl schon als Kind solche Einbildungen. Auf dem Weg zum Auto spuckte er aus: Hattest du nicht auch viele Jahre lang einen Platz in der Klapsmühle?

Es dauerte einen Augenblick, bis ich gekränkt war. Die Wut kam mit Verzögerung. Wie niederträchtig, zu behaupten, ich sei ein tatteriger Schwachkopf mit Halluzinationen, und das Roses Tochter ins Gesicht zu sagen. Und selbst wenn das in gewissem Maße stimmte, aber Ohren-Mike war schon ein gutes Stück davongebraust, bevor ich wieder Luft bekam.

All die Jahre hatte ich Vater, Helmi und Heinari, Patti, Rose und die Brüder mit ihrem liederlichen Lebenswandel vergessen wollen, all das Elend aus meiner Vergangenheit, von dem ich nicht weiß, was ich mir einbilde und was nicht. Diesen ganzen schwindelerregenden Strudel, der aufhören soll, mir alle Kräfte zu nehmen.

In Gedanken kombinierte ich die Ereignisse und stellte fest: Bald nachdem Vera verschwunden war, bekam Mutter die fixe Idee, ich müsse eine Schule außerhalb des Reservats besuchen, weil ich in der Errungenschaft nicht mehr sicher war. So war das gewesen. Ich kam in eine teure Privatschule, wer weiß, wer die bezahlt hat, und von Vera hörten wir nichts mehr. Und bald verschwand auch Mutter. Ich wohnte bei Großmutter Helmi in der Steinstadt, betete und schrubbte den Indianer von mir ab. Was sollte ich tun, damit er abging? Großmutter Helmi könnte das noch wissen. Aber Großmutter Helmi ist tot, und Mutter ist verschwunden.

FEBRUAR 1973

LEMPI, mein Knautschgesicht, mein segelohriges Machwerk, ich sehe zu, wie du gehorsam deine steife, kratzende Schuluniform anprobierst. Die Kniestrümpfe wollen unter deine kleinen, knollig verbeulten Knie abrutschen und Falten werfen und dass du dich vor dem Spiegel hin und her drehst, wird dich nicht an das anpassen, was da kommen wird, die Disziplin von St. Mary Meadow. Mir schnürt es die Kehle zu, weil ich weiß, was dich erwartet: ein Doppelleben, das an der Grenze des Reservats beginnt und endet. Zugleich glaube ich, dass ich das Richtige tue, wenn ich dich fortschicke aus dem Würgegriff dieser Unfähigkeit und aus der Reichweite des Bösen, das hier Einzug gehalten hat.

Zum ersten Mal bin ich dem Weendigo im Internat begegnet.

Alles Gute und Sichere verschwand, als man mich von Patti fortholte. An einem Spätsommertag kamen die Schergen des Büros für Indianerangelegenheiten mit Keschern und Handschellen, und sie jagten uns wie Feuerkäfer und steckten uns in einen nach Pferd riechenden Rosshaarsack und von da in einen gelben Schulbus. Ihr kommt dann bald zurück, beschwor uns Patti, so als handelte es sich um einen Ausflug: Und ihr werdet die Herren nicht ärgern.

Ich klammerte mich an meinen großen Bruder Matt, der drängte mir fettige Schweinswurst auf, aber die blieb mir im Halse stecken, und ich erbrach mich auf Matts Hosen, die guten, die Mutter erst im vergangenen Frühjahr dem Sozialamt abgebettelt hatte. Wir hatten uns vorgestellt, dass wir höchstens nach Babbitt fahren würden, aber die Reise ging immer weiter, die Wege schlängelten sich, die Kreuzungen wechselten, die verängstigten Kleinsten schrien nach ihrer Mutter, es war heiß, und die Hände klammerten sich an die mit Kunstleder bezogenen Bänke, jetzt sind wir garantiert bald in Washington, murmelte Matt und versuchte sich die vorbeihuschenden Wegweiser zu merken, vergeblich.

Ich konnte noch nicht lesen.

Als wir durch das Tor einfuhren, meinte ich, in einen Albtraum zu kommen: Hunderte in schwarze Uniformen gekleidete Indianerkinder marschierten auf dem gepflasterten Hof in Reih und Glied der amerikanischen Flagge hinterher, anstelle der Geräusche von Bäumen und Wasser schallten Rufe und Befehle über den Hof. Meine Brüder wurden mit dem Stock in die Gruppe der Jungen und ich in die der Mädchen getrieben. Mein Leben lang war ich niemals ohne meine Familie gewesen, keinen Augenblick. Ich riss mich los und begann zu rennen: Matt! Goggleye! Pee-Wee, Spoonie!, schrie ich die Namen meiner Brüder. Die Aufsicht genannte Leiterin stieß mich zu Boden und rief siegesgewiss: Ih, die hat Läuse!

Ich wurde wütend. Wer war dieses fremde Wesen, dass es an mir herumnörgelte? Ich gehörte zum Wolfsklan und zum Stamm der Wasserträger. Verrückte *Pauguk!*, rief ich auf Ojibwe, denn sie sah in ihrer grauen Kutte wirklich wie ein vom Wind zerzaustes Gerippe aus.

Die Antwort lautete: Hier wird nur die Sprache von Jesus gesprochen!

Was seltsamerweise Englisch bedeutete.

Ein Schlag mit dem Stock. Niemand tat etwas, um mir beizustehen. Eine Weiße anzuschreien! Ich schwieg.

Und dann war alles einfach nur traurig. Drinnen in der Aula wurden uns die Haare geschoren und die Kopfhaut mit einem scheußlichen Mittel eingerieben, D-D-T – buchstabierte ich die Zeichen auf der Dose, gespensterweiße Frauen untersuchten uns und spritzten uns mit langen Nadeln ein grünes Elixier in die Arme. Wir wurden in einen langgestreckten Raum geführt und gezwungen, uns vor einem vierköpfigen Rat nackt auszuziehen. Ich genierte mich vor den Fremden, wagte aber nichts anderes zu tun als zu gehorchen. Gleichzeitig ertönte vor dem Fenster Gekicher, als die älteren Jungen, die den Befehl hatten, die Wände zu schrubben, nach uns spähten.

Der sogenannte Kommandant, ein ehemaliger Sergeant der Armee, eilte hinaus, um die Jungen zu verjagen, und jetzt wagte ich es, unter den Brauen hervor einen Blick auf die mich taxierenden Weißen zu werfen. Die Aufsicht, der Kommandant, eine blasse Frauenperson, vielleicht eine Nonne, sowie ein freundlich wirkender Priester, der mir aufmunternd zunickte. Der Schulrektor, Vater Jarmon: nur zu. Du brauchst keine Angst zu haben.

Wenn ich nur gewusst hätte, dass dort vor mir der Weendigo selbst saß.

Ich stieg auf eine Holzbank. Eine Krankenschwester drückte mir eine kalte Metallzange an die Schläfen, maß meinen Schädel, die Arme, die Länge der Finger. Das Aufflammen eines

Blitzlichts machte, dass sich mir die Härchen auf den Armen sträubten.

Wie war doch gleich der Name?

Maa'ingan Oginiiwatig, Wolfsrose, sagte ich in meiner Not, denn ich wusste nicht mehr den Namen, der in die Bücher des BIA eingetragen worden war.

Die Aufsicht verpasste mir eine Kopfnuss, und von dem verzögerten, pochenden Schmerz wusste ich, dass sich dort in der Nacht eine kleine Beule bilden würde.

Ist das Mädchen schwachsinnig? Es weiß nicht mal seinen Namen, mokierte sich der Arzt.

Sie ist nur bockig, so sind sie nun mal, Wilde, murmelte die Aufseherin.

Man hielt mir eine furchterregende Mappe unter die Nase.

Da war der Name. Ich verstand die Buchstaben nicht. Ich konnte nicht lesen.

Ro-se Fea-thers, buchstabierte die Aufseherin mir vor.

War das dein Name?, fragte der freundliche Vater Jarmon.

Er war es nicht. Trotzdem nickte ich.

Rose Feathers.

Und das ist dein einziger Name?

Ja. Oder nein …

Die Aufseherin erklärte mir, dass jeder Christ nur einen einzigen Namen habe. Du willst doch sicherlich eine gute Christin sein?

Ich nickte.

Und doch konnte ein Bürger der Drei Feuer viele Namen haben, und noch am Morgen hatte ich geglaubt, dass das auch für mich galt. Einen Geburtsnamen, den außer meinem Stamm niemand sonst aussprechen durfte. Und einen Traumnamen, auch den hatte ich schon bekommen. Rose Feathers war keiner dieser Namen. Dieser Name war nicht der, den die *Mide* mir bei meinem Geburtsfest gegeben hatte, von dem meine Mutter Patti geträumt hatte. Und nicht der, mit dem ich abends in den Schlaf gewiegt wurde. Aber von nun an würde das mein einziger Name sein.

Zur Belohnung bekam ich neue Kleider: einen dunklen Khakirock und Schuhe, die mich so scheuerten, dass ich den Ort Blasenberg nannte. Irgendwie tröstete mich der Name, er machte, dass mir alles etwas weniger gefährlich vorkam. Zum Schlafen pferchte man uns in einen gewaltigen Saal. Dort kauerten sich Indianerkinder aus allen Stämmen unter ihrer Decke zusammen: Ojibwe, Winnebago, Potawatomi, Fox, Lakota und andere, die ich nicht erkannte. Bekannt war mir nur die schön rundliche Vera Loonsfoot, die mir verstohlen zuwinkte, und das machte es mir ein wenig leichter.

Ich hatte gewaltige Sehnsucht nach allem, was mir Zuhause war, nach Pattis Pfeifenduft, der sich mit dem der Rotweide und der Kräuter mischte, nach dem Klagen des Prachttauchers auf dem Winnibigoshish-See. Nachts weinte ich und nässte das Bett, und da ich die Spuren davon nicht beseitigen konnte, wurde beim Frühstück im Speisesaal mein Name vor Hunderten von Kindern aufgerufen, und ich wurde in die Stinkekammer gesperrt, wo die Bettnässer eine Woche lang über ihre Taten nachdenken durften. Dort beschloss ich zwei Dinge: Von nun an würde ich still sein. Zweitens: Hier würde ich nicht bleiben.

Aber es dauerte viele Jahre, bis ich die vertrauten Bäume des heimatlichen Reservats wiedersehen und den freundlichen *Ningabii'a,* den Westwind, schnuppern konnte.

Sprich nicht diese dreckige Sprache. Sing einen Choral. Mach einen Knicks.

Ich knickste nicht und wurde geschlagen.

Das ewige Stricken, Nähen, die Kinderpflege. Nichts davon interessierte mich. Früher war ich gut gewesen in Perlenstickerei und im Netzeknüpfen, aber jetzt wollte ich es nicht, weil ich es musste. Der tägliche Kirchgang ermüdete mich, das Wort Gottes nach der Schulglocke. Der Karzer, die Gruppengymnastik, die riesigen Räume, das Haareschneiden. Die stolz von den Wänden starrenden weißen Generäle, die blutrünstigen Indianer in den Schulbüchern, die die Locken kleiner Mädchen skalpierten. Der Schandhut: »ESEL« stand darauf. Die gelbe, übelschmeckende Seife, der dunkle Winkel der Stinkekammer, in der sich ein Lebewesen bewegte. Das öffentliche Verbrennen, Ertränken. Töte den Indianer, rette den Menschen. Und wahrhaftig, das gelang. Bestimmt wollte jeder von uns als Erwachsener ein Weißer werden. Bei den Filmmatineen schrien wir Hurra für John Wayne, der die schurkischen Indianer tötete, wir verschlangen die Abenteuer von Davy Crockett aus den zerfledderten Heftchen. Irgendwann dachte ich wirklich, aus mir würde eine Weiße werden, wenn ich mich nur genug darum bemühte. Nicht dass ich nicht genug Grips im Kopf gehabt hätte, die englische Grammatik lernte ich ziemlich mühelos und übte insgeheim auch das Schreiben, um wenigstens irgendeine Nachricht nach Hause schicken und erzählen zu können, wo ich war, um zu sagen, dass ich zurechtkam und dass Patti sich keine Sorgen zu machen brauche. Schwierig wurde die Sache dadurch, dass man zum Schreiben und Versenden eines Briefs die Adresse, Papier, eine Briefmarke und einen Briefstempel gebraucht hätte, denn solche Dinge wurden in der Strafanstalt von Blasenberg nicht ausgeteilt.

Ganz genau erinnere ich mich an den Augenblick, als ich erkannte, dass in der Anstalt etwas Böses geschah.

Ich kletterte gerade die eiserne Leiter an der verwitterten Steinwand des Internats hinauf. Um den Hals war mir an einer Schnur ein Wimpel gehängt worden, den ich auf den Dachfirst hinaufbringen sollte, weil kein anderes Mädchen aus der Strickstube sich das traute und die jüngeren gerade verhört wurden wegen des ausgebüxten Mohawk-Dickerchens, das Eulenkopf genannt wurde, weil es so kurzsichtig war, dass es zwei Zentimeter dicke Brillengläser brauchte.

Ich kam auf dem First an, warf ein Bein darüber, spürte die Berührung des warmen Bretts durch die rauen Schlüpfer hindurch, die weiten, grünen Seligkeitsschlüpfer, die aus irgendeinem Grund falsch herum an mir saßen, ich wusste nur nicht mehr, warum. Ich rieb ein wenig, und das tat weh zwischen den Beinen. Ich kam nicht dazu, genauer darüber nachzudenken, weil ich zwei Dinge bemerkte, die mir große Angst machten.

Mich erschreckte nicht, dass ich mich in so großer Höhe befand, sondern die Tatsache, dass ich mein Zuhause nicht sah. Es befand sich irgendwo, für meinen Verstand erreichbar, am äußersten Rand meiner Anspannung. Einen Augenblick lang ließ ich den Blick in der schwindelerregend stürzenden Landschaft wandern. Dort ist die Fabrikhalle, wo die großen Jungen Schmiedearbeiten und so was lernten. Dort auf dem Hof marschierten meine Brüder mit hölzernen Spielzeugflinten über der Schulter und übten für die Parade des Gedenktags. Hier oben herrschte eine atemberaubende Stille. Die herbstlich schimmernden Seen, die freundlichen Kuhkörper auf der

Weide des benachbarten Milchhofs, die lodernden Schichten der bunten Bäume, der sich durch die Felder zum Horizont schlängelnde Weg.

Ich sah das weißgemalte Schild am Tor in dem Stacheldrahtzaun, der das Internat umgab, und begann zu buchstabieren: F-L-A-N-D-R-E-A-U. Denn ja, ich konnte lesen, obwohl ich das noch niemandem erzählt hatte, es war besser, Geheimnisse für sich zu behalten, bis ich eine Idee haben würde, wie ich Mutter schreiben und wie eine Briefmarke kaufen könnte und wo ich den Brief hinbringen müsste.

Und dann die andere Sache, denn mir fiel noch etwas anderes auf: Zwischen der östlichen Steinmauer und dem Speisesaal gab es Bewegung. Ich blinzelte und sah durch den Sonnenglast hindurch, wie Vater Jarmon und eine der Nonnen hinter der Stinkekammer eine Deckenrolle trugen. Das hätte ein Teppich sein können, auf den eines der Jüngsten sich erbrochen hatte, aber irgendwie wusste ich, dass es das nicht war. Vater Jarmon und die Nonne schleppten die Rolle hinter die Beerensträucher auf der Ostseite und begannen zu graben. Niemand sonst sah das. Und hier oben, auf dem First des heißen Teerdachs, saß ich, der man den Namen genommen hatte. Es fühlte sich an, als hätten Himmel und Erde mich mit dem Schlag eines gewaltigen Hammers von dem abgetrennt, was ich in der anderen Wirklichkeit war: ein Kind der Drei Feuer. Es fühlte sich an, als hätten sie meine Glieder an dem festgenagelt, was ich hier bin: eine Indianerin, in deren Haut ein Kind wohnt, aus dessen Leben alles Vertraute, alle Sicherheit entfernt worden war und dessen Schlüpfer verkehrt herum angezogen war. Irgendwie ahnte ich instinktiv, dass Eulenkopf mit den Pausbacken es nicht geschafft hatte fortzulaufen, ich wusste es schon, noch bevor ich ihre Brille fand, die im Stachelbeerstrauch hängen geblieben war.

Von da an begann ich, meine Flucht zu planen und die Vorderseite meiner Schlüpfer mit Kohle zu kennzeichnen, aber es dauerte noch lange, bis ich tatsächlich einen Fluchtversuch unternahm, und ich weiß nicht, ob das nun Feigheit oder reifliche Überlegung war. Wahrscheinlich blieb ich, weil ich noch ein Kind war, ich konnte keine Karten lesen und wusste nicht, welche Richtung ich einschlagen sollte. Meine Brüder allerdings büxten aus, sobald sie konnten. Kommt bald zurück, hatte Patti bei ihrem Aufbruch zu ihnen gesagt, und wenn überhaupt jemandem, dann wurde in unserem Haus Patti gehorcht. Als Erster versuchte Matt das Weite zu suchen. Er wurde schon wenige Kilometer entfernt in einer Heuscheune gefasst, wo er ein paar gebratene Kartoffeln aß, die er einem Farmer gemaust hatte. Seine Strafe war ein Spießrutenlauf, eine von zwei Reihen Kindern gebildete Gasse, durch die er laufen musste, wobei seine Mitschüler versuchten, ihm mit ihren Stöcken und Ruten möglichst viele Schläge zu versetzen.

So! Werden! Querulanten! Bestraft! In der Armee! So!, bellte der Kommandant.

Falls Matt sich schämte, so zeigte er es doch nicht, zwinkerte mir nur heimlich zu und grinste.

Im Erziehungsheim begann eine lange Zeit, die begleitet war von Fluchten und Rückführungen, Tadeln, Prügeln und Wehklagen. Meine Brüder flüchteten insgesamt zwölfmal. Immer wurden sie gefasst und zurückgebracht, geschlagen und dem Spießrutenlauf unterworfen, wobei die anderen Kinder hingebungsvoll mit ihren Ruten auf sie einschlugen, sie wurden in Erdgruben geworfen, für viele Tage in Mädchenkleider gesteckt und in jeglicher Weise gedemütigt. Aber das machte die Brüder nur noch zäher.

Irgendwann bemerkte ich, dass meine Schlüpfer an den Tagen verkehrt herum waren, wenn ich etwas falsch gemacht hatte und am Hals den Korridor entlang ohne Schuhe in Vater Jarmons Zimmer geschleift worden war. Dort durfte ich auf dem Sofa sitzen und süßen Tee trinken, während ich einer freundlichen Predigt lauschte, und oft war mir so, als hätte ich den ganzen restlichen Tag in trübem, klebrigem Wasser getaucht.

Ich erkannte, dass Mädchen nicht so genau bewacht wurden wie Jungen. Zuerst sprach ich mit Vera darüber. Ich versuchte sie zu überreden und lockte sie, aber Vera wollte nicht türmen, gerade war sie auf Urlaub im Reservat gewesen, hier konnte sie ins Kino gehen, und sie war gerade für das Halbjahr zur Verantwortlichen für die Wandtafel gewählt worden. Und in Vater Jarmons Tee war nach Veras Ansicht nichts Schlechtes, er war nur feiner als der, an den wir gewöhnt waren. Aber zwei andere Mädchen konnte ich überreden, zwei hartgesottene Oglala-Mädels, denen es egal war, wohin sie kamen, wenn nur weg von hier. Sie waren vielleicht ein Jahr älter als ich, also zwölf, wirkten aber schon verbraucht. Sarah, die Kleinere, musste dann und wann zu Vater Jarmon zur Standpauke – auch bei kleinsten Vergehen –, und immer hinkte sie auf dem linken Bein, wenn sie zurückkam. Die andere hatte kürzlich den Mülleimer im Speisesaal angezündet und wurde deshalb von den Jungen Mülleimer-Marie genannt. Nein, sie hatten keine Lust mehr hierzubleiben.

Wir bereiteten die Flucht vor. Als Erstes mussten wir uns um Proviant kümmern und bei den Mahlzeiten alles Mögliche abzweigen: vertrocknetes Huhn, rohe Kartoffeln und Zwieback, der für die Ziegen bestimmt war. Nachts flehte ich *Kitche-Manitou* an, er möge uns helfen und uns unsichtbar machen.

In jener Nacht schlichen wir im Schutz der Dunkelheit leise zum Zaun. Ich hatte schon beizeiten den ehemaligen Milchkarren, der Viehwagen genannt und für Bestrafungen durch Demütigung verwendet wurde, außerhalb des Zauns abgestellt, so als wollte ich ihn beim Waschen des Zauns benutzen. Einen Augenblick überlegte ich, welche Folgen das Ganze für die anderen, die Zurückbleibenden, haben würde. Für Vera, die doch meine einzige Freundin aus dem Reservat war. Für Matt, der bei seiner letzten Flucht mit dem Taschenmesser ein Schwein geschlachtet und deshalb Berühmtheit erlangt hatte und jetzt Messer-Matt genannt wurde. Für den kurzsichtigen, gutmütigen Goggleye, für Spoonie, Pee-Wee und die anderen. In Mitleidenschaft würden auch diejenigen Mädchen gezogen werden, die unter der Drohung, in eine Strafanstalt zu kommen, schon angeknackst waren und denen man ansah, dass sie, sobald sie von hier fortkämen, schon von einer geringen Menge Alkohol im Hinterzimmer eines Saloons durchdrehen und ihre Chance, im Leben zurechtzukommen, vertun würden.

Gerade als wir uns abstoßen und losfahren wollten, gingen die Scheinwerfer an.

Halt, Mädels!, erschallte Vater Jarmons Stimme, die jetzt überhaupt nicht freundlich war.

Die Wache stehenden Jungen ergriffen die Jungsjacken von Marie und Sarah, ich zögerte einen Augenblick.

Fahr, fahr, fahr!, schrie Mülleimer-Marie und stieß das Fahrzeug den Berg hinunter.

So fühlte ich, wie die Räder sich in Bewegung setzten, das Tempo zunahm und ich den Heidenhang hinuntersauste, weit auf das Feld hinaus, und den schlafenden Kühen auswich. Ich verspürte keine Reue, nur wilde Freude und das Gefühl von Freiheit. Sarah und Marie sah ich niemals wieder.

* * * * *

Für einen Augenblick hörte ich auf zu lesen. Ich sah das magere Mädchen in Richtung Bahnsteig schleichen, billige Zinnkochtöpfe, grobes Mehl, Stoffe für Frauenkleider ebenso wie gesäumte Decken für das gemeinsame abendliche Pfeiferauchen der Männer, natürlich auch Bündel von aufgefädeltem, ungeschnittenem Tabak und Bleiplatten für die Jäger zum Gießen von Kugeln, aber vor allem Perlen, Bänder und schöne Garne zum Sticken sowie Branntwein, getarnt in Arzneimittelflaschen. Den fürchterlichen Gestank des Waggons kann man erahnen: Fisch, Bisam-, Bären-, Rentier- und Nerzfelle, in einem Sarg aus gebogenen Brettern der Leichnam eines verstorbenen Missionspredigers, der nach Osten ausgerichtet war. Ich stellte mir vor, wie die Sonnenstrahlen auf die Bänder des Eichenfasses fielen, wenn die Halbblütigen und die Pelzhändler, die ihre besten Tage schon gesehen hatten, sich bei der Handelsniederlassung versammelten und ihre Beute bis spät in die Nacht feierten. Inzwischen kletterte ein mageres Mädchen in eines der am Boden stehenden Fässer, und wie durch ein Wunder ließen die Halbblütigen, deren Köpfe vom Trinken rot und pochend geworden waren und die die Fracht geprüft hatten, sowie ihre gelben Hunde sie in Ruhe. Die Nacht war finster, finster.

Mit dem Güterzug gelangte ich bis nach Duluth, von dort auf der Ladefläche eines Lkw des Indianerbüros als blinder Passagier ins Reservat. Mutter Patti weinte whiskeyfarbene Tränen, als ich auf dem Hof auftauchte. Sie war so gerührt von meinem Kommen, dass sie das Feuerwasser durch Rosenwasser ersetzte und von da an keine starken Getränke mehr anrührte.

Es ist meine Tochter, wahrhaftig, wiederholte Mutter ständig und verbrannte Salbeibündel, wieder und wieder wollte sie hören, wie ich mich bemüht hatte, an Briefpapier zu kommen und eine Nachricht nach Hause zu schicken, wie ich auf den Dachfirst geklettert war und verstanden hatte, wie weit ich von zu Hause entfernt war. Wie ich versucht hatte, aus dem Gedächtnis auf Butterbrotpapier die Landkarte mit der Schildkröte zu zeichnen, und heimlich lesen lernte. Von den Schlüpfern erwähnte ich nichts.

Tüchtiges Mädchen, tüchtiges Mädchen, sagte Patti, befingerte ihren Zopf und nickte: Du könntest das Zeug zur Heilerin haben.

Erst da wurde mir klar, dass meine Mutter Patti eine *Mide* war, eine Priesterin der uralten Gemeinschaft der Heiler. Beschämt senkte ich den Kopf, mir fiel ein, wie die Brüder und ich sie geärgert hatten. Sicherlich erriet Mutter das, denn sie streichelte mir besonders zärtlich den Kopf und sagte: Das macht nichts. Viel Wasser ist den Fluss hinabgeflossen.

Mutter nahm mich bei der Hand und führte mich hinter den Hühnerstall. Dort war in einem Verschlag eine gewaltige ovale Trommel versteckt: Diese Trommel habe ich von meinem Großvater bekommen. Damit ich sie aufhob und ihre Geheimnisse bewahrte. Dann öffnete Patti eine Ledertasche und entnahm ihr Rollen aus Birkenrinde. Auf diesen Rollen war die Geschichte der Anishinaabe aufgezeichnet, außerdem Zaubersprüche und Gebete, Karten und Anweisungen für den Pfad eines guten Lebens. Auf einer der Rollen wurde die Entstehung unseres Klans und unseres Totems erzählt. Das erschien mir unglaublich, gleichzeitig falsch und ewig richtig. Die in mir abgetötete, gebrechliche Indianerin erwachte und hörte zu. Aber es vergingen Jahre, ehe ich verstand, dass das, was mir in der Gestalt von Vater Jarmon begegnet war, der Weendigo selbst war und dass sein Hunger ewig ist.

6

DER KRIEGSPFAD – *MIIGAADIWIN-MIIKANENS*

oder wie Rose sich dem Kampf der Indianerbewegung anschloss und Ettu sie aus Washington nach Hause holte

FEBRUAR 1973

LEMPI, liebes Lebensbäumchen, Birkenreis und Röhrlingskind, entstanden aus den verflochtenen Myzelfäden der Liebe eines Finnen und einer Indianerin. Freilich hatte ich außer deinem Vater auch andere, das lässt sich nicht leugnen. Genauer gesagt, einen anderen.

Ich bemühte mich, gut und rein zu sein. Aber Ettu war ständig unterwegs, und fast unmerklich hatte Helmis Silberring begonnen, mich zu scheuern, und mein Herz zu heulen. Zuerst leise wimmernd, aber bald war seine Sehnsucht ein so ohrenbetäubendes Brausen in meinen Ohren, das mit jedem Schlag von Helmis kuhschwanzgrätigem, stachelquastigem Gürtel auf meine Knöchel stärker wurde, sie folgten mir auf meinem Weg den Hofpfad entlang zum Kuhstall und zurück, und ihr Tempo hatte mit meinem Ausschreiten oder meiner Bereitwilligkeit anscheinend nichts zu tun, sodass mir zuletzt das Blut die Beine hinablief und mein Geist loderte wie ein Scheiterhaufen, denn ich erkannte, dass man uns herumkommandiert, uns, die wir nicht verstehen, dass wir Sklaven sind und unfähig, uns zu wehren. Ettu hat diese Verfolgungen niemals bemerkt und nicht geglaubt, schon gar nicht von seiner lieben Mutter, und er behauptete, scharfe Gräser hätten meine

Schnittwunden verursacht. Eine Weile ertrug ich das, dann aber nicht mehr. Ich hatte mich so sehr bemüht, eine Finnin zu werden und die Indianerin in mir zu verleugnen, ich hatte Pattis Lehren, die sie mir als Heilerin weitergegeben hatte, verworfen, weil Helmi sie verächtlich machte und sich einbildete, der Weendigo werde sich fernhalten, wenn ich lernte, Fladen zu backen, Fischsuppe zu kochen und Dickmilch anzusetzen. Auch die Sprache habe ich gelernt, und wenn ich Helmi gegenüber nur demütig genug bin, verzeiht sie mir meine Hautfarbe, und dein Vater wird mich endlich in Schutz nehmen. Es fehlte nicht viel, und ich hätte niemals erkannt, dass der Zauberkreis der Errungenschaft statt ein reiner Ort der Geborgenheit auch ein Hort des Zwangs war, an dem ich durch die Fesseln der Treue festhing, und dass meine Flamme weiter entfernt auf meinem Pfad wartete.

Meine Unkeuschheit kann ich nicht anders verteidigen als damit, dass ich Helmi und deren stachelbewehrtem Rockband allein ausgesetzt war. Wenn Vera nicht verschwunden wäre und ich in meiner Verzweiflung nicht jemanden gesucht hätte, dem ihr Schicksal nicht gleichgültig war. Wenn ich an jenem Tag nicht meinen Bruder Matt aus Minneapolis abgeholt hätte.

Matt hatte im Juli achtundsechzig fünf Jahre lang im Gefängnis von Stillwater für Uncle Sam Nummernschilder bearbeitet und Seile gedreht, zu Hause warteten auf ihn acht Kinder und der Rausschmiss aus dem Sägewerk. Eingebuchtet worden war er, weil er zusammen mit einem blassen französischen Ganoven namens Jean-Paul sechs Gallonen Kondensmilch hatte mitgehen lassen. Nach Matts Ansicht in edler Absicht und in großer Not, aber Patti hatte geschnaubt, auch eine Flasche Whiskey sei damals mit auf die Reise gegangen und dass sie da nicht ganz im Sinne von Hole-In-The-Day unterwegs gewesen seien. Vor dem Gefängnis glühte der Stein, der Boden vibrierte, und ich kochte, als mein Bruder als Allererstes an mir herumnörgelte: Rose, was bist du schenkelig geworden!

Ohne ein Wort versetzte ich ihm einen Klaps auf den Hinterkopf, kehrte ihm wütend den Rücken und ging zum Auto, dass die Hosenbeine meiner Jeans nur so flatterten, teils um zu verbergen, wie schrecklich es für mich war, meinen Bruder so vertrocknet und hart zu sehen, obwohl er früher unter dem Schutz der Wasserträger gestanden hatte, sich mit Angelschnüren und Netzeknüpfen auskannte und die Sprache der Fische sprach. Die Stimmung wurde auch nicht dadurch besser, dass du, Lempi, gerade die Phase der Mittelohrentzündungen durchmachtest und dein Geschrei so laut gellte, dass die an abgebrühte Kerls gewöhnten Wachleute in ihren Sperrholzbuden die Ohren anlegten.

Lass uns nicht gleich nach Hause fahren, schlug Matt vor, als ich mit dem Chevrolet den Zubringer der Fernstraße ansteuern wollte. Erst mal da lang.

Matt hielt mir ein schmuddeliges Flugblatt unter die Nase. Darauf wurde für eine Versammlung der amerikanischen Ureinwohner geworben.

Da gibt's Donuts, lockte mein Bruder und zwinkerte dir zu.

Krapfen!, riefst du eifrig aus, du kleiner Vielfraß, und hattest die Ohrenschmerzen vergessen.

Dann bezahlst du das Benzin, drohte ich, und Matts Grinsen war ebenso breit wie früher, klarer Fall! Mit Geld, betonte ich und steuerte die Kirche an, die in der Gegend der Franklin Avenue und der Coral Street lag. Das war eine kriminelle

Gegend, ein roter Slum, in dem die Polizei an den Samstagabenden die Gefängniszellen mit großen Kindern füllte, die sich aus dem Reservat verirrt hatten und von ihren in San Francisco, Portland und Chicago gestrandeten Müttern verlassen worden waren, aus Nuckelflaschen Feuerwasser tranken und ihre Sehnsucht in die Präriesteppen hinausschrien, wo ihre Vorväter niemals geritten waren. Ich gab dir einen *Supergirl*-Comic in die Hand und verbot dir, auf die Straße zu schauen. Ich wollte nicht, dass du deine Verwandten so sahst. Matt schärfte ich ein, keinerlei Scherereien zu machen, und Matt versicherte mir, natürlich nicht.

Ich ahnte nicht, dass mein Pfad bald an eine neue Kreuzung kommen würde. Damals erfüllte mich vor allem eine wütende Gereiztheit, weil Matt von einem aufgedrehten Kumpel namens Dennis erzählte, der in derselben Abteilung gewesen war und auf ganz neue Weise über die vor hundert Jahren geschlossenen Indianerverträge gesprochen hatte, die gebrochen worden waren, von Menschenrechten, die es nicht gab, und noch mehr dergleichen, Matt hatte nicht alles verstanden oder keine Lust gehabt zuzuhören. Dennoch hatte Dennis es geschafft, dass Matt seine eigene Schuldlosigkeit bewusst geworden war: Ich hatte das satt. Immer waren meine Brüder mit Begründungen und Ausreden bei der Hand, mit wortreichem Geschwafel, nicht überzeugenden Rechtfertigungen, scheinaufrichtigem Lamentieren und doch immer mit dem Abdruck der Springerstiefel dieser Welt auf der Stirn. Weißt du, warum ich letztlich im Gefängnis war?

Ich antwortete Matt, wahrscheinlich, weil er sich etwas hatte zuschulden kommen lassen. Nein, sagte Matt, deshalb, weil wir Indianer sind. Daraufhin seufzte ich, natürlich, erinnerte ihn aber daran, dass er dort bei der Tankstelle mit dem Frankreich-Paul zusammen gewesen war. Der habe ja wohl in demselben Maß das Gesetz zu spüren bekommen.

Auf Bewährung, sagte Matt, und irgendwie war ich perplex, obwohl ich das nicht hätte sein sollen. Meine Brüder und meine Cousins pendelten jetzt ständig zwischen Gefängnis und Freiheit hin und her, schauten manchmal kurz zu Hause vorbei, rammelten eine Kicherliese mit dicken Knöcheln so, dass sie trächtig wurde, und waren schon wieder auf und davon. Aber dass nicht auch alle anderen ein solches Leben führten, das hatte ich nicht bedacht. Es werden ja wohl auch andere gemobbt, versuchte ich zu behaupten. Na, wer denn? Matt blies den Rauch auf den Rücksitz.

Na, zum Beispiel die Finnen. Puste doch nicht das Kind an.

Ach, die Finnen, das sind doch bleiche Indianer. Genau solche Waldmenschen und Wilden wie wir. Aber die anderen, beharrte Matt.

Wir gingen die schmale Treppe zum Kirchenkeller hinunter. Die Donuts sind bestimmt schon alle, prophezeite Matt finster, und ich wollte schon umkehren.

Aber dann gab es eine Rede. Ruheheischendes Gezischel, zahnloses, verbietendes Mauzen der Ghettofrauen. Auf das Podium schob sich ein pockennarbiger Mann mit Zöpfen und begann ohne Notizen zu sprechen, direkt über das, was ihm in den Sinn kam. Das Publikum verstummte. Was dieser charismatische junge Mann verkündete – darüber hatte ich noch keinen von uns jemals sprechen hören.

Martin Luther King ist tot. Erschossen. Von jetzt an, wenn dich jemand schlägt, was tust du? Hältst du ihm die andere Backe hin?

Verblüffte Stille. Dann wagte es jemand, aufzuheulen: Neiiiin!

Das Publikum brauste auf. Ein Jahrhundert lang hatte kein Indianer gewagt, so etwas laut zu sagen. Dass wir das Recht hätten, uns zu verteidigen.

Nein! Du schlägst zurück!

Hurrarufe.

Kalte Schauer liefen mir über die Arme, und mir prickelte die Kopfhaut. Einen Moment lang überlegte ich, ob ich schon Läuse bekommen hätte von diesen Winkelindianern, aber dann wusste ich, dass ich aufgeregt war. In jedem meiner Glieder pulsierte das Blut, in den Schläfen tobte ein schneidender Schmerz, und im Unterleib spürte ich einen warmen Strom. Kraft, eine Menge von Gleichgesinnten. Mir kam der Gedanke, ob Ettus Vater Heinari wohl Ähnliches empfunden haben mochte bei den Versammlungen der Arbeitervereinigung Iron Range? Hatte auch er ein Kribbeln der Kopfhaut gehabt und gesehen, wie aus den Köpfen der Umstehenden Feuerkäfer hervorbrachen, zu Espenstaub zersprangen und durch die Luft schwebten, hatte auch er gespürt, wie sich ringsum ein neues, vibrierendes Gefühl ausbreitete: Hoffnung? Unerklärlich, dass, obwohl ich den finnischen Bergmann erst seit so kurzer Zeit kannte, ich in jenem Augenblick gerade ihn vermisste – vielleicht hatte er nach derselben Fremdheit, nach demselben Herumirren das Glück des Findens erlebt. Ettu würde das hier niemals verstehen, dachte ich; würde er es zumindest gutheißen?

Uns hat man das Land gestohlen, das uns in den Verträgen versprochen worden war!

Schreie, jemand schlug dröhnend die Trommel mit einem roten Kampfstab.

Alle wollten ihren Anteil am Wohlwollen des Pockennarbigen, aber zuletzt richtete er den Blick auf mich. Und ich erzählte von Vera, und obwohl ich über das Internat nicht alles erzählte, sah ich, dass dieser Mann dort vor mir verstand, er streichelte mir den rechten Arm und drückte mir die Finger der rechten Hand, denn die linke mit dem Ehering am Finger hatte ich hinter dem Rücken versteckt. Seine Berührung war schamlos offen und zugleich zärtlich, sodass ich wusste, dass ich mich, wenn nötig, ihm hingeben würde, ich glaubte, durch diesen Mann würde aus mir eine auf gute Weise müde und weiche Frau werden. In diesem Mann wäre das Glück verborgen, das meine Wut ermatten lassen und meine Raserei besänftigen würde. Das wollte ich. Das wünschte ich mir. Ich war es müde, ein trockener, sonnenversengter Ast, ein jung verbranntes Bäumchen zu sein und den schneidenden Ring der Frau, die ich hasste, an der Hand zu tragen.

So traf ich also zum ersten Mal Onkel Dennis.

Schweigend fuhren wir nach Hause. Matt hatte irgendwo Benzin und für sich eine Flasche Whiskey besorgt, du bekamst doch noch einen Krapfen. Mich beherrschte eine wilde Empfindung, am liebsten hätte ich mit der Faust ein Fenster eingeschlagen, den Kopf hinaus in die Nacht gesteckt und geheult. Etwas Bedeutsames war geschehen. Neue Gedanken durchströmten mich und prallten in meinem Kopf gegen Steine. Der Pockennarbige hatte behauptet, es sei nur eine Handvoll lumpenärschiger Cowboys mit Colt gewesen, die den Ureinwohnern das Land gestohlen hatten. Es bedürfe nur einiger lumpenärschiger Indianer, um es zurückzustehlen. Dann hatte der Pockennarbige mich gefragt, ob ich einer von diesen Lumpenärschen sein wolle. Wenn ich mich recht erinnere, nickte ich.

Ob es endlich eine Schar Krieger gäbe, denen die verschwundenen Mädchen nicht gleichgültig wären? Onkel Dennis war selbst im Internat gewesen. Klare Hoffnung flammte in mir auf. Vielleicht gab es doch noch jemanden, der die Geringsten unter den Menschen wie Sarah und Mülleimer-Marie würde suchen wollen.

In der Errungenschaft stand die Luft genauso wie zuvor. Mit nichts sehenden Augen sah ich zu, wie du dir die Zähne putztest, Lempi. Ich sang dir ein Schlaflied, ohne mich an die Worte zu erinnern. Mit kalten Füßen und klopfendem Herzen schlüpfte ich unter die Decken. Ich erschrak, weil Ettu dort auf mich wartete, sich mir zuwandte und sein halbsteifes Ding gegen mein Nachthemd schob.

Hattest du eine gute Reise?, flüsterte Ettu und erzählte, er habe einen Star aus dem Schornstein befreit.

Jaja. Wir waren im Kino, log ich, ehe ich nachdenken konnte. Ich weiß nicht, warum ich nicht die Wahrheit sagte, wir erzählten uns ja immer alles. Es war nichts Besonderes vorgefallen, nichts als ein paar Blicke und vielleicht ein Gedanke an Freiheit, aber das war ein schlimmerer Betrug, als wenn ich hinter den Hafencontainern für Seeleute, die auf Schiffen ohne Ausflaggung fuhren, den Hintern vorgereckt hätte. Wie war der Film? Hörte ich da ein Schlucken in Ettus Stimme?

Ein ziemlich spezieller Film. John Wayne hat am Schluss gar nicht alle Indianer getötet. Diesmal ging alles gut aus.

Ich lag wach und drehte den Ehering an meinem Finger, dachte an das Versprechen, das ich damit gegeben hatte, und an den Star im Schornstein, eine aus Europa eingeführte Fremdvogelart, und erkannte, dass ein solcher Unterschied zwischen uns, deinem Vater und mir, zwischen dem Star und der Angehörigen des Wolfsklans, von Anfang an bestanden hatte. Dem Eindringling und dem Kind der Drei Feuer.

Doch, es gab noch eine Anziehungskraft zwischen uns, einen Seelenschnörkel und den nackten Sprung, den wir damals auf der Waldlichtung gemacht hatten. Aber genügte es, einen Abgrund zu überspringen, wenn immer weitere sich auftaten? Ich streichelte den schnaufenden Mann neben mir und empfand so etwas wie Mitleid. Früher hatte er meinetwegen alle möglichen Streiche gemacht, sodass es mir peinlich war, ich aber auch lachen musste, er sprang von den höchsten Felsen und schoss zu Ehren des Kindes, das im Kommen war und um ihm den Weg frei zu machen, einen Kiefernwipfel ab. Damals dachte ich, dies sei wirklich der für mich richtige *Weedjeewaugun,* mein Weggefährte. Jetzt wusste ich es nicht mehr. Als hätte ich deinen Vater zu lange angeschaut, sodass ich ihn nicht mehr sah.

AUGUST 2018

Jim Graupelz,

du zeigtest mir ein Pressefoto und fordertest mich auf, nicht zu lügen, als ich behauptete, ich wüsste nicht, wer die Personen darauf waren. Du hattest recht, ich redete Unsinn. Auf dem Foto sprachen zwei Männer mit Zöpfen, die mir bekannt vorkamen, zu einer Volksmenge, und der eine war derselbe, der Mutter versprochen hatte, die Schicksale der verschwundenen Mädchen aufzuklären und mit ihr nach Kuba zu fliehen, wenn nur erst die Dinge hier bei uns geklärt waren und das Recht gesiegt hatte. Am oberen Rand des Bildes standen das Datum 03.11.1972 und der Text: Trail of Broken Treaties, Pfad der gebrochenen Indianerverträge. Im Hintergrund links, ohne auch nur den Hauch eines Zweifels, schwenkten auch wir die Faust, meine Mutter Rose und ich auf ihrem Arm. Die Narbe auf Mutters Stirn leuchtete im grausamen Licht des Novembers, im Hintergrund die Constitution Avenue und die 19th Street, und die Nadel des Washington Monument ragte zwischen den Ästen auf, die ihre Blätter abgeworfen hatten.

Verzeih mir meine erbärmliche Lüge, aber die Wahrheit ist, dass ich Mutter nicht in schlechtem Licht dastehen lassen wollte, zumal dann alles mit der Indianerbewegung und Onkel Dennis ein so jämmerliches Ende nahm. Eines der lustigsten Geheimnisse war, dass wir die Versammlungen der Amerikanischen Indianerbewegung besuchten. Vater durfte ich das nicht erzählen. Das war die Hauptbedingung dafür, dass Mutter mich mitnahm, und das versprach ich bereitwillig. Ich erinnere mich dunkel an das Weiße Haus und die darum herum hupenden verbeulten Autos sowie an die Kampflieder im Morgengrauen. Verschrammte Busse voller müder Reisender, die einander zuriefen, von wo sie kamen: Sisseton, South Dakota, Oklahoma, North Carolina, Whiterocks, Utah, wo der Autokadaver am Straßenrand liegen geblieben war und sie ihn mit Draht, mit Klebeband und unter Anleitung des Großen Geistes repariert hatten. Ich erinnere mich an den Duft von Räucherwerk, die farbigen Kleider mit den flatternden Rändern, das Wehen des feuchten Pelzvelours. An die Rufe: Das Alte vernichten! Das Neue aufbauen! Wir sind die Provinzwächter dieses Landes, und eure Mietzahlung ist überfällig! Und an das Lied, in dem es heißt: Heute ist ein guter Tag zum Sterben. Gasmasken, Schutzmasken für das Gesicht, Schilde, Formationen, die Angst, als Nixon in die Stadt zurückkehrte. Als Folge dieser Reise hielt ich den Molotowcocktail lange für Mutters Lieblingsgetränk.

Jetzt machen wir Revolution, flüsterte Mutter.

Das Büro für Indianerangelegenheiten war das feinste Gebäude, das ich je gesehen hatte, ein viergeschossiges Stück Marmor wie ein Klumpen gefrorener Butter. Ich konnte nicht glauben, dass wir mit unseren schmutzigen Schuhen da so einfach würden hineintrampeln können, aber das taten wir. Drinnen wogte eine gewaltige Menge Menschen, Indianer, die sich mit bunten Röcken, Lederwesten, Mokassins und gesticktem Zierrat herausgeputzt hatten. Ein Teil lümmelte auf den Seidensofas, die Beine über den zierlich geschnitzten Lehnen baumelnd, andere dösten auf den Stühlen, wieder andere versuchten ein Frühstück zu zaubern. Ein Dutzend Frauen mit Hüten und andere hagere Gestalten aus dem Süden wurden nicht müde, in einer getäfelten Ecke des Konferenzraums zu trommeln, in der Luft lag so viel Gefühl und Duft, dass ich nicht recht schlau wurde daraus. Angst mischte sich mit Jubel, feierlicher Duft von Bienenwachs mit dem von Autoschmiere, und der Gestank von Kaktussprit mit dem Arom von mehligem, Niesreiz erzeugendem Babypuder. Ich war sehr erleichtert, als ich Bekannte entdeckte. Dort standen wenigstens Onkel Dennis und seine Braut Ka-Mook, deren Anwesenheit Mutter sichtlich erschütterte.

Du hast es doch versprochen, hörte ich Mutter zu Onkel Dennis sagen, aber der kam nicht dazu, zu antworten.

Ich stand neben Mutters Rock auf dem windigen Pflaster vor dem Indianerbüro und hielt ihre Hand. Die bekannten Onkel hatten Funksprechgeräte, auf dem Kopf rote Barette oder Stirnbänder. Onkel Dennis rannte so aufgeregt hin und her, dass er sich manchmal in seiner langen *Pendleton*-Decke verhedderte. Der elegante Onkel Russ, der Letzte Mohikaner, den Grant als Bankert der Kommunisten und des Teufels bezeichnet hatte, sah schon damals wie ein Filmstar aus in seinem roten Hemd, mit einem Medaillon aus Stachelschweinstacheln und Perlen um den Hals und Adlerfedern in den Zöpfen. Ich beschloss, Onkel Russ zu heiraten.

Auf dem Rasen war ein weißes Tipi aufgestellt worden, und davor flatterte ein Sternenbanner verkehrt herum.

So macht man es, wenn ein Schiff in Seenot ist, erklärte mir Mutter.

Ich erschrak. Ich hatte nicht gewusst, dass wir uns in einer Notlage befanden. Das vorige Mal hatte Mutter die Flagge verkehrt herum aufgehängt, als sie erfahren hatte, dass sie keine Kinder mehr bekommen konnte, weil man sie ohne ihr Wissen auf der Gesundheitsstation von Cloquet im Zusammenhang mit der Entleerung ihrer Nebenhöhlen routinemäßig sterilisiert hatte. Jetzt aber lachte Mutter ihr wildes Lachen, und ich verstand, dass wir auf Abenteuertour waren: Sei nicht so ernst, Kleine Tatze! Wir sind Indianerkrieger!

Onkel Russ und Onkel Dennis hatten alle Hände voll zu tun.

Die Fernsehkamera starrte uns an, und Mutter flüsterte: Jetzt schreien wir, Kleine Tatze, und auch ich reckte die Faust in die Luft und jauchzte: Indianerpower!

Es wurde noch anderes gerufen: Weiße raus aus den Reservaten!

Damit ist doch nicht Vater gemeint?, fragte ich besorgt, und Mutter tröstete mich: Natürlich nicht, aber vielleicht war sie sich nicht ganz sicher.

Irgendwann schlief ich ein, und als das Klirren von zersplitterndem Glas mich weckte, war die Stimmung umgeschlagen. In einiger Entfernung beriet Mutter sich mit ein paar anderen Frauen. Alles war mit Benzin übergossen. Die jungen Männer mit der Kriegsbemalung zerschlugen mit den Feuerlöschern den Zigarettenautomaten und zerrissen die Packungen, auf denen das Bild des Pfeife rauchenden *Sasqatavoy* prangte. Eine Hülle flog mir vor die Füße, und ich steckte sie in die Tasche. Wir sind in den Elf-Uhr-Nachrichten, schrie jemand und warf seinen Uncle-Joe-Hut in die Luft. Die Besetzer in den obersten

Etagen schrien Hurra und hängten an den Ecken ein gewaltiges Laken auf mit der Aufschrift: Botschaft der amerikanischen Indianer! Die ganze Aula verdunkelte sich, als die Fenster verklebt wurden. Ständig prallten die Leute gegeneinander, denn sie rannten hin und her, in den Händen Stuhlbeine, Golfschläger, Betoniereisen, uralte Pfeile und Bögen aus den Ausstellungsvitrinen.

Ein junges Mädchen mit Knochenwürgerschmuck um den Hals hielt einen Besenstiel, an dem sie einen Brieföffner befestigt hatte, wie ein Bajonett im Anschlag und stachelte die alten Frauen an, die Schreibmaschinen und Fahnenschnüre ans Treppengeländer des Obergeschosses zu einer Art Schlingenpfad, wie er in alter Zeit üblich war, zu binden. Ein Heiler namens Hunderabe mit den Bewegungen eines Vielfraßes bewegte sich unter den Kriegern, indem er sie mit Salbei segnete und mit einer Adlerfeder den Rauch in die mit Lippenstift verschmierten Gesichter wedelte. Heiß schlug die Trommel den Takt.

Dies ist ein Krieg gegen Amerika!

Eine Freundin von Mutter, eine Micmac namens Annie Mae, begann mit hoher Stimme zu singen: *Heute ist ein guter Tag zum Sterben* und erzählte, dass Onkel Dennis Dynamit von den Schwarzen Panthern habe.

Der ganze Laden fliegt um sechs Uhr in die Luft. Das wird ein höllisches Rauchzeichen! Annie Mae lachte glücklich.

Mutter wirkte jetzt wie ein vor Schreck wütender Hund. Onkel Dennis ging über den Hof, beschimpfte die Polizisten und forderte die Zeitungsreporter auf zu bleiben und sich den Völkermord anzusehen. Hinter einem helmköpfigen Meer von Schilden rollten Tatütata-Autos heran. Eine Frau mit blutigem Gesicht kroch vorüber. Ein alter Mann sackte in der Ecke zusammen und krächzte aus zahnlosem Mund *uuaauu, uuaauu* wie ein Einsatzfahrzeug oder als würde heißer Brei ihm die Zunge verbrennen.

Fahren wir nach Hause?, fragte ich.

Zum ersten Mal in meinem Leben wirkte Mutter ratlos.

Dann trat Onkel Dennis zu uns, und Mutter sagte: In eurer Liste mit den zwanzig Forderungen. Da steht kein Wort von den verschwundenen Mädchen.

Rose, wir bauen jetzt in großem Maßstab, erklärte Onkel Dennis.

Du hast es versprochen, murrte Mutter. Versprochen.

Dann drohte Mutter, sie werde gehen.

Rose, ein Krieger verlässt nicht seine Truppe.

Onkel Dennis und Mutter stritten sich in der Ecke, die Worte hörte ich nicht, aber mehrmals zeigten sie auf mich. Unter den Tischen kroch ich näher zu ihnen heran. Es roch nach Kreidestaub und Waffenöl und nach selten getragenen Lederhosen.

Ich will, dass du dabeibleibst, drängte Onkel Dennis.

Nein, dies wird noch schlimm enden. Für sie, sagte Rose und zeigte auf mich.

Zündet das Haus an!, rief eine Frau mit schöner Stimme.

Verräterin, zischte Onkel Dennis, als Mutter in Richtung der Ruferin den Kopf schüttelte.

Genau in diesem Moment schob Rose uns aus dem Gebäude hinaus. Wir blieben stehen in dem Konfliktfeld zwischen Bereitschaftspolizei und Blitzlichtern. Jemand hielt ein Schild hoch mit der Behauptung, Gott habe unseretwegen Amerika verlassen. Anfangs erkannte ich niemanden, dann sah ich in der Volksmenge eine vertraute Gestalt.

Dort unter all den Unbekannten stand Vater Ettu und erwartete uns! Mir war, als erwachte ich aus einem bösen Traum. Ohne ein Wort rannte ich in Vaters Arme, und der drückte mich an sich und schluchzte. Vater war gekommen, um uns abzuholen, und wir fuhren fort, während der Nieselregen die Scheibenwischer in ihren Aufhängungen hin und her bewegte. Der Rücksitz des Chryslers roch nach Bergparfüm und nassem Hund. Warum hören die Kinder auf dem Rücksitz alles. Rose fragte nicht, woher Vater wusste, wo er uns abholen sollte, aber so etwa an der Grenze des Bundeslands Minnesota sagte Ettu:

Mutter Helmi hat euch in den Nachrichten gesehen.

Ich musste dahin. Verstehst du?, fragte Rose leise und starrte auf die Landstraße.

Nein. Warum?

Weil alles falsch ist, alles hier in Amerika ist falsch, wiederholte Mutter mehrmals und schnäuzte sich in ihren gründuftenden Schal. Von ihm verteilte sich Herrlichkeit im ganzen Auto.

Vera ist verschwunden. Niemand interessiert sich für die verschwundenen Mädchen, niemand.

Durch solche Randale ändert sich nichts, sagte Vater, aber Mutter wiederholte mehrmals, die dort hätten eine Liste mit zwanzig Forderungen gehabt, und das Weiße Haus habe zugesagt, sie zu prüfen. Dennis meint, wir müssten den Kampf nur fortsetzen …

Vater hielt den Wagen an. Die Scheibenwischer stotterten plötzlich und teilten alles Gesagte in drei Teile. Endlich einmal wurde Vater laut: Sprich! nie! mehr! von! diesem! Mann!

Dann fuhr Vater schweigend weiter, den Blick nach vorn gerichtet und mit den Händen das löcherige Kunstleder des

Lenkrads umklammernd. Diese Menschen tun dir nicht gut. Meine Güte, dieser verdammte Kerl mit dem Hut wollte die ganze Bude in Brand stecken, richtig? Die vollgestopft war mit kleinen Gören und Flintenweibern. Unverantwortlich. Ein grausames Spiel. Denk an das Kind. Auch Patti ist der Meinung, appellierte Ettu, dass die dort Stadtkinder sind, Gören, die niemals im Reservat gelebt haben. Sie zuzeln den Sprit aus der Nuckelflasche und schreien nach der Mutter, wenn der Mokassin ein bisschen drückt. Ich verstand nicht, warum Mutter nicht erzählte, dass sie selbst das Gebäude hatte verlassen wollen. Meinetwegen. Um zu Vater zurückzukehren. Aber Mutter war ein entschiedener Charakter und wich niemals zurück.

Dennis ist aus Leach Lake, vom Blutegelsee. Er ist einer von uns, sagte Mutter, obwohl sie sich niemals verteidigte.

Wieder kam Vater in Rage. Die haben ihre Weisheit aus Comics und aus den Schreien der Hippies. Solchen Leuten darf man nicht auf den Leim gehen. Und was soll das für ein Ojibwe sein, hat man ihn dort unter euern Heilern gesehen? Nein. Er tanzt den Sonnentanz und tut so, als wäre er ein Universalindianer.

Die treten für eine gute Sache ein.

Mit denen zusammen wirst du totgeschlagen.

Wer tut das?

Das weiß ich nicht. Vielleicht das FBI.

Wie kann man in einer Welt leben, in der alles falsch ist?

Lange schwieg Vater. Regen. Felder.

Dann leben wir eben nur. Wir leben.

Dann leben wir eben nur. Dann leben wir eben nur.

Wir le-ben.

Dies geschah drei Monate bevor Mutter verschwand.

AUGUST 2018

Jim Graupelz,

ich hätte gern an deinem Finger gelutscht und an dem Schnitt, den das Papier ihm beigebracht hatte, als du auf die Treppe kamst und dich zwischen Vater und mich setztest und vor mir einen Stapel vervielfältigter Zeitungsartikel ausbreitetest, die die Farbe ranzig gewordener Zigarettenfilter angenommen hatten. Ihre Ecken waren einst mit Kleister bestrichen worden, der nun an den Rändern auskristallisiert war wie brauner Zucker, und die Stufe, auf der wir mit dampfenden Emailbechern saßen, begann, Hitze abzustrahlen, als bullerte ein Kamin mit rot glühenden Flanken in dem Sommerabend. Ich hatte Vater Dilaudid mit Dickmilch gegeben, und wir sprachen leise über die Trockenheit und das Ausbleiben des Regens.

Du räuspertest dich. Geschichten über einige dieser verschwundenen Mädchen haben sich dort in der Lunchbox gefunden, sagtest du langsam und streng, mit tiefer Amtsstimme, die keinen Widerspruch duldete und bewirkte, dass ich mich entblößt und unvorsichtig fühlte. Du riebst dir die Bartstoppeln am Kinn und klopftest mit dem Finger auf die Namen.

Marie X – 1962

Sarah X – 1962

Vera Loonsfoot – 1972

Dann Namen, die ich nicht kannte.

Verschwundene Frauen aus den Reservaten Fond du Lac, Leech Lake und Bois Forte, die jüngste war zwölf Jahre alt, also so alt wie ich, als Mutter fortging, die älteste fünfundzwanzig. In keinem einzigen Fall hatte es Ermittlungen gegeben, kein einziger Lkw-Fahrer war verhört, kein einziger Bericht geschrieben worden. Das konnte kein Zufall sein. Ob ich verstanden hatte? Ich nickte und überlegte traurig, dass meine Mutter Rose dich geliebt hätte, weil da endlich jemand war, der sich kümmerte. Elf verschwundene Mädchen. *Elf Trollkinder liegen da in dem Bett, und ihre Schwänze sind verknotet.* Hier aber handelte es sich vielleicht um ein Schema, um eine Route oder einen organisierten Klub von Bösen, die die Mädchen anlockten, indem sie ihnen ein besseres Leben versprachen.

Dann reichtest du mir das Foto desselben Erziehungsheims, das ich bei Patti im Kasino gesehen hatte. Die billige Tinte war im Lauf der Jahrzehnte schmuddelig geworden, aus den Vampirlöchern des Hefters floss rostfarbenes Blut. Auf dem Foto stand vor dem finsteren Klinkerbau eine trotzige Kinderschar in militärischer Formation, drei umkringelte Mädchen und über ihren Köpfen je ein Kreuz. In der vordersten Reihe der pummelige Eulenkopf mit Brille und finster zusammengezogenen Brauen. In der achten Reihe links trotzige, vor der Zeit verbrauchte Teenies, Mülleimer-Marie und Sarah. Im Hintergrund ein in den Himmel ragender Schornstein und ein auffälliges, achtzackiges Glasfenster, das das Licht über allen Kindern, die in seine Gewalt geraten waren, zu zerstreuen schien.

Ey, Ettu, dort sind wir doch mal gewesen!, freute ich mich plötzlich, wandte mich Vater zu, und die Worte sprudelten mir aus dem Mund, bevor der Gedanke angekommen war: Weißt du noch?

Ettu antwortete nicht, er starrte irgendwo hin mit seinen halb blinden Augen, die klar und kalt-hell waren wie das schmelzende Eis auf einem Weiher im Schatten des Einödwaldes.

Das war nicht ich, flüsterte Vater.

Zu spät erkannte ich meinen Irrtum. Tatsächlich, es war nicht Ettu gewesen.

Als Onkel Dennis uns damals abholen kam, wurde ich auf die Rückbank des fremden Dodge gepackt wie ein Wurstende, neben mir ein eingewickeltes Butterbrot mit Salami und eine Flasche Milch, die bald zu schwitzen begann. Damals achtete ich nicht auf die angespannte Atmosphäre. Gerade hatte ich von Vater das Kinderbuch *Der Mensch im All* geschenkt bekommen, das erzählte, wir würden bald auf dem Mond und auf dem Mars landen und dort ein neues Leben beginnen, und mich faszinierten die Zeichnungen von Raketen, gut gebauten Neusiedlern in Goldfischgläsern und eng anliegenden, glatten Anzügen und von Kolonien mit runden Fenstern, in denen wir bald wohnen würden. Falls das Leben hier auf der Erdkugel sich als unerträglich erweisen sollte, wie es in der Errungenschaft anscheinend der Fall war.

Müssen wir das Kind nun unbedingt mitnehmen?, fragte Onkel Dennis vorwurfsvoll und kratzte sich das pockennarbige Kinn.

Ja, sagte Mutter nachdrücklich, den Blick auf den Weg gerichtet. Die Kleine Tatze soll den Ort sehen.

Zu Beginn der Fahrt saß Mutter mit steifem Rücken auf dem Vordersitz, dann aber schaltete Onkel Dennis das Radio ein und legte seine knubbeligen Knöchel auf das Delta von Mutters Rock zwischen ihren Schenkeln, und Roses vom Herbstlicht verhärtete Gesichtszüge schmolzen dahin, während Dennis sprach, und das war kein Wunder, denn Onkel Dennis konnte so sprechen, dass man es verstand und dass der Zuhörer sich wichtig fühlte. Und so erging es offenbar auch Mutter, denn sie faltete sich einen Kaugummi mit Erdbeergeschmack auf die Zunge, lehnte den Kopf gegen Onkel Dennis' Schulter und lauschte seinen Revolutionsreden. Ich machte mir nichts aus Dennis' Geschwafel, blendete es aus, lauschte dem Radiobericht über die künftigen Weltraumflüge der NASA und stellte mir mich selbst mit einer Glasblase auf dem Kopf in einem schwerelosen Sternenraum vor, die dicken Schuhe im Wind des Weltraums strampelnd. Es war schön, mit Mutter zu reisen, auch wenn ich ahnte, dass Vater traurig sein würde, denn Dennis war damals derjenige, der es schaffte, dass Mutter zusammenzuckte und rot wurde, wenn er sprach. Und bei dessen Anblick in Vaters Augen der Blick eines Hundes erschien, der mit einem glühenden Stock geschlagen wurde.

Dann wechselte Onkel Dennis den Sender, und in den Radiowellen erschien eine Sängerin mit zitternder Stimme, die von Freiheit und Kampf erzählte.

Buffy Sainte-Marie, hast du von ihr gehört?, fragte Dennis Mutter, und die antwortete auf eine Weise schnell, dass ich wusste, sie log, dann sah ich, wie sie die Hand des Mannes zwischen ihren Schenkeln drückte, und mir wurde übel. Der silberne Ring an ihrem Finger war verschwunden, und ich wusste, dass Vater weinen würde, wenn er dort endgültig weg wäre. Im Unterbauch spürte ich die scharfe Kurve und ein hochgerutschtes Hosenbein meines Schlüpfers, dessen Scheuern in dem Moment aufhörte, als ein stacheliger Regenschauer gegen die Windschutzscheibe prasselte. Die Wolken waren an jenem Tag in ganz besonderer Stimmung, ganz als hätten sie vor Wut oder aus Angst den Herbst verjagt, um dem Winter Platz zu machen.

Ans Ziel kamen wir, als die Schatten schon lang waren und sich am Horizont eine kalte Novembereisschicht sammelte, bald würde es anfangen zu schneien.

Uns bot sich ein unheimlicher Anblick. Das, was einst ein riesiges Gebäude aus Feldsteinen gewesen war, existierte nicht mehr. Seine Ruine, nein, sein Gerippe ragte mit ausgestochenen Augen gen Himmel, in der leichten Herbstluft lag der Geruch von verbranntem Gras und noch etwas anderem. Von menschlichen Ausscheidungen. Kerosin. Die Wände waren vollgeschmiert mit Darstellungen von schrundig-kranken Geschlechtsorganen, der Fußboden mit einem Pentagramm, aber am häufigsten wiederholte sich das Wort HATE, an den eingestürzten Wänden, an der in der Luft endenden Treppe und im Schlafsaal, in dessen Eisenbetten jetzt die Ratten und verwilderte Perlhühner nisteten. Jemand oder mehrere Leute hatten diesen Ort wahrhaftig gehasst. Ihn zerschlagen, verbrannt, vergewaltigt, beschmiert, geschändet. Ich stellte mir vor, wie diese unbekannten, gesichtslosen Wesen lautlos hier erschienen waren, jedes mit einer Ahle in der Hand, einem Hammer oder einem primitiveren Werkzeug, und wie diese Fanatiker schweigend, ohne außer Atem zu kommen und von Wut getrieben die Anhöhe erklommen hatten, inmitten der

Ruinen mit vibrierenden Nüstern, schnüffelnd, als röchen sie außer verbranntem Ölzeug, Petroleum und der an der Luft zu Gift zerschmolzenen Farbe auch den Maisbrei, das nach Metall schmeckende Dosenfleisch und das Eipulver. Aus irgendeinem Grund stellte ich mir die Ankömmlinge als großäugige Weltraumwesen vor, die gekommen waren, um den Menschen beim Aufräumen des Planeten zu helfen, denn ich spürte, dass über diesem verkohlten Land Trauer und Angst lagen und das Gewicht der Verweigerung. Es schüttelte mich, als ich fragte, was für ein Ort dies sei.

Mutter antwortete: Ein schlimmer, schlimmer Ort.

Onkel Dennis erklärte, dies hier sei die Schule gewesen, in die Mutter gegangen war. Ich weiß noch, wie Rose tief Luft holte, ausstieg und in ihrem grauen, flatternden Umhang langsam über den Hof ging, direkt zu dem einzigen noch stehenden Turm, aus dessen Höhe uns ein achtzackiges Glasauge anglotzte.

Verdammtes Miststück! Einen Augenblick fürchtete ich, Mutter zische mich an, aber dann wurde mir klar, dass sie mit ihrem Wort die Ruine meinte: teuflisch. Teuflisch. Teuflisch. Teuflischer Weendigo.

Rose stieß mit der Stahlspitze ihres Stiefels gegen die Mauer. Zuerst wie zur Probe. Dann wieder und wieder und wieder, bis sie zwischen dem abgebrannten Gras und den Mauerbrocken auf die Knie sank.

Daran lässt sich nichts mehr ändern, tröstete Onkel Dennis Mutter, die inmitten ihres Zusammenbruchs schluchzte, und berührte sie unter der Bluse. Lass uns etwas beiseitegehen.

Nicht vor den Augen des Kindes.

Es begreift nichts.

So. Sind wir dafür hierhergekommen?

Auch dafür.

Mutter und Dennis gingen hinter die Mauer, wo ich sie nicht mehr sah, nicht Hand in Hand, sondern zusammengekrümmt wie zwei Kojoten, die sich um die Beute streiten. Die sah ich manchmal bei der Errungenschaft an der Ecke des Hühnerstalls, und einen Augenblick lang war ich zufrieden, bis ich hörte, wie Mutters Knurren zu dem Lachen schmolz, von dem ich wusste, dass es nur Vater gehören sollte.

Ich weiß noch, wie ich inmitten der Ruinen auf dem kalten Ascheboden saß und zu den Beerensträuchern hinüberspähte, um herauszufinden, wonach man hinter ihnen graben und was man untersuchen sollte. Die Blätter der Sträucher raschelten feindselig, und der süße, verwilderte Duft der Beeren, unter deren Gewicht sich die Zweige bogen, ekelte mich an. Dann kam aus den Büschen raschelnd etwas hervor, das ich erschrocken zunächst für einen Geist oder einen Feind hielt, aber es war nur ein lebendes Wesen, ein Stachelschweinjunges. Ich war erleichtert, während ich beobachtete, wie es mit der Schnauze am Boden schnaubend seine Untersuchungen anstellte und sich nicht um mich kümmerte. Ich bückte mich und streichelte dem Jungtier den struppigen Rücken, und das ließ es zu, denn es war noch zu klein, um sich zu fürchten.

Der Wind heulte in den zerbrochenen Fenstern, und die Schatten der blattlosen Zweige schwankten unruhig auf den schwarzen Ruinen. Mich erfasste ein Gefühl von Verwaistheit in dem großen Weltall. Ich streichelte das kleine Stachelschwein in meinem Schoß und hob den Blick zu den hinter dem Turm aufgehenden blassen Abendsternen. Irgendwo dort betrachteten die Raumfähren und die Astronauten unseren blauen Planeten, und was empfanden sie dabei? Angst vor der außerhalb des Raumanzugs wartenden Unendlichkeit, vor der endlosen Einsamkeit? Oder Siegesfreude über die eigenen Errungenschaften und über das heimliche Wissen, dass wir bald dem Universum entgegenfliegen würden, wo alles neu und glänzend sein würde und wo man die Trauer mit kleinen bunten Kapseln wegessen würde. Und ich wunderte mich, wie es möglich war, dass wir Amerikaner ebenso wie auch die hinterhältigen Kommunisten es geschafft hatten, den Fesseln der Erde zu entkommen, während meine Mutter Rose seltsamerweise eine Gefangene dieses verbrannten, übel zugerichteten Orts bleiben konnte. Ich betrachtete das achtzackige Glasfenster, von dem jemand eine Scheibe mit einem Stein eingeworfen hatte. Ein tastender Finger des Roten Hopfens strebte danach, die nackten Augenlider des Gebäudes zu befingern.

Mir war schon kalt geworden, und das kleine Stachelschwein war seiner Wege gegangen, bevor Mutter wieder auftauchte, das Kleid voller Grasflecke und seltsam wie ein im Wind flatterndes, verschlossenes Wesen.

Zornig, enttäuscht und schnaubend, das hätte sie doch wissen müssen.

Lass uns fahren, es ist schon zu dunkel, als dass man noch etwas untersuchen könnte.

Du hast es versprochen, flüsterte Mutter, und ich erkannte, dass sie Wut und Tränen kaum zurückhalten konnte.

Der Wald wird sich den Ort zurückerobern, sagte Onkel Dennis im Auto: Aber mach dir nichts draus, auch für diese Dinge wird die Zeit kommen. Hauptsache, wir haben den Herren in Washington die wichtigsten Forderungen ins Hirn geklopft.

So wird es dann wohl sein, sagte Mutter.

Wir fuhren los durch die windige, schwarze Landschaft. Irgendwann fielen kleine, frostige Eiskristalle vom Himmel, und ich erinnere mich nicht daran, dass wir hinter den Beerensträuchern irgendwie gegraben hätten.

AUGUST 2018

Jim Graupelz,

ich weiß, dass ich dir das nicht erzählen sollte, denn es rückt Ettu in ein falsches Licht. Aber damit du verstehst, was wirklich geschehen ist: Natürlich war Rose Mitglied der Indianerbewegung. Trotzdem war nach dieser Autofahrt etwas in Mutter erloschen, sie sprach nicht mehr voller Bewunderung von Onkel Dennis, und ich ahnte, dass das mit den Beerensträuchern zu tun hatte und damit, dass Onkel Dennis doch nicht dahinter hatte graben wollen.

Mutter bekam oft Anrufe, und mit der Zeit lernte ich, wann es um Angelegenheiten der Indianerbewegung ging. Zum Ende hin zog Mutter abends den Stöpsel aus der Wand. An jenem Morgen aber klingelte das Telefon. Mutter spähte durch das mit Eisblumen bedeckte Fenster, sah, dass Vater gerade Brennholz holte, und antwortete dann. Dabei verkrampfte sich ihre Haltung.

Ja, ich nehme das Gespräch an.

Es folgte die übliche Zurechtweisung, warum Onkel Dennis Mutter immer noch anrief, obwohl er bekanntermaßen anderwärts geheiratet hatte, und dann ging Mutter dazu über, den

Anrufer mit der Frage nach den verschwundenen Mädchen zu bedrängen und danach, was die Indianerbewegung in dieser Sache zu tun gedenke. Ich hörte mir das an, während ich mit einer Nadel Moosbeeren und Popcorn auffädelte und Roses unerschütterliches Beharren bewunderte.

Nein. Meine Sache *ist* eine wichtige Sache.

Sie sollte es sein.

Ja, sie ist es. Oder sie sollte es sein.

Schließlich schien Mutter in etwas einzuwilligen und seufzte: Na gut, diesmal noch. Aber das ist das letzte Mal. Verstehst du, das letzte?

Das Gespräch endete passend, als Vater schneebedeckt und fröhlich hereingetrappelt kam und fragte, ob wir nicht alle zusammen eine Schlittenfahrt machen wollten.

Das war nach meiner Erinnerung das einzige Mal, dass das Pferd Echter Ofen zu etwas gut war. Sonst stand es ja auf Pattis Veranda herum und fraß heimlich das frisch gebackene Brot, das zum Abkühlen ans Fenster gestellt worden war. Seitens des Echten Ofens war das Fressen des Brots ein nahezu vollkommenes Verbrechen, denn Patti behauptete steif und fest, dass Pferde kein Brot fräßen. Lange wurde Roses fülliger Halbbruder Pee-Wee des Diebstahls beschuldigt, bis der Echte Ofen endlich auf frischer Tat ertappt wurde, als ihm ein Bröckchen des Weizenbrots am Maul hing. Patti wollte sofort die Flinte holen und den Nichtsnutz erschießen, aber Goggleye und die anderen Jungs stellten sich als schützende Mauer vor die Mähre, was Patti derart rührte, dass sie den Gaul einfach davonjagte in Richtung Errungenschaft und Ettu einen Kufenschlitten zur Verfügung stellte, den sie irgendwo beim Kartenspiel gewonnen hatte.

Für den Fall, dass er zu irgendetwas nützlich sein könnte, dieser geschenkte Gaul.

Ettu und ich machten Proviant zurecht, Roggenbrot, dick mit gekirnter Butter bestrichen, und in die Thermoskanne kam ein Schokoladengetränk, das aus Milch und durchgesiebtem madigem Kakaopulver gemischt worden war.

Ettu spannte den Echten vor den Schlitten.

Ich wurde in Rentierfelle gewickelt, und Sulo Makikii durfte auf meinen Schoß, um mir die Schenkel zu wärmen.

Holen wir den Tannenbaum aus einem fremden Wald, vielleicht aus Björnes, schlug Mutter vor.

Gute Idee, freute sich Vater, denn Rose wollte nur noch selten mit uns spielen.

Ich betrachtete die vorübergleitende Landschaft und das vor mir trottende Hinterteil des Pferdes, horchte auf das Knirschen des Schnees unter den Hufen und schnupperte den wilden Geruch des winterstruppigen Fells. Vater drehte sich auf dem Kutschbock immer wieder um und lachte in seinen bereiften Bart: Ist das nicht eine lustige Fahrt?

Ich antwortete sofort bereitwillig, dass wir alle zusammen Spaß hätten, die ganze Familie.

Ich weiß nicht mehr, ob Mutter damals irgendwie angespannt oder anders war, erinnere mich nur, dass wir eng aneinandergedrückt saßen und an den Raureif, der sich an unseren Wimpern bildete.

Lassen wir die Kracke traben!, rief Vater, und Mutter und ich sahen uns an wie Verschworene: Was mag wohl eine Kracke sein, und was bedeutet traben? Bei uns wurde schon dann und wann Finnisch gesprochen, aber Mutter und ich sprachen auch Ojibwe. Sacht schwebten ein paar Schneeflocken vom sternklaren Himmel, die Schlittenstreben sausten dahin, und die Hufe seufzten auf dem Schnee. Der von dem dick an den Bäumen hängenden Schnee silberne Wald klirrte um uns herum.

Wir hielten neben der Scheune, die Schweden-Björne gehörte.

Rose sprang in die Schneewehe, versank bis an die Schenkel darin und winkte uns, wir sollten als Überraschung die schönste Tanne holen, sie würde hierbleiben und warten, ob der Vollmond hinter den Wolken hervorkäme, und das wunderte uns nicht, denn Mutter pflegte alles so zu tun, wie sie es wollte.

Ich ordnete die Wollsocken in meinen Lederstiefeln, und Vater zog die Riemen der Schneeschuhe fest, bevor wir uns auf den Weg machten. Ettu und ich stapften durch den Schnee: Jetzt müssen wir einen vollkommenen Weihnachtsbaum finden, Mutter liebt den Duft der Tannennadeln.

Ich war sofort dabei. Wir wanderten schweigend dahin, während der Mondschein lange Schatten auf den unberührten Schnee warf, und aus der Ferne drang das Brummen eines Motorschlittens herüber. Kurz vor dem Sumpf begann der Hund Sulo Makikii zu heulen und zu knurren, er wollte nicht mehr weitergehen. Was hat er denn jetzt, murmelte Vater, und wir blieben stehen mit dampfendem Atem. Wir teilten uns die Reste des Schokoladengetränks, und Vater wischte mir mit dem Handschuh die Eisperlen von den Wimpern, damit ich sehen konnte.

Den schönsten Tannenbaum fanden wir bei der alten Quelle, dort, wo angeblich der alte Indianerfriedhof gewesen sein sollte. Vater nahm die Schrotsäge vom Tragehaken, und wir begannen mühsam, die Rinde anzusägen. Sie war vereist, gab aber bald nach. Der Sitte gemäß, die ich von Mutter gelernt hatte, dankte ich dem Wald rasch für das Geschenk und band den Baum am Handschlitten fest.

Sulo Makikii hörte nicht auf zu knurren, er wollte umkehren und zurück. Da wurde Vater unruhig, und wir machten uns eilig auf den Rückweg, unsere eigenen Spuren entlang. Vater murmelte etwas von Wölfen und Kojoten und trieb mich zur Eile an: Rose ist dort ganz allein.

Aber Mutter war keineswegs allein.

In der Nähe hoben sich vier stille Gestalten von der Scheunenwand ab. Mit dampfendem Atem werkelten sie an etwas, konzentriert, energisch und ohne ein Wort. Dort waren Mutter, Schweden-Björne, Onkel Dennis, dessen Leibwächter sowie eine fanatische Frau namens Annie Mae, die ich nur einmal in Washington gesehen hatte – sie hatte gesungen, es sei ein guter Tag zum Sterben. Ich erinnerte mich, dass sie zierliche, mit Sommersprossen übersäte Hände hatte und am Daumen eine kleine tätowierte blaue Feder.

Unter Decken wurden längliche Bündel hervorgehoben. Onkel Dennis bemerkte uns als Erster, winkte und zwinkerte uns zu, als gäbe es nichts Besonderes. Aber Ettu wurde nervös, vielleicht zum ersten Mal in meinem Leben. Und nicht nur nervös, sondern wütend. Die Tanne flog zehn Fuß weit in den Schnee wie ein Speer aus Erlenholz, die prachtvollen, vereisten Zweige bogen sich, als Ettu mit großen Schritten durch den Schnee zu Rose eilte wie seinerzeit aus dem Fenster. Die Wut brach aus ihm hervor. Er riss den Stoff vom hinteren Teil des Schlittens in den Schnee. Darunter kamen längliche, auch in der Kälte nach Öl riechende Waffen zum Vorschein.

Wie kannst du dich vor den Augen des Kindes mit Waffen abgeben!, heulte Vater auf.

Nun lass mal gut sein. Wir sind hier für die Indianerbewegung unterwegs, sagte Onkel Dennis' Leibwächter.

Wieso schleppt meine Frau … die hier? Vaters Stimme brach im Frost.

Lass gut sein, Weißer, mischte auch Onkel Dennis sich ein.

Du dämlicher Denkzwerg, du Blindgänger und roter Biber!

So schlimm hatte Vater noch nie geschimpft, und ich sah, wie in Mutters Augen so teuflische Blitze aufflammten, dass ich hoffte, das Ganze würde sich als Albtraum erweisen, aus dem ich erwachen konnte.

Ihr nehmt mir die Luft zum Atmen! Du und du da! Mutter zeigte auf Vater und auf mich und spuckte aus in unsere Richtung: Ich ersticke!

Nicht vor dem Kind! Vaters Stimme war flehend und voller Angst. Mutter spuckte erneut aus, aber die Ladung gefror schon auf dem Weg in die Schlittenspur.

Rose drehte sich um, vielleicht um fortzugehen, vielleicht um ihren Handschuh aus dem Schnee aufzuheben.

Dann geschah etwas, was ich mir nie hätte vorstellen können. Vater schlug Mutter. Bestimmt nicht stark, aber doch so, dass es ihm ernst war. Mit der Faust im Hundefellhandschuh ins Gesicht, mit Kraft aus der Schulter heraus. Mutter fiel nicht einmal um, aber ich wusste, jetzt war etwas geschehen, was alles infrage stellte, und für einen Augenblick hörten die Wirklichkeit und die Zeit auf zu existieren. Vater hatte Mutter geschlagen. Ich schloss die Augen und spürte, wie vom Himmel Eiskristalle auf mein glühendes Gesicht fielen, und plötzlich hatten alle Gewehre in der Hand, Onkel Dennis, sein Leibwächter Onkel Leo, der es mit seinem kältestarren Daumen geräuschvoll entsicherte, und die Frau namens Annie Mae, die in Washington so schön gesungen hatte, was für ein guter Tag es sei, um zu sterben.

Der Augenblick erstarrte zu einer Postkarte mit dick verschneiten Fichten und funkelndem Schnee. Die Krieger der Indianerbewegung standen mit den Gewehren im Anschlag, irgendwo oben saß eine Ahnin auf dem Himmelsdeckel und bewachte die Sterne, und hier unten war alles drauf und dran, in Entsetzen und Unglück umzuschlagen. Es war ein Moment, in dem wir alle hätten sterben können. Schweden-Björne hob seine Lederpranke in die Luft, wimmerte, er sei hier nur als Kaufmann und Familienvater: Mit Dollars werden wir alles bereinigen, rafft eure Nerven zusammen, werte Rebellianer!

Ich heulte Rotz und Wasser.

Nicht vor dem Kind, flehte Mutter nun ihrerseits. Ihre Stimme war matt, die Bitte eines verprügelten Hundes, der jedoch nicht aufgibt. Eher noch das müde Winseln einer von ihrem Herrchen enttäuschten und gnadenlos mit Tritten traktierten Hündin.

Ich weiß nicht, was passiert wäre, wenn nicht das Gescheppper von Mikes Schneepflug erschallt wäre, denn dadurch entspannte sich die Lage. Sheriff Mike schabte im Mondschein mit dem Boden seines tiefliegenden Autos geräuschvoll über den Rand der Wiese, ließ die Scheinwerfer aufblinken, und das war der notwendige Weckruf für die Indianerbewegung.

Stumm fuhren wir mit dem Schlitten nach Hause. Ich fürchtete mich vor dem, was an diesem Abend noch folgen würde: Weinen, Geschrei, ob wohl Mutter blindlings in den Wald rennen, ob sie jemals zurückkehren würde. Aber es folgte nichts.

Wir alle legten uns zum Schlafen in dasselbe nach Stroh duftende Bett, und Mutter sang mir ein Schlaflied. Nachts glaubte ich, von jemandes Weinen erwacht zu sein, aber es war der Frost, der in den Querbalken klagte und die Fensterscheiben mit tränenförmigen Blumen verzierte.

* * * * *

Ob deine Mutter trotzdem bei der Indianerbewegung mitgemacht hat?, fragtest du mich.

Ich glaube nicht, antwortete ich, und das war die Wahrheit.

Die Schlittentour war das letzte Mal, dass Rose sich mit Angelegenheiten der Indianerbewegung befasste, das glaubst du mir doch, Jim Graupelz? Ich weiß, dass Mutter enttäuscht war von dem, was auf dem Blasenberg gewesen war, wie Onkel Dennis nicht hatte bleiben wollen, um hinter den Beerensträuchern nach der Wahrheit zu suchen. Dennoch glaube ich, dass er die Ziele der Indianerbewegung bis zuletzt achtete. Nur war Mutters Pfad ein anderer.

Rose verschwand am einundzwanzigsten Februar neunzehnhundertdreiundsiebzig. Nur sechs Tage später erstürmte eine Schar bewaffneter Mitglieder der Amerikanischen Indianerbewegung das Dorf Wounded Knee in Pine Ridge und hielt es hundert Tage lang besetzt. Ich weiß noch, wie mir einmal in der Lokalzeitung ein Artikel über Onkel Leo, Dennis' Leibwächter, ins Auge sprang. Das Foto war grobkörnig, aber unverkennbar. Anscheinend hatte er mehr als fünfunddreißig Jahre im Gefängnis gesessen, fast genauso lange, wie Mutter verschwunden ist. Es wurde behauptet, er habe zwei FBI-Agenten erschossen. Die Frau namens Annie Mae wiederum wurde ermordet und verlor ihre schönen Hände, denn sie wurden von ihrem Körper abgeschnitten und zur Identifizierung nach Washington geschickt. Onkel Dennis dagegen durfte lange abenteuern, er saß wohl auch kurze Zeit im Gefängnis, zeugte neunzig Kinder mit verschiedenen Frauen und wurde schließlich von seiner entzückenden jungen Frau Ka-Mook betrogen. Ich weiß nicht, was ich von alldem halten soll.

7

PFAD DER BITTERKEIT – *WIISAGIZIWIN-MIIKANENS*

oder wie Helmi Rose half und wie es Heinari in dem goldenen Land Amerika zuletzt erging

FEBRUAR 1973

LEMPI, du mein liebes Lämmchen, arme Kleine, ich weiß jetzt, wie ich den Weendigo umbringen kann! Die Idee kam mir, als ich mit Großmutter Helmi in der Sauna war. Ausgerechnet in der Sauna und ausgerechnet mit Helmi! Großmutter Helmi betrat lärmend die Diele, den Kaffeewärmer auf dem Kopf, und verkündete lauthals, sie habe die Sauna geheizt: Ich hab gedacht, dass wir mal nur unter uns Frauen schwitzen! Traust du dich ins Eisloch, Schwiegertochter?

Ich willigte ein aus lauter Verblüfftheit darüber, dass die Schwiegermutter mit mir in das Heiligtum der Finnen wollte, beschloss aber, dass ich nicht ins Eisloch gehen würde, unter gar keinen Umständen. Ich schnallte mir die Fellskier unter und ließ Sulo Makikii meiner Spur ans Ufer folgen.

Im flackernden Licht der Wachskerzen auf dem Fensterbrett wartete ich, bis mein Atem sich beruhigt hatte, ehe ich über die Schwelle in den Schwitzraum trat. Helmis Augen glommen inmitten der dunklen Wärme. Ich kletterte auf die Schwitzbank und setzte mich. Es roch nach Harz, Dunkelheit und Bienenwachs. Mich beschäftigten die Fragen, was Helmi wohl von mir wissen mochte und womit ich jetzt rechnen musste. Weiß sie, dass ich fortgehen will? Oder hat sie irgendwoher

Wind bekommen, dass ich für die Indianerbewegung Gewehre beschafft hatte und dass das FBI im Reservat gewesen war und sich nach mir erkundigt hatte? Obwohl ich mich von diesen Aktivitäten losgesagt habe, stehe ich doch bestimmt auf den Listen der Sicherheitspolizei. Ob Helmi sich dort nach mir erkundigt hat? Dann musste ich lachen: Sie kann ja nicht mal Englisch.

Und wer sollte ihr davon erzählt haben? Jedenfalls nicht Schweden-Björne, diesem Nazi ist mit Dollars das Maul gestopft worden.

Weißt du, Rose, warum ich heute die Sauna für uns heizen wollte?

Ich schüttelte den Kopf.

Heute vor genau dreißig Jahren bin ich in diesem Land angekommen. Es war ein schwieriger Anfang.

Ja, diese Geschichte kannte ich, Helmis große Heldentat, so als wäre gerade sie so außergewöhnlich gewesen, obwohl sich hier auch die anderen zerlumpten Millionen hineingedrängt hatten, ohne uns Einheimische um Erlaubnis zu fragen, eine Tatsache, die Helmi nie begriffen hat. Eigentlich war es ja Großvater Heinari gewesen, der Pattis Vater diesen Boden abgejagt hatte. Helmi hatte auch niemals gewürdigt, dass ich ihre Sprache lernte, ich wollte direkt herausschreien, du, Helmi Todeselster, bist hier das Großmaul, denn du hast dich nicht getraut, Englisch zu lernen, nicht mal das Finglisch der Finnen, obwohl das ganz leicht ist. Angeblich tat einem davon die Zunge weh, und die Haut würde dann dieselbe Farbe annehmen wie meine: eine scheußliche.

Ettu fand, dass die Geschichte seiner Mutter ganz außergewöhnlich war. Wie die ganze Sippe im Zweiten Weltkrieg ums Leben kam. Wie Helmi zu ihrem Onkel nach Thunder Bay in Kanada kommen sollte, der Onkel aber im Freudenhaus des Hafens ein Messer zwischen die Rippen bekam zu derselben Zeit, als die junge Helmi an Deck des Schiffes einer besseren Zukunft entgegenstrebte wie die letzte Fliege des Sommers, die sich die betrunkene Fensterscheibe entlanggeschleppt, um dem *Beebon*, dem Geist des Winters, zu entkommen. Als Helmi an die kanadische Grenze kam, hatte sie keinen einzigen lebenden Verwandten mehr, weder in der Alten noch in der Neuen Welt. Das alles wusste ich, und ich konnte es nicht bewundern, nicht an diesem Abend. Mir wurde die Zeit knapp.

Jetzt aber hatte Helmi etwas anderes zu erzählen.

Eure Tochter, die hat einen schönen Namen. Lempi, das bedeutet Liebe.

So ist es.

Er muss einem ja wohl gefallen, wenn man ihn selbst ausgesucht hat, schnaubte ich im Stillen. Das Einzige, was Helmi verlangte, als sie hörte, dass ich schwanger war: dass ein Mädchen Lempi heißen müsse.

In Finnland hatte ich eine Schwester, die so hieß.

Ich wandte den Kopf und betrachtete die neben mir sitzende gebeugte Gestalt, die mir meiner Erinnerung nach während unseres gemeinsamen Lebensabschnitts kein einziges gutes Wort gegönnt hatte.

Du hattest eine Schwester?

Ja, bestätigte Helmi und deutete auf eine sternförmige Narbe auf ihrer Brust: Daran ist sie gestorben.

Instinktiv richtete ich mich auf, obwohl mir die Hitze schwer auf den Schultern lastete.

Sie war so eine kleine Windmühle, quirlig in ihren Bewegungen.

Dazu konnte ich nichts sagen.

Helmi hatte von einem mit dem Fallschirm abgesprungenen Saboteur eine Kugel in die Brust bekommen, als sie fünfzehn Sommer alt gewesen war. Genauer, am vierundzwanzigsten September 1942. Nazideutschland sollte Helmis Familie und zugleich ganz Finnland vor der Rache der Sowjetunion schützen, und ich fragte nicht nach, wie die Verkörperung des Bösen in Europa überhaupt irgendjemanden beschützt habe, ich weiß von alldem nicht mehr viel. Es hatte schon einen anderen, den Winterkrieg, gegeben, den wir mit Mühe und Not überlebt hatten.

Wir wohnten in unmittelbarer Nachbarschaft zum Russki, in Viiksimo, so nahe an der Grenze, dass die Mädchen des Hauses sich immer Männer von der Grenzwacht als Bräutigame nahmen. Aber mir ist es dort in Finnland nicht gut ergangen. Dort hätte ich mich schneller abwenden müssen.

Wieso?, wagte ich zu fragen.

Wegen des Russkis.

In Helmis Stimme lag eine solche Trauer, dass ich einen Stich in der Brust spürte.

Ich habe nicht begriffen, dass ich flinker hätte sein müssen, und so starb Lempi.

Sie starb in einem anderen Land zu einer anderen Zeit. Sie hatte Tuberkulose und Keuchhusten gehabt und beides überlebt. Aber dann kam der Tag, an dem die Russen die Grenze überschritten, und das hat meine Schwester nicht überlebt.

Helmi hätte sich rascher umdrehen müssen. An einem Tag im September, als sie Beeren auslasen, war der Hof plötzlich voller grünjackiger Männer mit Sternenkäppi auf dem Kopf gewesen. Helmi raffte sich das kleine Schwesterchen in die Arme, das damals anderthalb Jahre alt war und keinen Tag älter.

Der Russe, der auf uns zielte, war jung und hatte solche Angst, dass er die Augen schloss, bevor er abdrückte.

Dann schoss ein anderer auf Mutter, die eine Milchkanne schleppte, sodass das gute, sämige Getränk für das Kalb sich auf den Pfad ergoss und von dort auf die Schläfe von Vater, den es eigentlich gar nicht mehr gab. Manchmal überlege ich, was wohl aus meiner Schwester Lempi geworden wäre, wenn sie rechtzeitig aus meinen Armen gefallen, in ein Versteck gekrochen, erwachsen geworden wäre.

Ich zögerte, ob ich die Hand der alten Frau, die Schulter berühren sollte, irgendetwas. Das witterte Helmi, und sie schnauzte: Na, das war damals der Krieg.

Helmi riss sich von jenem Augenblick los und stieg geräuschvoll auf den Fußboden hinunter, der überraschend aufseufzte. Und posaunte in gewohnter Weise: Na, Schwiegertochter, traust du dich, mit mir schwimmen zu gehen?

Mit wogenden Hüften tippelte sie hinaus durch die Frostwand, die sich zwischen den Türpfosten hindurch hereindrängte.

Die nasse Haut an meinen Füßen blieb an dem gefrorenen Boden haften, als ich ihr folgte. Die Kälte schlug mir ins Gesicht, und mir stockte der Atem. Auf dem endlosen Weg zum Ufer kühlte die Haut aus, und es grauste mir zu sehen, wie die alte Hausherrin sich mit den Schenkeln voran ins Eisloch schob, prustete und keuchte: Ich spüre gar nichts!

Ich sah mir die jetzt aufkreischende Frau an und überlegte,

wie sich Helmi nach ihrem Heimatland sehnte, nach der dort zurückgebliebenen Vertrautheit und der Qual, aber sehnte sie sich nach dem realen Ort, wo weiterhin Menschen geboren wurden und unter Anstrengungen lebten, oder nach einem viel frostigeren und schwärzeren Winkel in ihrem Kopf?

Im Eisloch brauste das Wasser mit den kalten Nadeln darin, der Schneematsch knisterte, während er gefror. Und wenn ich nun unter den Eisdeckel plumpse und versinke, die Strömung meine Beine umklammert wie *Nebaunabe* und mich gierig in die Tiefe saugt, wo die Haare der Ertrunkenen wallen und die letzten Schreie blubbern? Aber Helmi stemmte sich schon zornesrot wieder herauf. Als Nächste du, Schwiegertochter. Hast du Angst?

Ich kniete am Eisrand nieder, zwang mich in das schwarze Wasser, einen Augenblick lang glaubte ich, das Herz bliebe mir stehen. Du schaffst das, wenn Helmi das schafft, wiederholte ich mir immer wieder und ließ mich mit einem Schwung in die Tiefe fallen, jedenfalls glaubte ich das. Aber am Grund erwartete mich eine zweite Schicht Ufereis, und die Zehen trafen auf einen glitschigen Hubbel, von dem ich mich Richtung Wasseroberfläche abstoßen konnte. Helmi war schon an der Tür der Sauna, und ich sah nicht, ob ihr Gesicht Verwunderung ausdrückte. In den Schenkeln kribbelte der Triumph, als ich zurück in die Wärme tippelte.

Weißt du, Ettu und du. Das war schon schlimm für mich, als mein schönes Kind so eine Indianerin nahm. So eine Wolfsblütige.

Ich mochte nicht antworten. Der versöhnliche Augenblick war anscheinend vorbei, und es begannen die Beschimpfungen.

Es ist doch eine Schande. Eine so feine Seele wurde mit fremdblütigen Kräften gemischt. Daran hatte ich viele Jahre lang zu knabbern, das weißt du, Schwiegertochter. Aber beschäftigt hat mich der Gedanke, warum der Junge damals aus dem Fenster geklettert ist. Warum er nicht durch die Tür gegangen ist, die dafür da ist. Was bringt meinen schüchternen Sohn dazu, wegen einer Indianerin aus der falschen Öffnung, also dem Fenster, zu springen?

Ich begriff zum ersten Mal, dass nie jemand diese Frau geliebt hat.

Helmi machte mit solchem Grimm einen Aufguss auf die heißen Steine, dass wir uns beide zusammenfalteten. Mich schwindelte, aber ich beschloss, jetzt nicht aufzugeben und dass auch ich etwas zu sagen hatte.

Aber eure Lempi, die retten wir.

Gemeinsam.

Helmi setzte sich auf die unterste Schwitzbank und drückte den Kopf zwischen die Knie, sodass ihre Brustwarzen den Boden streiften. Mit der Schöpfkelle reichte ich ihr eisiges, mit Birkensaft gemischtes Wasser zum Trinken und goss dann Waschwasser in den Zuber.

Würdest du mir jetzt den Rücken waschen, Schwiegertochter?

Bisher hatte sich das Waschen immer wie eine Bestrafung angefühlt, jetzt aber massierte ich ihr den Rücken mit Espenseife und schrubbte sie zum ersten Mal so, dass ich mich dabei wirklich ins Zeug legte. Und verkniff mir all die Grobheiten, die ich hatte sagen wollen.

Für sein Kind muss man bereit sein, alles zu tun, murmelte Helmi: sogar seine Seele dem Teufel verkaufen.

Ich spülte meine Schwiegermutter mit warmem Wasser ab.

Rette du deines. Und sei es, dass du anfängst, als Wolf zu heulen. Selbst wenn du bis ans Ende der Welt traben müsstest, ist es nicht so?, fragte Helmi, und ich nickte.

Während ich mir die Skistiefel an die Füße zwängte, die Heinari mir einst aus Finnland mitgebracht hatte, bereute ich, dass ich meine Schwiegermutter in Gedanken so oft als Leichen-Helmi geschmäht hatte.

Ich rief: Kommst du herein ins Warme? Ich leg für dich auf dem Dachboden eine Matratze neben Lempis, neben unsere Lempi.

Heute werde ich wohl nicht kommen.

Du kriegst auch Fladenbrot. Das ist noch warm.

Die alte Frau winkte ab, sie ließ ihren Körper im Halbdunkel des Umkleideraums abkühlen. Ohne ein weiteres Wort ging ich zurück zum Haus.

Sulo Makikii, in dessen Pelz sich eine beachtliche Schneewehe gebildet hatte, trottete mir gehorsam hinterher, ein Schneegestöber hatte die Spuren unseres Kommens verweht, aber während wir den kurzen Weg zurücklegten, hörte es auf zu schneien, die krumme Kiefer oben auf dem Hang kreischte auf, als der feindliche Frost ihr einen Ast auf den Rücken drehte und vom Himmel leichte, klare Kristalle fielen. Die Sterne kamen hervor.

Erst bei der Hochzeitseberesche fiel mir auf, dass ich die Fäustlinge im Vorraum der Sauna vergessen hatte, aber als ich umkehren wollte, um sie zu holen, hörte ich von drinnen einen leisen Ton, etwas wie ein Schluchzen, aber auch wieder nicht, so eine völlig verbrauchte Stimme, wie ein Rentier sie vor seinem Tod erzeugt. Ich wendete die Skier, flüsterte Sulo Makikii zu, er solle mir folgen, und während ich den Hang hinaufstapfte, überlegte ich, ob es falsch sei, einen so harten Menschen wie Helmi zu bemitleiden.

Als ich auf den Hof kam, sah ich euch durch das Küchenfenster: meine Familie, und ein so schneidendes Gefühl spaltete mich von den Leisten bis zum Haaransatz, dass ich in dem Lichtkarree zusammensackte und mir die Hände am Harsch der Schneefläche aufriss. Ich sah Ettu und dich an und verstand, dass dieser Mann bald nicht mehr mein Mann sein würde und dass keiner von uns beiden mehr durch das Fenster zu dem anderen steigen würde, weil man es so eilig hat, in die Arme des anderen zu kommen, und dieses Kind wird mich nicht mehr Mutter nennen, und ich darf nicht mehr die Wärme dieses Feuers genießen und die Zähne nicht mehr eilig in das Fladenbrot mit schmelzender Butter schlagen, bevor es abkühlt und steinhart wird, und der Duft dieser Menschen wird nicht mehr an mir hängenbleiben. Dann bemerkte ich neben meiner blutigen Hand eine Tatzenspur. Sulo Makikii war nicht an dieser Stelle gewesen und auch kein anderer Hund, der Abdruck war kräftiger, und zwischen den auseinanderstehenden Krallen sah ich die leichten Spuren der ledernen Schwimmhäute. Dort war ein Wolf gelaufen, direkt unter dem Fenster.

Und da war er vor mir: der Ausweg. Wie hatte ich doch darüber nachgedacht, ich, Rose aus dem Wolfsklan und der Sippe der Wandlinge, Erbin der In Der Nacht Fliegenden Frau. Jetzt zeigten sich mir Erfüllung und Weg so klar wie die Plätze der Sterne am Himmelsgewölbe, und ich verstand, dass, wenn ich auch alles zurücknehmen wollte, es doch nicht mehr möglich sein würde, denn ich hatte gesehen, dass der Weendigo lebt und unversehrt auf dieser Erde wandelt, und nur ich wusste, wer er war, und könnte ihm Einhalt gebieten. Und während der Schnee sich von meinem Blut rot färbte und gerade als du, Lempi, mein Kind, mir das Gesicht zuwandtest und es bei meinem Anblick aufleuchtete, kam mir die Erkenntnis. Es gibt einen Ausweg, der uns alle rettet. Ich selbst muss mich verwandeln, aber dafür muss ich mit Patti sprechen.

* * * * *

Nachdem ich Mutters Brief gelesen hatte, starrte ich lange die Wände der Errungenschaft an, die abgewetzten Zeitungspapiertapeten, den schwarz gewordenen Herd, den blauen Kaffeestrumpf am Haken des Rauchfangs. Die Deckenbalken und den Strick, der an einem davon herabhing, Heinaris letzte Schaukel. In der Ecke auf den Jahrgängen des *Arbeiter* ragte in einer Dickmilchschale der vertrocknete Strempel einer Dünenrose auf. Der Zeitungsstapel wirkte im Gegenlicht wie ein Baumstumpf, aus dem etwas Neues zu sprießen versuchte. Ich beugte mich vor, um auf die trockene Erde mit der Schöpfkelle Wasser zu gießen, und einen Augenblick lang glaubte ich zwischen den grauen Stacheln etwas Grün zu sehen. Doch nein, die Augen spielten mir einen Streich. Mir fiel ein, wie ich, als ich zum ersten Mal in die Errungenschaft zurückkehrte, einen Wolf sah und seinen rauen, schmalen Schädel streichelte. Hatte ich nicht damals mit den Fingerspitzen die Narbe auf seiner Stirn gesehen, die dieselbe Form hatte wie die von Mutter? Ich glaube, genau in jenem Moment wurde mir klar, was vor fünfundvierzig Jahren wirklich geschehen war.

AUGUST 2018

Jim Graupelz,

als du meinen seltsamen, stillen Hörer anriefst und mich batest, zum alten Friedhof zu kommen, war ich unsicher, ob ich beschuldigt oder gebeten, erwünscht oder ersehnt war oder nicht. Und natürlich erwachte in mir die wilde, unruhige Hoffnung, du habest Reue verspürt und verstanden, dass wir füreinander bestimmt sind, sodass ich auf ein Verlangen hinter deinem sanften, freundschaftlichen Ton horchte, aber das konnte ich nicht ausmachen.

Auf dem alten Friedhof waberte eine eigentümliche Stimmung, als ich das quietschende Tor öffnete und eintrat. Kletten, Rachenblütler und gelber Senf wucherten abgeblüht am Hang, Dunst schwebte über der Talsenke und in den Zweigen der Bruchweiden, die Augen der Christophskräuter starrten aus der trüben Quelle. Es war heiß, die Luft stand. Jenseits der Steinmauer, bei der katholischen Kirche, schien die Sonne, die Springbrunnen sprühten, und ein Rasenmäher knatterte, Regenbogen sprangen mit dem Wasser aus den Rasensprengern hierhin und dorthin, am Fahnenmast wehte die amerikanische Flagge, indem sie träge mit dem Schwanz wedelte. Der alte

Friedhof war eine eigene Welt, vergessen und still, und irgendwie wunderte es mich, wie viele Gräber dort auf Finnisch schwiegen. Es gab die Namen Salmi, Heikkinen und Oja, lauter Menschen, die in der Neuen Welt kein Glück gehabt hatten, und das machte mich traurig, und ich spürte, dass auch sie von meinem Stamm waren. Denn haben sich nicht die meisten von ihnen nach ihrem Heimatland gesehnt und Fremdenfeindlichkeit erlebt, wurden sie doch von den Männern vom schwedischen Ku-Klux-Klan gepeinigt und mussten sich ducken in ihren eigenen Vereinen, ihren Mittsommerfesten und in ihrer Stummheit. Da bemerkte ich dich, du warst über einen der umgestürzten Grabsteine gebeugt und kratzest die Flechten davon ab. Plötzlich richtetest du dich kerzengerade auf, und ich sah, wie du bei meinem Anblick elektrisiert warst, oder meine Augen spielten mir einen grausamen Streich, und du winktest ungeschickt mit einem Strauß und dem Brief in deiner Hand.

Du reichtest mir den Brief, und ich freute mich schon, er sei für mich, aber du sagtest, das seien Heinari Haverinens letzte Worte, und bisher habe niemand sie gelesen. Dein Vater Tim sei auf Helmi so wütend gewesen, dass er ihr den Brief überhaupt nicht zeigen wollte.

Da ist Heinaris Grabstein, zeigtest du mir.

Ein wenig abseits von den anderen – ganz so, wie es sich für Selbstmörder und Gottlose, Finnen und Indianer geziemt – lag das Grab deiner Mutter mit dem Geisthaus. Wir rissen Wicken und Gras neben dem ungepflegten Steinbrocken aus. Da war er nun, und ich wusste nicht, was ich davon halten sollte. Ein schmuckloser grauer Stein, in den nur der Name Heinari Haverinen, 1902–1963 eingekratzt war. Kein Datum, vielleicht war es so etwas billiger geworden? Statt eines Gedenkspruchs waren die Worte oder die Frage eingraviert: »Got Sisu?«

Ich setzte mich auf die von der Zeit gefällte Steinplatte, und an meinem Rock krallten sich kugelige Kletten fest. Unter den Blättern des Riesenysop rieben die Grillen ihre Schenkel, während ich Heinaris Abschiedsworte las:

Meine Frau Helmi und mein Sohn Ettu, sowie meine stolze Schwiegertochter Rose,

ich mache nicht viele Worte. Nur so viel, dass ich meine bevorstehende Tat ein wenig rechtfertige. Morgen kommt ein Auto vom FBI, und da darf man nicht einsteigen, viele alte Agitatoren kommen nicht weiter als bis zur Grenze des Bundesstaats. Björne ist überzeugt, dass man mich umbringen will – ich hatte ihn um eine Krawatte gebeten, aber er brachte mir einen Strick und sagte, es sei besser, wenn ich auf diese Weise heldenhaft abginge. Euch werden sie dann nicht anrühren.
Ich habe die Schnur an den Deckenbalken gebunden, der ist sehr gerade geblieben, und den Strick kann man später beim Abschleppen mit dem Traktor verwenden. Das Fundament des Hauses ist in Ordnung, und ihr habt es sowieso besser ohne mich, den handlosen alten Knaster.

Helmi
Mein Weib, meine Gefährtin und das Licht meiner Tage, bitte ich, verzeih mir allen Schmerz, alle Schande. Du weißt, was ich meine, und glaube mir, diesen Fehler habe

ich Tag und Nacht bereut. Ich bin ein sündiger Mann und hätte einen solchen Singschwan der Friedensbewegung nicht verdient. Umso wichtiger ist es, dass du gehst und von Schweden-Björne das Guthaben aus dem Patent einforderst. Sag, eine Kopie hat sich in Pittsburgh gefunden. Sag auch, dass du über den Tunnel Bescheid weißt, das wird ihm Angst machen.

Ettu
Apolotsi. Ich habe mir Mühe gegeben, aber meine Kräfte haben nicht ausgereicht. Ich habe nicht rechtzeitig erkannt, dass man sein Kind die Pfade in die Zukunft nicht selbst finden lassen soll, sondern dass man sie ihm ebnen muss.

Rose
Scher dich nicht so sehr um Helmi, und kümmere dich um mein Fohlen, so wie wir es bei der Hochzeit besprochen haben.

Lasst es euch gut gehen, blüht und gedeiht. Sagt bei der Beerdigung, dass er doch Sisu hatte.

Mit freundlichen Grüßen und guten Wünschen,
Heinari Haverinen

Entschuldige, sagtest du, und als ich mich wunderte, was, erklärtest du, dein Vater Tim habe den Strick gedreht, mit dem der alte Heinari sich aufgehängt hatte: Dein Großvater war ein guter Mann. Aber einer, der den Stürmen der Welt nicht gewachsen war. Der immer und ewig das Leben und die Einstellung der Menschheit gegen sich hatte.

Als Heinari starb, ging Helmi nicht zur Beerdigung und sagte nur: Ich bin ein so kompromissloser Mensch, dass ich Feiglingen nicht nachtrauere.

Wo ist Helmi eingraviert? Ich wischte das Gras von dem grauen Stein. Aber ohne Ergebnis, auf dem Stein stand nur Heinaris Name.

Deine Oma liegt nicht hier, sagtest du und deutetest nach oben: Finnland-Helmi wollte nicht neben ihrem Mann begraben werden. Mit eiserner Durchsetzungskraft beschaffte sie sich vom Patentgeld, das sie für die Erfindung des Motorschlittens bekommen hatte, dort weiter oben eine bessere Grabstelle. Willst du sie sehen?

Ich schüttelte den Kopf. Ich hätte dort bestimmt trauern müssen.

Aber ich konnte Helmi nicht beweinen, nicht jetzt und überhaupt niemals.

Das würde nichts wiedergutmachen. Keine von Gebeten schwieligen Knie, nicht das endlose Schlürfen von Dickmilch, das Helmi als das Erbrochene eines Engels bezeichnete. Und nicht Mutters Unruhe im Frühjahr, die dazu führte, dass sie draußen herumrannte und Vater sie lockte, komm wieder herein, Rose, du wirst noch erfrieren, hören wir uns Nina Simone an, Aretha Franklin und Billie Holiday. Meine finnische Großmutter Helmi Everinna Haverinen war eine Person mit grausam wogendem Busen, deren flatterhaft schmetterlingsartiger Gedankenverlauf ebenso wie ihre merkwürdig durchscheinenden, vibrierenden Nüstern in mir den Wunsch erweckten, das Rot von meinem Gesicht zu schrubben und mein Blut in der Kühle von Chloridwasser zu bleichen. Ihr Groll gegenüber den Feinden Amerikas grenzte an religiöse Ekstase, und damit mischten sich der Fanatismus der Abstinenzbewegung und die Verbitterung über den Betrug, der ihr ihrem Empfinden nach im Gelobten Land angetan worden war. In Helmis Welt musste man den Menschen Schlag um Schlag, Wunde um Wunde beim Sägen harziger Baumstämme stählen und ihn peinigen in der Schwärze der Bergwerke, sodass er zu einem arbeitsamen Diamanten gepresst wurde. Manchmal hörten wir samstags nach dem Essen bei Hausbier und Kammwecken von der knasternden Schallplatte *Die Holzfäller des Westens* von Hiski Salomaa oder Stücke von Toivo Kuula. Das Lied *Einst starrte lang ich ins Feuer* musste jedoch übersprungen werden, weil es für das Kind zu frivol war. Helmi hasste das Schnapstrinken, die Angeberei und pfeifende Mädchen. Ich erinnere mich noch heute an den frosthohen Tag, als ich mich ertränken wollte, ich war zwölf, und man hatte mich in der Mädchenschule vor die Geschichtsklasse gesetzt mit einem Federschmuck auf dem Kopf, und da musste ich singen. Ich rannte so weit auf das Eis hinaus, wie ich nur konnte, und trotzdem versank ich nur bis an die Schenkel, und Helmi ließ mich die Peitsche kosten, weil ich den einen Filzstiefel verloren hatte. Helmi hat mich nie gefragt, wie ich denn so nass geworden war und mich erkältet hatte, und Trost gab es sowieso nicht. Es hat keinen Sinn, wegen Toten zu heulen, war Helmis Feststellung, wenn ich in der gestärkten Bettwäsche des Gästezimmers über Mutters Verschwinden schluchzte, absichtlich laut, damit Oma käme und mich tröstete.

Wie ist Oma Helmi gestorben?, zwang ich mich, dich zu fragen. Das war das Einzige, was ich wissen wollte. Den Rest konnte man ebenso gut vergessen.

Tja, die Helmi war ein grausamer Mensch, aber sie hatte auch kein leichtes Schicksal, sagtest du leise und erinnertest mich daran, dass viele Aussiedlerinnen Brothuren wurden, um zu überleben, wenn sie keinen Mann hatten, der sie beschützte. Ob ich gewusst hatte, dass Oma Helmis Onkel gestorben war, bei dem sie in Thunder Bay hatte wohnen sollen? Und ob ich auch gewusst hatte, dass die Nachkriegszeit hart war und furchtbarer Mangel herrschte? Du erzähltest, dass ihr vor ein paar Jahren alarmiert worden wart, weil die alte Frau splitternackt in Richtung kanadische Grenze gefahren war. Bei ihrer Festnahme war Helmi heiter und machte anzügliche Gesten. In der Gesundheitsstation von Ely wurden Laborproben untersucht, und es stellte sich heraus, dass die alte Frau Neurosyphilis hatte.

Du erklärtest mir, dass bei Helmi die Cupido-Krankheit erneut ausgebrochen war, sechzig Jahre nachdem Helmi sie von Heinari als Morgengabe bekommen hatte oder vielleicht von jemand anders. Beim Ausbruch der Neurosyphilis gebe es oft latente Phasen, und da die Krankheit in den 1930er-Jahren mit Salvarsan und nicht mit Penicillin behandelt worden war, hätten die Spirochäten im Rückenmark weiter geschwelt. Von dort aus reizten sie die alte Großhirnrinde und brachten die fleischlichen Gelüste der betagten Frau zum Vibrieren. Helmi verweigerte sich der Behandlung und starb bald, nachdem sie versucht hatte, Schweden-Björne, der im Bett neben ihr lag und an Leukämie litt, mit einem Kissen zu ersticken.

Aber bis zum letzten Moment habe die Großmutter Sorge getragen, dass sie im Grab nicht neben Heinari liegen musste.

Das erweckte in mir sowohl Mitleid als auch Wut. Mitleid, wenn ich mir überlegte, was die stolze Helmi vielleicht hatte tun müssen, um am Leben zu bleiben. Zugleich brannte die Wut in meinem Haaransatz. Was hatte doch Großmutter Helmi nicht alles für Beschuldigungen gegen Mutter erhoben!

Komm, sagtest du, ich hab hier noch ein drittes Grab gefunden.

Ich kletterte hinter dir her den grasbewachsenen Hang hinauf und stützte mich dabei auf die grauen Grabsteine, und ich konnte mich auch jetzt nicht genug darüber wundern, wie behände du dich mit deinem lahmen Bein fortbewegtest. Wir fanden eine kleine Granitplatte auf dem Hügel inmitten von Indianergras und Kletten, wo ein leichter Windhauch die trockenen Grashalme rascheln ließ.

Vera Loonsfoot, 1953–1973 (?) stand darauf.

Hier also ruhte die kleine Vera, die ein Hollywoodsternchen hatte werden wollen und in einem weißen Kleid, das sich bauschte, getanzt hatte wie eine große, schmutzige Perle.

Warum ist dort ein Fragezeichen?, fragte ich, obwohl ich das gar nicht wissen wollte. Obwohl ich es erriet.

Du sahst mich nicht an, als du antwortetest, dass Frau Loonsfoot zwar wegen Veras Verschwinden Anzeige erstattet hatte, dass aber niemand sich für die Indianerfrauen interessierte, die mal mit diesem, mal mit jenem Lkw-Fahrer mit- oder in die Häfen fuhren oder einfach verschwanden, und Vera wollte ja nach Hollywood. Bis dahin kam sie jedoch nicht. Vera wurde etwas außerhalb des Reservats gefunden, im Eingang zum alten Bergwerk, übel verbrannt und mit aufgeschlitztem Leib.

Vor meinem inneren Auge sah ich das alte Milchkannengestell und dahinter den Graben, einen unbeschuhten zierlichen Fuß und dann die ganze Schrecklichkeit, das mit schwarzem Blut befleckte Kleid und das schmutzige Gedärm, um das sich die Raben versammelt hatten und daran pickten.

Stimmt mit mir irgendwas nicht, flüsterte ich: Weil ich all das sehen kann? Und darüber weine ich, nicht wegen Helmi.

An dir ist nichts auszusetzen, Lempi.

Doch, das kann durchaus sein, murmelte ich. Da beugtest du dich, irgendwie barsch, über mich und umarmtest mich, du presstest deinen Körper so an mich, dass ich in Tränen ausbrach. Deine Geste war atemberaubend, so ohne Vorwarnung, aber sie löste in mir ein Sausen aus, als schüttelte ein grüner Sturmwind uns zusammen, der vom Meer der Anishinaabe her kam. An dir ist nichts falsch, wiederholtest du. Wer hat so etwas behauptet? Wie haben die nur aus einem Sonnenkind ein so schreckhaftes Wesen gemacht, das sich am liebsten versteckt?

Ein Fehler an dir ist höchstens, dass du eine Seherin bist, das ist es, flüstertest du.

Und genau in diesem Augenblick spürte ich, wie mich eine wilde Freiheit überfiel, und mit weit geöffneten Stalltüren würde ich sie hereinstürmen lassen, gerade als ich mit den Lippen nach dem Mann tasten wollte, der mich aus Herzensgrund akzeptiert und verstanden hatte, und den ich begehrte und er mich, da sah ich, wie deine Frau Winonah durch den Dunst auf uns zuschritt, deinen Sohn Ben an der kleinen Hand führte, ihm mit mütterlichem Griff über den Espenstamm half, vorbei an den Grabsteinen. Sie kam direkt zu dir, und ohne mich anzusehen, hob sie die violetten Augen zu dir auf. Und du löstest dich von mir, als wärst du mir nie nahe gewesen, und küsstest Winonah auf die Stirn, eine Geste, die besagte: Ich bin bereit zu verzeihen. Winonah blies dir auf den Mund, und damit verflog mein Duft von dir. Die frische Glücksbrise, in der ich gerade gebebt hatte, flaute ab und erstarb.

Eine Stimme in meinem Kopf höhnte, wie konntest du nur glauben, dass dies deine Geschichte sein könnte, du Graues Grindkraut, du Kartoffelfrucht, du kleine Liebesknolle, die wohl niemals keimen wird. Ein schwarzer, rotierender Abgrund tat sich unter mir auf, seine Zähne schnappten nach den Lederstützen meiner Beinwickel, und mir wurde klar, dass ich die ganz Zeit geglaubt hatte, das Eis schmelze irgendwo auf dem offenen Meer, und ich beobachte das vom Ufer aus. Jetzt erkannte ich, dass ich auf einer kippligen Eisscholle stand und dass unter der dünnen Eisschicht die dunkle Tiefe wartete. Ich ballte die Hände zur Faust, als würde ich darin einen Zahn zerquetschen, und eine Stimme in meinem Kopf flüsterte: Diese Geschichte ist nicht für dich, Kleine Tatze.

Du betrachtetest die granitene Steinplatte, die Schwalben, die weiter entfernt über dem Rasen des neuen Friedhofs ihre Spielchen trieben, diese düstere, alte Seite, wo die Grabsteine der Mutter Erde in den Schoß gestürzt waren von all der Last, die man ihnen aufgebürdet hatte, und mit deiner schönen Stimme sprachst du den Abschied aus: Es war nett, dich kennenzulernen, Kleine Tatze.

Ich nickte.

Dann sagtest du noch, es werde ein Gewitter geben, du wirst doch vorsichtig sein.

Ich nickte wieder.

8

PFAD DES WOLFES – *MA'IINGAN-MIIKANENS*

oder wie Rose beschloss, ihre Haut zu wechseln, und Lempi das Ende des Tunnels fand

FEBRUAR 1973

MEINE LEMPI, liebstes Lämmchen, wenn eine Frau nicht anders kann, verwandelt sie sich in einen Wolf. Wenn eine Ehefrau nicht anders kann, verwandelt sie sich in einen Wolf. Wenn eine Mutter nicht anders kann, verwandelt sie sich in einen Wolf.

Letzte Nacht habe ich geträumt, dass Ni-bo-wi-se-gwen, die In der Nacht Fliegende Frau, den Weendigo tötete. In jenem stockfinsteren Augenblick vor zweihundert Jahren kam das Ungeheuer von Osten und kletterte mit seinen Fangkrallen den steilen, mit urzeitlichen Piktogrammen verzierten Felsen am Oberen See hinauf, und um ihn herum wurde die Luft dicht und kalt. Niemand glaubte, dass der Weendigo gekommen war, außer die In der Nacht Fliegende Frau, die sich zum Staunstein begab, weil sie wusste, dass er gekommen war, um die unter freiem Himmel schlafenden Mädchen zu holen. Furchtbar raschelte das Schilf, als das Wesen mit dem schweren Körper vom heiligen Mishibesu-See herübertobte und das Birkenrindenboot unter sich zerschmetterte und unterwegs im Grundschlamm kratzte. Es war lang, aber nicht stattlich, die Knochen ragten aus seiner Haut hervor, sein Gesicht war aschfarben und tot, die Augen lagen tief in den

Höhlen, und seine Lippen waren blutig von dem, was es mit den Raffzähnen zerfleischt hatte. Hilflos sah die In der Nacht Fliegende Frau zu, wie der Weendigo seine Opfer mit Zähnen und Klauen Glied für Glied in Stücke riss, deren Muskeln verspeiste und deren Blut aufschlappte, während die unglücklichen Opfer vor Schmerzen schrien. Aber *Kitche-Manitou* sah die Not der Mädchen, ließ Gnade walten und verwandelte die In der Nacht Fliegende Frau in ein Tier; die einen behaupten, es sei ein Bär gewesen, die anderen, eine Schnee-eule aus den Bergen, und so konnte das Tier dem Weendigo entgegentreten.

Meine liebe Tochter, auch ich muss mich verwandeln, denn ich habe Vater Jarmon gesehen und in ihm den Weendigo erkannt. Ich weiß, dass sein Verlangen nach Mädchenfleisch von Mal zu Mal heftiger wird und er seine Begierde niemals wird befriedigen können. Ich weiß, dass er ein Ungeheuer ist, das frisst und frisst, das rohes Schenkelfleisch verschlingt. Das weiß ich aus Hunderten von Lagerfeuergeschichten und durch Pattis Warnungen. Er lebt von Ausschweifung und Laster und Blindheit, und nur ich allein kann ihn abwehren. Ich bin am Morgen auf Skiern zum Staunstein gelaufen und habe von dessen Flanken mit den uralten Darstellungen den Schnee abgewischt. Unter den Eiskristallen war die Gestalt eines Wolftotems gerade noch zu erkennen. Neue Hoffnung erfüllte mich. Ich spürte, wie mein starker Blasebalg mir Luft und Feuer in die Muskeln trieb.

Noch gibt es eine Chance.

Ich wusste, wohin ich gehen musste.

Zu Patti.

Der Hof meiner Mutter, der überquoll von Schrottautos und Waschmaschinen, kochte von stiebendem Schnee, als ich auf meinen Fellskiern dort angestapft kam. Ich stieg die eisernen Stufen zur Tür hinauf, die zu der Behausung führten, die meine Brüder aus einem zitronengelben Wohnwagen und Gyproc-Platten gezimmert hatten. Kerosinkamin und alles, wie Messer-Matt Mutter zärtlich gelockt hatte.

Sieh da, die Wolfsrose, sagte Mutter, ohne sich umzudrehen, als ich eintrat: Haben wir etwas zu bereden?

Ich legte mein Mitbringsel auf den Tisch, fünf Pfund »schwarze Arznei«.

Patti befühlte das Paket und roch daran. Und schnaubte:

Angebrannt.

Ich versicherte, diese Sorte werde bei den feinsten Anlässen von Boston getrunken. Ich hatte vorgehabt, mich gewählt auszudrücken, aber dann flehte ich schon: Hilf mir, Mutter, sei so lieb! Und ich tat vielleicht den schwersten Schritt meines Lebens und berichtete vom Weendigo, von den Slips, die ich falsch herum angehabt hatte, von Vater Jarmons Teebewirtungen, vom Internat und von den Mädchen, die hinter den Beerensträuchern vergraben worden waren.

Schließlich erzählte ich auch davon, dass dieser Teufel jetzt hier im Reservat aufgetaucht war. Hilf mir, flehte ich, ich bitte dich!

Patti schnupperte durch den Jutesack hindurch an den Kaffeebohnen, befühlte sie zwischen den Fingern und überlegte.

Derselbe Teufel wird jetzt auch Lempi finden, heulte ich.

Patti ließ sich erweichen. *Mino.* Gut. Ich werde in der Schwitzhütte mit den Geistern reden.

Die Erleichterung ließ mich auf dem Sperrholzboden zusammensacken. Ich flüsterte: Danke.

Der Schneesturm hatte sich gerade gelegt, alles wirkte unberührt. Nur die Abdrücke der Fellskier hoben sich schwach von dem sorgfältig zusammengefalteten Schneelaken ab. Die Schwitzhütte war nicht zu sehen.

Aber wo ist sie?

Dort, deutete Patti mit dem bekauten Zeigefinger auf einen hinter dem Misthaufen aufragenden Bauchhügel.

Meine Mutter Patti mahlte Bohnen mit der Kaffeemühle, kochte sich schwarze Medizin und stand nun nachdenklich, sie schlürfend, am Fenster. Ich grub ein aus dem Schnee herausragendes, aus Stangen gebundenes rundes Gerüst aus. Obwohl mir die Schwitzhütte hätte bekannt sein müssen, erkannte ich sie nicht wieder; vertrauter waren mir die Iglus der Eskimos, die im Internat an den Dokumentarfilmabenden an die Wand geworfen worden waren, so weit waren Mutter und ich voneinander entfernt, und so gründlich war mir seinerzeit die Indianerin ausgetrieben worden.

Das sind die Knochen, jetzt die Haut, sinnierte Patti und wies auf das aus Wellblech zusammengeschusterte Schutzdach.

Wir bedeckten das Gerüst aus Weidenstangen mit grauen Decken, die mit Pfeilen bestickt waren, und zuletzt mit einer Heuplane.

Dort machst du das Feuer. Patti zeigte auf den zwei Fuß tiefen Schnee. Da müssen wir einen runden Ring und einen Pfad anlegen, damit der Geist dort entlangkommen und sich reinigen kann.

Ich fing an, den frisch gefallenen, weichen Schnee zu schaufeln. Das ging leicht, bis der längliche Stahl mit der Spitze auf den Eisrand traf. Nirgends fanden sich Streichhölzer oder ein Feuerzeug. Zum Glück hatte ich im Internat gelernt, in einem kalt-zugigen Kamin und in einer Blechtonne im Hofeingang Feuer zu machen. Eine flackernde Flamme loderte auf.

Jetzt heize den Vorvätern ordentlich ein!

Gehorsam schöpfte ich die ovalen Steine ins Feuer. Barfuß unterhielt ich das Feuer den ganzen erlöschenden Wintertag lang, und als der Horizont in Orange und Lila, den Farben eines ertrunkenen Kindes, kochte, begannen auch die Vorväter zu glühen.

Was jetzt?

Trag die Vorväter in die Hütte, sagte Patti nachdenklich und saugte an ihrer leeren Pfeife.

Ich zerbrach Fichtenzweige aus dem Schuppen, die dort als Hilfsmittel getrocknet worden waren, und bugsierte damit einen Stein nach dem anderen in die runde Grube. Als ich spürte, wie die Hitze von dort abstrahlte, zogen wir uns bis auf das Unterhemd aus und krochen durch die Ledertüren hinein.

Die Seele muss die Gelegenheit bekommen, wiedergeboren zu werden.

Ich saß meiner Mutter gegenüber, und erst jetzt wurde mir bewusst, dass ich sie noch niemals nackt gesehen hatte, diese Seherin mit dem narbigen Bauch, die siebenmal geboren und auch mich aus ihrem Leib in die Welt entlassen hatte.

Das Feuer verbrannte mir die Lunge, ich hatte Lust zu sterben. Gleichzeitig spürte ich eine Regung im Unterleib. Ich kroch durch die lederne Tür hinaus und sank bewusstlos auf den hart gewordenen Schnee. Die kalte Luft fiel mir aufs Gesicht. Viermal verlor ich das Bewusstsein, und viermal kam ich wieder zu mir und kroch hinaus, um das mit Eiskristallen durchsetzte, himmlische Wasser zu trinken.

Viermal ist eine gute Anzahl.

Mutter sprach langsam, summend, nicht so sehr zu mir als vielmehr zu den Heilkräutern, die sie im Sommer gesammelt hatte. Ich ließ ihr Zeit, denn ich wusste, dass die Bearbeitung der Kräuter nicht nur darin bestand, sie mit den Wurzeln auszureißen, sondern dazu gehörten auch Gebete, Gesang, ein Tabakopfer und das Aussprechen von Bitten: Verzeih, dass ich dich nehme, die Zeit ist gekommen, da du deine Aufgabe erfüllen sollst.

Lange sprachen wir im Rauch miteinander. Ich berichtete vom Weendigo und den verschwundenen Mädchen aus dem Internat, auch von Vera und dass jetzt der Weendigo auch dich gefunden hatte, mein liebes Lämmchen. Endlich sprach Patti: So etwas kann ich nicht gutheißen, nicht hier, nicht auf unserem Land. Ich muss dir helfen. Patti berührte die Kräuter, die sie dem Biberfellbeutel entnommen hatte, jedes einzeln, sprach leise zu ihnen, horchte auf das dunkle Dröhnen der Trommel: Aber erst, wenn ich dir den Zeitpunkt sage. Vorher darfst du nichts tun.

Dann wollte meine Mutter, die Seherin und Heilerin, die ich bisher nicht geschätzt hatte, ganz sichergehen, dass ich wusste, was ich tue. Denn es komme vor, dass ein Wandling sich als Grashalm oder Sonnenstrahl wiederfinde und dann nur noch über deren geringfügige Macht und unerhebliches Einsichtsvermögen verfügte. Ob mir klar sei, dass der Pfad, den ich nun beschreiten würde, unabänderlich war. Aus mir könne dann keine Heilerin mehr werden, und ich würde nicht mehr zu der *Midewin*-Gemeinschaft gehören können. Ich würde jetzt vom Licht in den Schatten treten, und mein Zuhause würden die dichten Fichtenwälder und die moosigen Sümpfe sein. Mein Kind würde niemals von meiner Existenz erfahren noch mich erkennen. Ich versicherte, dass ich mir über all dies im Klaren sei. Wenn ich nur in derselben Welt mit euch herumtraben dürfe, und sei es in einem Wolfspelz.

Na gut, sagte Patti: So sei es.

Mutter erklärte mir, was geschehen würde. Mein Pfad würde der Pfad eines Raubtiers werden, ein einsamer. Mir würden der Instinkt eines Wolfs und das Gedächtnis eines Wolfs erwachsen, ich würde mich nachts nicht zurückverwandeln können, um bei meinem Mann zu sein und ihn zu umarmen und zu küssen und von ihm besprungen zu werden. Mir werde eine Natur erwachsen, die mich weit fort in die Wildnis treiben und mich veranlassen werde, Rentiere zu reißen und das warme Blut von Lämmern zu trinken, aus deren Augen das Leben flieht. Aber sterben würde ich nicht. Ich würde möglicherweise eine Pein erleben von der Dauer eines Menschenlebens und Sehnsucht, ohne zu wissen, was das anderes ist als die Berufung des Raubtiers, der Instinkt, der mich treibt, so wie die anderen Wölfe vom Ort der Gelben Schotenspitze bis hin zu den *Kitche-Mackininakong*-Fällen zu laufen und meine Trauer und Einsamkeit hinauszuheulen, ohne zu wissen, warum.

Ich nickte. Diese Bedingungen würde ich akzeptieren.

Der Sand im Stundenglas würde innehalten, aber in mich würde Kraft fließen.

K'zaug-in – ich liebe euch, flüsterte ich in Gedanken.

Mir war bewusst, dass ich auf dich und auf Ettu verzichtete.

So kehrte ich nach Hause zurück. Eine Nacht lang zauderte ich und horchte auf das Klagen des Nordlichts in den Winkeln des Hauses. Dann fasste ich den Entschluss, oder vielleicht war er schon die ganze Zeit in mir gewesen. Mir war schon ein Kind vor Kummer gestorben, meine Freundin Vera war verschwunden, und ich hatte Sarah und Mülleimer-Marie auf dem Blasenberg dem Weendigo als Opfer überlassen und mich nicht umgedreht, sodass die beiden ihre letzte Ruhestätte unter den Beerensträuchern fanden. Aber du, Lempi, du wirst nicht verschwinden. Nein, du wirst nicht verschwinden, du wirst nicht sterben. Für dich mache ich eine bessere Welt, eine so gute, dass du dich rekeln wirst wie ein Fischotterjunges auf dem Bauch seiner Mutter, immer in Richtung Unterlauf. Aber jetzt mache ich Schluss. Ich will sehen, dass du dir gründlich die Zähne putzt, will dich in ein ordentliches Deckenpaket stecken und dir ein Schlaflied singen, obwohl du dafür allmählich zu alt bist.

Hu-aijajaija-puh.

AUGUST 2018

Jim Graupelz,

ich weiß, dass du jetzt nicht mit mir sprechen willst. Ich weiß, dass es ein Fehler war, allein zum Blauen Haus und ohne dich hineinzugehen. Aber nach dem Friedhof war ich erschöpft und beschämt, die Luft über mir brütete, und die ganze Landschaft wartete. Die knotige Faust eines Gewitters kreiste über dem Oberen See, und der Regen fegte den Horizont wie ein silberner Flügel, aber auf dem Hof des Blauen Hauses stand die Luft. Zu meiner Verteidigung kann ich anführen, dass ich mir auf kindische Weise einbildete, das Böse lauere draußen, nicht irgendwo tief drinnen, unter der Erde. Als ich hineinging, hatte ich Schnursandalen an den Füßen und in der Hand eine Taschenlampe mit leckender Batterie, die ich auf dem Fensterbrett gefunden hatte.

Drinnen roch es ebenso verlassen wie früher. Aber jetzt gab es etwas, das ich suchte. Überleg, Lempi, überleg!, sagte eine Stimme in meinem Kopf: Wenn man im Winter nicht über die Schneewehen hierherkommt, wie dann? Ich wanderte durch die leeren Räume und suchte eine Hintertür oder einen anderen Weg, über den Clara hatte entkommen können.

In der Küche wäre ich beinahe über eine Luke im Fußboden gestolpert, besser gesagt, über deren eisernen Griff. Natürlich! Es war nicht schwer, den lederbezogenen, unter trockenen Blättern vermorschten Deckel anzuheben, und dessen geölte Scharniere knarrten nicht einmal. Erst vor Kurzem musste dort jemand hindurchgestiegen sein. Einen Moment lang hatte ich Bedenken, die Treppe hinunter in die Finsternis zu klettern, aber irgendwoher kamen mir doch der Mut und die Gewissheit, dass ich es musste, und ich schaltete die Taschenlampe ein. Der Erdkeller roch nach verfaulten Kartoffeln und verschimmelten Birnen, und das Licht sprang kurz über leere Regale und leere Glasflaschen, die von Spinngeweben überzogen waren. Ich dachte, hier ist nichts, und wollte schon umkehren, aber dann bemerkte ich, dass dort, wo die Rückwand sein musste, ein Loch war.

Ich trat in etwas Weiches, Schlüpfriges, vielleicht in das Fell eines vermodernden Nagers, das ich unter der dünnen, aus Schnüren geflochtenen Sohle unangenehm deutlich spürte. Vielleicht würde ich auch noch auf Spritzennadeln, Eisennägel, verrostete Kronkorken oder Stücke von Stacheldraht treffen. Jetzt war jedoch vollkommen klar, wie man im Winter in das Blaue Haus kam. Das war jetzt absolut klar. Von hier musste es einen Tunnel geben, der irgendwo nach draußen führte. Wo, darüber mochte ich gar nicht nachdenken. Und zugleich wusste ich es schon. Die schwarze Finsternis außerhalb des Lichtkegels der Taschenlampe weckte in mir das Gefühl, als zögen die Wände sich zusammen. Ich drang weiter vor wie in ein Rattenloch und erinnerte mich, irgendwo gelesen zu haben, dass die Ratte niemals nur in einer einzigen Richtung einen Ausgang aus dem Tunnel anlegt und dass, wenn ein Ende verschlossen sein sollte, sie anderswo hinausgelangt.

Irgendwo hierher hat Mutter den Weendigo gelockt. Irgendwo hier war es zu dem Grauenhaften gekommen, und ich wollte vor Angst schon umkehren, als ich am Boden zuerst kleine Fußspuren und dann größere Stiefelabdrücke entdeckte. Ob die wohl von Vera sind, dachte ich zunächst, bevor mir einfiel, dass Vera es natürlich nicht gewesen sein konnte, denn die lag schon seit Jahrzehnten auf dem Friedhof. Nachdem sie zunächst hier entlanggegangen war.

Ich setzte meinen Weg fort, indem ich Steinhaufen, Kanistern und einer Baustellenleuchte aus den 1970er-Jahren auswich. In einer Wand fand sich die halb eingestürzte Öffnung eines alten Ganges, in dessen Mitte Schienen verliefen. Mir fiel ein, dass ich als Kind Gerüchte über einen Eisenerztunnel gehört hatte, den die Bergwerksgesellschaft angeblich ohne Genehmigung unter das Reservat getrieben hatte. Mit dem linken Fuß trat ich in etwas Weiches, Klebriges. Der andere Fuß folgte, ehe der Kopf es ihm verbieten konnte. Endlich kam ich an eine Stelle, wo die Schienen nach rechts abbogen, und ich lehnte mich an einen verrosteten Erzhunt. Hier war Mutter dem schwarzen, zischenden Bösen begegnet. Ich atmete die kalt-klebrige Luft ein und beleuchtete die buckligen Steinwände und herabgebrochenen Deckenbalken. In die steinerne Wandverkleidung war die Jahreszahl 1894 eingraviert, das runde Licht der Taschenlampe traf auf einen zerschlissenen Talar, und einen Augenblick lang vermeinte ich, einen krumm gebogenen Schuh und den daraus hervorragenden Knochen eines menschlichen Beins zu sehen. War hier der Weendigo gefallen, oder wer weiß, in was für einer Menschengestalt er unterwegs gewesen war, ich wollte mir das nicht ansehen. Panik ergriff mich, und ich begann zu rennen. Wenn ich hier nun nicht mehr herauskäme? Wer würde darauf kommen, mich hier zu suchen? Ohren-Mike? Roses Brüder? Und wie ist es mit dir, Jim Graupelz? Für einen Augenblick glomm ein Hoffnungsfunke in mir auf, nur um in einem von irgendwoher wehenden Windhauch zu erlöschen. Warum solltest du mich suchen? Warum sollte mich überhaupt jemand suchen? Offiziell gab es diesen Ort gar nicht, denn ich befand mich unterhalb des Reservats, und ohne die Erlaubnis des Stammesrats hätte ich hier gar nicht herumstöbern dürfen, aber welcher Weiße hätte sich überhaupt jemals dafür interessiert, und so war dies der Pfad der Bösen geworden, auf dem die Mädchen ihrem Verschwinden entgegengegangen waren. Vera, Clara, vielleicht auch Mutter.

Ich weiß nicht, wie lange ich durch den Tunnel wanderte, ob eine Viertelstunde, zwei Stunden oder einen ganzen Tag. Ich hatte auch früher schon im Keller des Retrievals beobachtet, dass man schnell das Zeitgefühl verliert, wenn man das Tageslicht nicht sieht und den Ausgang nicht kennt, und jetzt spürte ich, wie die Schwäche mir den Magen gegen die Wirbelsäule presste. Noch mehr fürchtete ich, dass ich, die Tochter einer *Midewin*-Heilerin und Wandlingsfrau, selbst Wasserträgerin und Wolfsnestling, das Tageslicht nicht wiedersehen würde, und sah ein, dass ich einen Fehler gemacht hatte.

Ich überlegte, wo du wohl warst, Jim Graupelz, ob du leichten Fußes mit deinem Jungen unterwegs warst und ob ich noch in dir war, wenigstens als ein Hauch, eine Ahnung dessen, was hätte sein können?

Ich weiß nicht, wie lange ich gewandert war, bis die Schienen der Transportbahn des Bergwerks schräg nach oben führten und sich links eine Tür zeigte. In mir stieg eine Art schreckliche Befriedigung auf, als mir klar wurde, dass ich wusste, wohin sie mich führen würde. Ich drückte die Stirn gegen die abschilfernde Farbschicht und ahnte in der Nase den Seufzer von Oblaten und Abendmahlswein. Ich versuchte die Tür zu öffnen, aber sie war verschlossen. Meine Finger trafen auf das vertraute Metall des Türknaufs aus meiner Konfirmandenzeit, denn vor dem auf der anderen Seite dieser Tür hervorstehenden Gegenstück musste ich mehr als einmal meine Sünden abbüßen. Dort, kaum einen Meter entfernt, musste der Klubraum liegen, der sich unter dem katholischen Pfarrhaus befand.

Ich ging weiter.

Nach einer endlos langen, stockfinsteren Wegstrecke erschien hinter einer Ecke plötzlich Licht. Einen Augenblick lang fürchtete ich wirklich, ich sei im Keller der Errungenschaft angekommen. Aber das waren nicht die Treppenstufen der Errungenschaft, sondern eine Öffnung aus roten Ziegeln, gemauerte Treppenstufen und damit der Sommer, der mir als heißer Lufthauch entgegenflutete, duftende Schafgarbe, Glockenblumen und Honigklee, der Wind berührte sanft meine Wange, und der Kleiderstoff löste sich von der Haut meines Rückens. Aber nur für einen Moment, dann senkte sich die Schwere der Luft auf meine Schultern, und ich hörte Donnergrollen. Das matte Brummen der Hummeln an diesem erstickenden Nachmittag. Endlich kam ich darauf, das zu tun, was ich schon vor langer Zeit hätte tun sollen: Ich kramte das Telefon aus der Tasche und gab deine Nummer ein. Keine

Antwort. Im Hörer ertönte ein Störgeräusch, aus der Ferne klang das Rattern eines Hubschraubers herüber, und mir fiel ein, dass du mich vor der Unzuverlässigkeit der Verbindung gewarnt hattest, hinter der ein multinationaler Röhrenkonzern namens Enbridge steckte, der seine pechige Ölschlange in das Reservat und dessen Kern vortreiben will, und seine Hilfsmittel waren Wasserkanonen und große Hunde der Nationalgarde sowie der Wille, den Indianer einzufangen und zu strafen. Was können da Demonstranten ausrichten, die sich ihnen entgegenstellen, die Greise mit ihren Ledertrommeln, schwangere Frauen mit langen Zöpfen, Federn und Gebeten?

Aber in jenem Moment erschien mir das alles weit entfernt, denn ich selbst befand mich am Ende des Weges, neben einem Milchkannengestell und im Kern einer Bosheit anderer Art. Ich stellte mir die schwarzäugigen, unterdrückten Wesen vor, die hier gegangen waren. Dutzende? Oder waren es Hunderte? Was hatten sie bei sich? Zopfbänder, die von ihren Müttern mit Perlen bestickt worden waren, mit weichem Hasenfell gefütterte Ledertaschen, Kaurischneckenhäuser um den Hals. Diese sterblichen Mädchen und Frauen hatte *Kitche-Manitou* nicht beschützt. War hier die Fracht auf Lastwagen verladen und in die Häfen am Oberen See, auf die Frachtschiffe, in die Lkw-Laderäume, die Bergwerkslager, Pappbaracken, die Hinterzimmer der Saloons, in die Drogensucht und ins Vergessen gebracht worden?

Ich wanderte weiter, einen schmalen Pfad im Rasen entlang, der von prachtvollen Birken beschattet wurde, meine Schritte wurden immer langsamer, obwohl ich eigentlich schon wusste, wohin ich kommen würde. Autowracks, Weidenröschen, die aus Traktorreifen herauswucherten, das heftige Tirilieren der

Lerche und gleichzeitig das Grollen des über dem Oberen See aufsteigenden Gewitters. Der Besitzer der Hütte hatte aus Rentiergeweihen eine prachtvolle Krone gearbeitet und über seiner Treppe angebracht. Darunter saß er, den Kopf zur Seite geneigt, als lausche er sehr schöner Musik, der Videoprojektor surrte und projizierte einen alten Film, in dem vom Kopf eines am Heizkörper festgebundenen Mädchens die Kapuze abgenommen wurde, und ich erkannte Vera Loonsfoots narkotisierten, glasigen Blick.

AUGUST 2018

Jim Graupelz,

die verkörperte Bosheit saß im Schaukelstuhl auf der Veranda, in der Hand baumelte ihm eine Bierflasche aus Braunglas, und es war schwer, ihn zu erkennen, so freute er sich, mich zu sehen, sein Grinsen und Blinzeln waren unverkennbar, das war echte Freude. Er knipste den Projektor aus und schob mit dem Stiefel das Elchgewehr beiseite. Das auf die Wand projizierte Bild verschwand, aber ich sah noch, wie Vera mit einer elektrisch-blauen Perücke auf dem Kopf den Po der Kamera zuwandte, wie ein Mann in schwarzem Talar hinter sie trat, ihr mit einem Bußgürtel auf die Pobacken schlug und in sie eindrang. Die Kamera eilte näher heran, ganz nah an die Wurzel des Geschehens. Die Augen blitzten auf.

Hallo Lempi, sagte Ohren-Mike: Ich hab hier auf dich gewartet.

Willst du auf einem besseren Gerät Fernsehen gucken? Allerdings gibt es da gerade eine Störung.

Ein Röhrenfernseher lag auf dem Gras, der an den Knochen eines Pflugs zerschlagen worden war, die Ameisen hatten darin einen Haufen angelegt und sendeten jetzt ihr eigenes

Programm. Überall stank es nach Fäulnis und Verfall, aus der Feuerstelle ragten alte Bierdosen, und es machte mich ganz beklommen, wie Brennnesseln und der dunkelstruppige Wald zu den Ecken des Hauses vordrangen und wie dreist Efeu und wilder Wein mit ihren Fingern den ergrauten Putz der vorderen Wand aufbrachen.

Du sahst ganz aus wie Rose, als du kamst, sagte Ohren-Mike irgendwie traurig: Was führt dich hierher, oder muss ich das überhaupt fragen?

Ich sagte, dass ich auf der Suche nach der Wahrheit sei. Dass ich den TUNNEL gefunden habe und ob Mike so freundlich sein und mir erzählen könne, wo das schwangere Mädchen mit den Zöpfen geblieben sei. Ich formulierte das tatsächlich so, ich bat wie ein kleines Mädchen, ob der Onkel wohl so lieb sein und jetzt, im letzten Moment, alles offenlegen würde. Zugleich wünschte ich mir sehnsüchtig, du wärest jetzt an meiner Seite oder meine Mutter Rose, die sich in einen Wolf verwandelt hatte, jemand, der furchtlos und kühn war. Da zitterte ich nun, unbewaffnet, und bat Mike dennoch zu gestehen. An seinem verschlagenen Blinzeln erkannte ich, dass auch ihm klar war, wie schutzlos ich war. Es schoss mir durch den Sinn, ob wohl auch ich jetzt verschwinden würde.

Auf der Suche nach der Wahrheit bist du also, sagte Mike langsam. Damit ist es nun so, Lempi, dass es keine Wahrheit gibt, sondern nur eine variierende Menge von Präzision der Dinge.

Mike erhob sich schwankend und näherte sich mir, er fragte, ob ich mir überhaupt vorstellen könne, wie das Leben hier war: Die anderen Mädchen, die hätten darum gebettelt. Mit gespreizten Beinen hätten sie gelockt, nun komm doch und nimm mich mit Gewalt. Huren und Nutten allesamt, sie bekamen, worum sie bettelten.

Der einohrige Mike kam hauteng an mich heran, sein Atem stank nach Selbstgebranntem, der alte Speichel in seinem Mundwinkel vermischte sich mit dem Wind, der dem Sturm vorausging: Aber Rose habe ich geliebt.

In Mikes blutunterlaufenen Augen lag der Blick eines gejagten, völlig erschöpften Beutetiers, am Ende eines seiner Eckzähne klebte aus irgendeinem Grund ein Stückchen silbernes Einwickelpapier: Und dein Vater hört nicht auf, er kommt immer wieder und wieder. Es interessiert ihn nicht, dass Roses Verschwinden auch mir wehtut und wo es mich trifft, es gibt nur diesen Waldteufel und seinen Kummer. Keine Wunde kann vernarben, wenn er Tag für Tag wiederkommt und daran erinnert, dass die Zeit nicht vergeht, sondern auf der Stelle tritt und damit auch uns zertrampelt, hier in der früheren Wildnis. Er kommt mit seinen Zweifeln, mit seinem hilflosen Seehundsgesicht, wundert sich und klagt mich an. Wo ist Rose? Wer hat mir meine liebe kleine Frau genommen, er selbst weiß angeblich nichts davon und ist nicht bereit, seinen eigenen Anteil daran auch nur in Erwägung zu ziehen.

Und Ettu versteht ebenso wenig wie irgendjemand anders, was Mike alles für Rose getan hat, hier waren ja Männer vom Bundesstaat, um uns Gehilfen des Indianerbüros vor diesen Gangstern zu warnen. Und es war kein Geheimnis, dass Rose hinter dem Aufwiegler der Indianerbewegung, diesem Luder, her war. Ihr könnt euch bei mir bedanken, dass ich das alles für mich behalten und keine Berichte darüber geschrieben habe. Fünfundvierzig Jahre lang.

Du glaubst, dein Vater habe es schwer gehabt, ja? Aber so ist das nicht, das Vergessen ist ein Segen. Wir anderen schleppen uns so dahin, jeden Tag vom Morgen bis zum leeren Abend. Hier, wo die Depression ein ganzes Jahrhundert lang nicht nachgelassen hat, wo das Gras die Bergwerke überwuchert wegen solcher Nichtsnutze und Müßiggänger wie Ettu Haverinen. So einen Mongolen hat Rose sich genommen. Selbst ein Schlittenhund wäre besser gewesen, und das hab ich deiner Mutter auch gesagt und auch, dass Rose für mich reserviert war.

Mike zitterte und schwankte so, dass er an der alten Schaukel Halt suchen musste. Jetzt war sein Blick trüb, aber wieder freundlich. Irgendwo ertönte eine Windharfe.

Ich wäre gern umgekehrt, und vielleicht hätte ich das auch getan. Wenn ich nicht eine Filmrolle gesehen und geahnt hätte, dass es davon noch mehr gab. Solche, in denen die Männer gewaltsam entkleidete und mit Stricken gefesselte Indianermädchen bespringen, einer nach dem anderen, zügellos, selbstsicher, unersättlich. Denn so einer ist der Weendigo: Er muss seine Begierde befriedigen, die nur noch größer wird, wenn er sie befriedigt hat.

Es war ein Zufall, ein grausamer Schabernack Gottes, dass ich in den Tunnel kam, gerade als deine Mutter dort mit dem Priester war, der die meisten Mädchen hierhergeschleppt hatte. Aber das war nicht mehr die Rose, die ich liebte, sondern eine Fremde, ein weibliches Raubtier. Und sie hatte den großen Hund mit, und als ich auf ihn schoss, stürzte deine Mutter sich auf mich, packte mit den Zähnen mein Ohr und biss zu, verdammt, und da ging es ganz ab. An mehr erinnere ich mich nicht, denn ich wurde ohnmächtig. Glaub mir. Das nächste Mal erwachte ich hier am Ende des Weges, und Schweden-Björne und die anderen Tunnelbrüder verbanden mir den Kopf und fuhren mich irgendwohin auf einen Waldweg. Sie behaupteten, deine Mutter sei inzwischen geflüchtet, und ich wollte ihnen glauben. Sie beschworen mich, niemandem von der Sache zu erzählen. Sie drohten mir sogar, mich umzubringen und in den Sumpf zu stecken. Während der Ereignisse von Wounded Knee, da dachte ich, dass deine Mutter immerhin lebte – und mit dem Kopf der Indianerbewegung mitgegangen war –, und hier kümmerte sich wirklich niemand um eine verschwundene *Squaw*.

Und als bei dem Finnen das Gedächtnis versagte, da dachte ich, das sei ein Zeichen Gottes: Dieses Ärgernis bin ich endgültig los. Ich ging in die Kirche, und meine Sünden wurden mir vergeben. Die Untersuchungen wurden eingestellt, und das ganze Problem löste sich in Luft auf.

Auch im Zustand des Zusammenbruchs schien Ohren-Mike sich über seinen Dusel zu wundern: Den Hund befahl ich umzulegen, aber Rose zu töten, verbot ich. Ich schwöre, dass ich es verbot.

Ohren-Mike begann Rotz und Wasser zu heulen, dann zu schreien, und es wühlte mich auf, das zu sehen, ich weiß gar nicht, was da vor meinen Augen geschah. Das war keine Reue, sondern eine Art Niederringen des Bösen: Sie hat mich nie geliebt. Niemals, obwohl ich ihr ein Wolfsfell brachte und der blöde Finne nur einen Gaul mit Hüftfehler.

Da schlug irgendwo ganz in der Nähe der Blitz ein, und gleichzeitig krachte der Donner, sodass die grasbewachsene Oberfläche der Regenwassertonne vibrierte. Die Funken schlugen mir in die Fingerspitzen, und ich roch den Duft von brennendem Zedernholz. Der Tag verfinsterte sich vollständig, endlich öffnete sich der Himmel, und es setzte der Sturzregen ein, den ich schon erwartet hatte. Die Feuerpfeile hämmerten auf die Hickorybäume am Rand der alten Wiese ein, der knorrige Faulbaum riss krachend entzwei. Dort im Zorn des Himmels und im Heulen der Vorväter hörte ich aus dem Hause auch das Schreien eines Kindes.

Aus dem Augenwinkel heraus bemerkte ich, wie Mike nach dem Elchgewehr tastete. Ich scherte mich nicht darum. Ich rannte ins Haus und riss das von brennenden Zigaretten durchlöcherte Mückennetz beiseite. Clara, das Mädchen mit den Zöpfen, kauerte unter dem Tisch inmitten von Krümeln und Mäuseköteln, in den Augen den Ausdruck eines Tiers, der Unterleib blutverschmiert.

Hab keine Angst, stammelte ich, obwohl ich nur weinen wollte, so erschütternd jung war dieses Wesen, das seine Menschlichkeit verloren hatte und jetzt das – wer weiß von wem gezeugte – Kind gebären sollte. Als ich versuchte, mich ihr zu nähern, zog sie eine Grimasse wie ein in die Enge getriebener Köter, der getötet werden muss.

Sie ist hier einfach erschienen. Mike war hinter mich getreten. In diesem Zustand.

Lüge, Lüge, das wusste ich sehr wohl, und die Lüge ging weiter: Nicht ich hab ihr das angetan.

Na, was hast du dann getan?, fragte ich.

Ich sagte, hab keine Angst, alles ist gut.

Und dann?

Dann … Sie wollte es selbst, drängte sich mit Gewalt unter die Decke, zeigte mir richtig ihr kleines Porzellan und machte sich an meinem Schwanz zu schaffen.

Es gibt Fürsorglichkeit und Grausamkeit. Manche erkennen die Grenze nicht, und mir wurde klar, dass Mike das nie gewusst hatte. Aber irgendwo dort wartet sie, in jedem Menschen, die Grenzmarkierung zwischen Gut und Böse.

Wer alles steckt hier noch mit unter dieser Decke?, fragte ich.

Ohren-Mike antwortete nicht.

Da hörten wir von der Hofzufahrt her das Brummen eines Motors. Überwältigt von einer Art heiliger Bestürzung und Ehrerbietung sah ich zu, wie sie inmitten der ringsum zuckenden, die Gegend erhellenden Blitze näher kamen. Auf der Pritsche des Jeeps Patti und Roses Brüder, die Gewehre über der Schulter. Die Wolfspatrouille.

Patti kam herabgewatschelt von dem Vierradantrieb, Messer-Matt half ihr zärtlich über den vermoosten Rasen zu dem ebenen Brunnenstein. *Maa'ingan Oginiiwatig*, Wolfsrose, der schwarze Hund aus der Errungenschaft, sprang von der Pritsche des Autos und ließ sich dicht daneben nieder. Patti führte die Finger durch das vom Alter raue Fell des Tiers, es wirkte, als unterhielten sich die beiden ohne Worte.

Da kommen wir ja genau im richtigen Moment, überlegte Patti laut. Ich hatte so eine Ahnung.

Leg das Gewehr weg, sagte Patti mit so tiefer Stimme, dass es kaum zu hören war.

Nun hör mal zu, Alte, ich bin hier der Sheriff. Ich sitze in einem solchen Glashaus, dass da …

Der Schatten hinter Patti verbreiterte sich zu zwei gewaltigen schwarzhaarigen Mannsbildern.

Ich hatte in meinem ganzen Leben noch nicht gesehen, wie einem großen Mann das Ohr langgezogen wird, aber jetzt sah ich es. Pattis Fäuste drehten Ohren-Mikes Nacken wie einen

Hasen beim Häuten. Der Sheriff schrie auf, wand sich vor Schmerz und krampfte sich wimmernd auf der schmierigen Treppe zusammen. Der zweite Schatten, Roses Bruder Pee-Wee, regte sich, und ein irgendwoher erschienener Gewehrkolben drückte die sich windende Amtsgewalt so nieder, dass sie verstummte. Wir sind höfliche Jungs, weißt du das nicht mehr, Sheriff, wir klopfen dreimal an, versicherte mein Onkel, aber das vierte ist dein Knie.

Die Kniescheibe krachte hässlich, als der Gewehrkolben darauf traf.

Nun lauf, mach schon. Schauen wir mal, wie weit du kommst, forderte Patti mit dunkler, moosweicher Stimme.

Ohren-Mike lief hinkend in die Richtung des Sumpfes, der sich hinter seinem Haus erstreckte. Einen Augenblick lang dachte ich, er würde entwischen, obwohl eine frische Brise den Flüchtenden auf halbem Wege am Rand des Kiefernwäldchens einholte. An dieser Stelle griffen die Löcher der mit Wollgras bestandenen Wiese nach seinen Stiefeln und saugten sie ein wie hungrige Rentierkälber, nuckelten daran und gaben schmatzend dem Druck nach, als Mike vorwärtsstolperte. Durch die drückende Luft zog vom Grabenrand der Duft von Thymian und wildem Koriander, der sich mit dem von weiter her herüberziehenden Geruch von Borretsch und Lavendel mischte.

Lasst ihr den laufen?, fragte ich bang.

Niemand schien es eilig zu haben, nur mir klopfte das Herz, und in der Schläfe spürte ich einen schneidenden Schmerz.

Man soll nichts übereilen, Roses Tochter.

Mutters Brüder Messer-Matt, Goggleye, Pee-Wee und Spoonie sahen mich an. Auf jeden anderen hätten ihre Blicke gleichgültig gewirkt, wie eine trostlose Wand, aber für mich lag in diesen Augen Wärme und Sicherheit. Goggleye zwinkerte mir zu.

Über die Grenzen des Reservats kommt der Sheriff nicht hinaus, sinnierte Messer-Matt.

Wenn man ihn in den Sumpf steckt, findet ihn dort niemand. Kann sein, dass es bei ihm noch dauert, bis er ein volles Geständnis ablegt. Dafür gibt es namenlose, im Wald verborgene Sumpfaugen, auf die nackte Haut gegossenen Ahornsirup, Ameisenhaufen zum Hineinsetzen, Bärenmütter, die ihr Junges wütend verteidigen. Es kann natürlich auch passieren, dass ihn ein Wolf frisst.

Geh du mal ins Haus, überlegte Matt. Dies ist kein schöner Anblick.

Ich sah jedoch noch, wie das Raubtier mit dem schwarzen Fell neben Patti die Zähne fletschte, aufheulte und sein angespannter Körper in Richtung Beute sprang. Ich hörte Mikes Schmerzensschrei, als ich die Tür hinter mir zuzog.

Als wir hineinkamen, hatte sich das Mädchen ins Feldbett gelegt und in eine Häkeldecke gewickelt. Patti sprach beruhigend auf es ein, fragte, ob es Hunger habe und ob die Wehen schon eingesetzt hätten.

Das Mädchen schüttelte den Kopf.

Ich durchsuchte Mikes Schränke nach etwas Essbarem, fand tote Nager, verbeulte Konservendosen und Zitronenessenz. Ein in Leinen gewickeltes Stück Butter tränte im Schrank, ich nahm es, bestrich damit ein Stück Knäckebrot und reichte es dem Kind. Es freute mich, wie das Mädchen das Brot gnurpschte. Gästen muss man immer das Beste anbieten, und von einer Finnin darf man es nehmen. Wenigstens eine Sache gab es, die in Ordnung war.

Patti wirkte ganz ruhig, ihre Miene zeigte keinerlei Aufgeregtheit.

Plötzlich verspürte ich den Wunsch, das Gesicht in den Urschoß dieser Matriarchin zu drücken, mich im tiefsten Inneren meiner Abstammung zu vergraben, zu einem Flaumbällchen zusammenzuschnurren und zu piepsen wie ein Zwergsäger in seinem Nest. Zu fragen, wie sie alle diese Jahrzehnte überstanden hatte, ohne daran zu zerbrechen. Wie sie es geschafft hatte, die Söhne in ihrer Hütte aufzuziehen, die im Winter nur von einem Kamin erwärmt wurde, der aus einem Ofen zur Bereitung von Ahornsirup zusammengeschustert worden war. Wie sie die Grausamkeiten der Typen von der Sozialbehörde verwunden hat, das Entführen ihrer Kinder in die Anstalt und deren Rückkehr als fremde, geprügelte und missbrauchte Gesellen, die ihren Namen verloren, ihre Sprache vergessen und sich nach Hause zurückgeschleppt hatten. Ich konnte nicht anders, als darüber zu staunen, wie Patti es geschafft hatte, die oberste Etage des *Schwarzbär*-Kasinos zu erklimmen, hinein in den Duft der General-Custer-Zigarren. Aber Patti antwortete, ohne dass ich gefragt hatte: Es war nicht leicht.

Und dann geschah ein kleines Wunder, eines, wie ich es seit Jahrzehnten nicht erlebt hatte. Die alte Kämpferin schloss mich in ihre gegerbten und vom Leben hart gewordenen Arme und drückte mich dort, auf Mikes abgenutztem Ledersofa, an sich. Mir entfuhr ein eigentümlicher Schluchzer, so als bräche er aus irgendwelchen Urzeiten hervor, wahrscheinlich bekam das flügellahme Wesen in mir Vogelmilch in den Schnabel und heulte auf. Warum hatte Patti mich nicht damals so getröstet, als Mutter verschwunden war, warum überhaupt niemand? Aber Vater erinnerte sich nicht oder wollte sich nicht erinnern, und vielleicht hatten auch die anderen es vergessen, ich war ja in die Stadt in Sicherheit gebracht worden, in die Welt von Großmutter Helmis laestadianischen, beklemmenden Gemälden und Kanzeln, Bildern, von denen mich mit ihren fremden, finnischen Augen bärtige, strenge Prediger anstarrten, ihnen zu Füßen junge Mädchen, die um ein Gnadengeschenk flehten.

Ach, Kleine Tatze. Man sieht schon, dass in dir Trauer und Sehnsucht wohnen. Patti strich mir über den Kopf, und wenn da um mich herum nicht eine so harte Frau gewesen wäre, hätte ich mir vorstellen können, dass sie in ihrem Innersten weinte: Das ist eine seltsame Geschichte. Wir hier im Reservat sind so daran gewöhnt, dass uns genommen wird, dass uns das gar nicht verwundert. Wusstest du, dass meine eigene Mutter ganz demütig einwilligte, als sie den Hof meines Großvaters verlassen sollte, der verloren ging, weil Vater in Europa in den Kriegen der Weißen kämpfte und er mit der Pacht angeblich im Rückstand war, dafür bedurfte es nicht einmal eines amtlichen Papiers, es genügte ein Unterwerfungsbefehl, und als ich versuchte, mich zu widersetzen, stellte Mutter fest, so ergeht es uns, und es hat keinen Sinn, sich einem Weißen zu widersetzen, sie lehrte mich, dass ihr die Rückenhaut riss, so wie schon früher einmal, als sie und ein paar andere sich in den Garten des Kaufmanns wagten, um Äpfel zu klauen. Ein Geprügelter und Getretener widersetzt sich nicht, auch ich nicht, als man mir die Kinder von der Brust riss und in diese Verliese, die Internate, steckte, auch ich nicht, die Heilerin. Ich X-Beinige meckerte, als es von der Armenhilfe keine Sicherheitsflasche mehr gab, solche, wie sie sie noch in den Fünfzigerjahren an die Indianer verteilten. Ich habe mich nicht widersetzt, als sie die Kinder holten, Matt lag so schön im Schlaf, einer, der die Sprache der Fische sprach, ihm war ein anderer Pfad vorbestimmt, aber wer konnte noch den richtigen Pfaden folgen, wenn die eine Hälfte mit Asphalt geglättet und die andere zur Autobahn umgebaut und mit einem Schnapsladen bestückt worden war von der Art, dass man nicht anders konnte, wenn seine Lichter blinkten und man gewaltsam vom Weg gezerrt und in den Knast gesteckt wurde. Was war denn schon die erste Verurteilung, bei Frost hatte ich eine Gallone Petroleum mitgehen lassen, ein absolut bedeutungsloser Fehltritt.

Pattis Stimme strömte dahin in der leder- und rauchdumpfen Luft von Ohren-Mikes Hütte. Ich drückte den Kopf an ihren warmen Busen und spürte den Strom des Blutes, das Sausen in den Adern und das Pochen des starken Herzens, die Worte, die aus ihrem Inneren hervorbrausten: Deine Mutter war eine wilde Seele. Kühn in einer Weise, wie es heute nur noch wenige sind.

Ich nickte, und eine Welle der Sehnsucht flutete mir wacholderbitter in den Mund. Meine Mutter Rose. Sie hatte ein starkes Rechtsempfinden, war eigensinnig, extrem. An den Rändern kaputt, und doch loderte in ihrem Kern eine Flamme. Warum hat dieses Feuer mich nicht geschützt? Patti kraulte mir zärtlich den Nacken: Hör mal, Kleine Tatze. Wir hätten dich damals nicht fortlassen dürfen. Aber damals dachten wir, sollen sie also auch die holen, zumal deinen Vater der Zauber des Vergessens befallen hatte, aber wir wären schon irgendwie zurechtgekommen. Und wenn wir von Großvater Heinaris Patentgeldern gewusst hätten … Na, wozu die alten Geschichten ausgraben. Lass uns überlegen, wie wir das Boot wieder flott kriegen. Ich helfe dir, Roses Tochter. Gestern hast du deiner Mutter zu Ehren getanzt, das war gut, und du sollst nicht mehr blind herumlaufen, sagte Patti und überreichte mir das Erbmesser von Großvater Heinari, in dessen Heft die Worte »Got Sisu?« eingraviert waren. Das haben mir die Jungs aus der Errungenschaft gebracht, nachdem deine Mutter verschwunden war. Es war voller Blut. Wer weiß, was damit gemacht worden war. Weißt du noch deinen Namen, Roses Tochter?

Ich nickte, ich bin Kleine Tatze, Agaasin Makwaasagim.

Willkommen zurück, Agaasin Makwaasagim. Du hast uns gefehlt.

Trotz der schrecklichen Situation regte sich Freude in mir. Du hast uns gefehlt. Ich ließ mir Pattis Worte auf der Zunge zergehen. Auch ich, das seltsame Wesen. Habe jemandem gefehlt. Auf dem Gebiet meines eigenen Stammes.

9

PFAD DER ERINNERUNG – *MIKWENDAMOWIN-MIIKANENS*

oder wie Ettu zum zweiten Mal
vom Blitz getroffen wurde

AUGUST 2018

Jim Graupelz,

ich schwöre dir, ich wusste nicht, was mich in der Errungenschaft erwartete, als ich dorthin zurückkehrte. Die Blitze schlugen zu beiden Seiten des Hauses ein, wobei sie die Hochzeitsebereschen und die Birken für einen Moment in grelles Licht tauchten und dann wieder in die Negativnacht. Aber ich fürchtete das Wüten des Himmels nicht, spürte ich doch, wie die grausame Sonnenscheibe hinter den schwarzen Wolken rotierte, als wäre ihr Feuer an meiner Iris hängen geblieben. Bei dem in Hundsrosen und Wollgras erblühten Chevrolet und dem übrigen Maschinenschrott stank es nach Schwefel und verbranntem Gummi. Das Moos rings um den Stein herum, auf dem die Fische ausgenommen wurden, schien Funken zu sprühen, aber der Regen ließ immer noch auf sich warten.

Beim Eintreten bekam ich am Türdrücker einen leichten elektrischen Schlag. Der Tisch war gedeckt mit Kaffee, kaputten Tassen und schimmeligem Weizenzopf, ein leeres, umgestürztes Medikamentenfläschchen aus Braunglas gähnte mich an. Roses Briefe lagen wild durcheinander auf dem Fußboden neben Ettus Arbeitsstiefeln.

Lempi, Vaters Stimme war schwach und zitterte, seine Hand mit den Leuchtknochen streckte sich nach mir aus: Jetzt erinnere ich mich wieder.

Der alte Holzfäller saß, in der Hand einen vom vielen Gebrauch struppigen Farbpinsel, am Tisch der Stube, das Gesicht in Stearin gegossen, die mit Tesafilm immer wieder reparierten Leihaugen zersplittert auf dem Tisch. Spritzer von roter Farbe hatten sich auf seinen Kleidern verteilt und auf den Dielen, die der alte Heinari einst so hoffnungsvoll zugeschnitten hatte. Das Ticken der Wanduhr und das zähe Schweben der Staubpartikel in den vom Fenster her flackernden Blitzen schufen die Stille eines Gruselkabinetts. Aber Vater war wach, verschwitzt, fiebrig. Seine Augen glänzten so wie bei Menschen, denen ihr Gewissen keine Ruhe lässt – ich habe diesen Ausdruck im Spiegel gesehen. Ich sprang zu dem alten Mann über eine Fliege hinweg, die vor Hitze niedergesunken war, und sah wie ein Aufblitzen, dass sich in ihren Flügeln unser ganzer damaliger Lebenskreis spiegelte und zersplitterte. Ich legte Vater die Hand auf die porös-knochige Schulter und flüsterte durch den Gewitterdonner hindurch: Vater, das Mädchen hat sich gefunden. Du brauchst dir keine Sorgen mehr zu machen.

Aber Vater schüttelte den Kopf. Nein, er hatte nicht über das bezopfte Mädchen nachgedacht, sondern über etwas viel Älteres, viel Schlimmeres, Grundsätzliches. Die Erinnerungen kamen ihm jetzt vor Augen, als sähe er die Stube in zweifacher Belichtung. Ettu fuhr sich durch das Haar und erklärte, es sei, als wäre da vor ihm frisches, soeben hereingeströmtes Licht und ebensolche Zeit, aber durch diese hindurch dränge aus der Vergangenheit ein anderes Bild, das allerschlimmste. Das sei ganz nahe, so als brauche er nur zu blinzeln, und dann wäre es plötzlich da.

Ich erinnere mich, warum der Blitz mich zum zweiten Mal traf. Und ich weiß wieder den Tag, an dem Rose verschwand, fuhr Vater fort, und plötzlich wurde mir klar, dass der finstere Felshang, den ich die letzten Tage hinaufgeklettert war, zu Ende war, dass ich den Gipfel erreicht hatte und dass der nächste Schritt den Absturz bedeuten würde. Vater konnte sich wieder erinnern. Ach, wie hatte ich doch gehofft, dass für alles Schlimme Ohren-Mike verantwortlich wäre, dass alles schon klar und abgeschlossen wäre und ich den Kopf nicht in die noch übrige Schwärze zu stecken brauchte wie in einen See von Pech, um das, was sich dahinter verbarg, anzuschauen. Panik ergriff mich, und ich hatte Lust, mich vom Rand der Schlucht zurückzuziehen, umzukehren und meine eigenen Spuren entlang zurückzugehen, ohne auch nur ein einziges Mal zurückzublicken. Aber das konnte ich natürlich nicht tun. Patti hatte recht. Die Zeit war gekommen.

Ich konnte nicht anders. Deine Mutter wollte uns verlassen, flüsterte Vater.

Stille senkte sich herab. Die Wanduhr tickte, und draußen zuckten die Blitze, der Donner ließ die Grundfesten des Hauses erzittern. Bleib jetzt ganz ruhig, Lempi, sagte eine Stimme in meinem Kopf: Jetzt darfst du nicht versagen.

Ist dir ein Missgeschick passiert, Vater?, fragte ich dann, obwohl man sich in dem starken Geruch nach Ausscheidungen nicht irren konnte.

Ettu flüsterte: An jenem Abend gingen sie in den Tunnel, ins Blaue Haus. Rose und der Priester. Sie wollten fliehen.

Nach langem Zureden führte ich meinen Vater, der mager

war wie ein Skelett, an das Saunaufer. Ein dunkler Wind, der Regen ankündigte, bog die Wipfel der Bäume, und ich spürte, wie ein schwerer Tropfen mir auf die Stirn schlug. Ich führte den alten Mann durch den gekalkten Vorraum und verhinderte, dass er über die Schwelle stürzte, riss die Spinngewebe vom Türrahmen, zündete eine Bienenwachskerze an in demselben Schwitzraum, wo Rose und Helmi einst saunierten und wo Mutter einen Weg fand, den Weendigo zu töten. Ettus grauroter Pullover mit den Salmiakrauten und der Blaumann aus Kammgarn waren so schmutzig, dass die Hosenbeine starr liegen blieben, als ich sie auf den Schemel warf. Ich bat ihn, sich zu bücken, und zog das gelb gewordene Unterhemd über Vaters hervorstehende Rückenwirbel. An seinen Schläfen erfühlte ich zwei Beulen wie zu weit nach unten gerutschte Teufelshörner. Dort hatten sich wahrscheinlich zwei Blutfalten verknorpelt.

Hat dort der Blitz eingeschlagen?, fragte ich, obwohl ich mir das schon dachte, ja, dort hat er Ettu getroffen und den Schläfenlappen die Fähigkeit genommen, sich zu erinnern: Hat er an jenem Abend eingeschlagen, als Rose verschwand?

Nein, das war später. Ettu hielt einen Moment inne, um zu überlegen, als ich ihn in den alten Trog setzte, aus dem wir die Kühe getränkt hatten. Im Wasserspeicher des Saunaofens fand sich noch lauwarmes Waschwasser, und mit der Kupferkelle schöpfte ich etwas davon in die Wanne.

Deine Mutter war eine wunderbare Frau, sagte Ettu. Die Leute sagten, pass bloß auf, die wird über die Stränge schlagen, wenn du sie nicht im Zaum hältst. Also zähme deine Frau. Aber wie hätte ich das tun können, sie war ja das Wunderbarste überhaupt.

Zähmen, schauderte es Ettu: Ist das nicht etwas, das man mit Wilden und mit Präriepferden macht? Rose brauchte man nicht zu zähmen, das wäre auch unmöglich gewesen. Deine Mutter dachte an Disteln und Senken, die man ebnen sollte.

Ich nickte. Manchmal habe ich an Mutter keine andere Erinnerung, als dass sie unbändig war. So eine wilde Seele, die keine großartigen Dinge zu tun oder schreckliche Abenteuer zu bestehen brauchte, um glaubhaft zu sein in dem, was sie war, ein frei strömender Geist.

Lempi, mein Mädchen, rief Ettu dann, sich feinfühlig herantastend: Ich habe deine Mutter geliebt. Sie vergöttert. Und wollte ihr nichts Böses tun. Aber es kann sein, dass all das doch meine Schuld war. Dass ich sie nicht richtig behandelt habe. Dass ich nicht verstand, was sie schmerzte.

Aber weißt du, was ihr mir bedeutet habt? Für mich wart ihr Schützlinge der Sterne.

Schützlinge der Sterne?

Ja.

Dass alles gut geht, solange ich euch habe.

Damals dachte ich, dass, wenn ich euch hierherbringe, in die Sicherheit der Errungenschaft, und euch nicht mehr fortlasse, dann werden wir in Frieden leben. Hier würden wir zu vollkommenen Menschen wachsen, in einer neuen Welt, in einem Zauberkreis. Aber so funktioniert es ja nicht, dass man den Geist befreit, indem man ihn einsperrt.

Ich stimmte das alte Wiegenlied an, weil mir nichts Besseres einfiel: *Wenn auf dem Bett elf Kinder liegen und ihre Schwänze verknotet sind.*

Dieses Lied. Damit hat alles angefangen, wie es mir morgens immer durch den Kopf ging, erregte sich Vater in meinen Armen: Das habe ich deiner Mutter damals am letzten Abend gesungen, als sie zurückkam und das Missgeschick passierte.

Wie es die Chance auf ein glückliches Leben gegeben hatte und wie sie verdorben worden war. Das Glück kam, als Rose vor langer Zeit mit dem Wolfsjungen unter dem Arm vom Baum herab in Vaters Arme sprang, auf der Stirn eine klaffende Wunde, und den gesamten Verlauf der Geschichte auf einen Schlag veränderte, aus Rose und Ettu eine Achse wurde, um die sich alles andere drehte, die Bäume des Reservats und die flackernden Irrlichter, der Wind, der sich in den still gewordenen Fördertürmen verfing. Aber wie seltsam, daraus folgten keine Katastrophen und keine Wirbelstürme, sondern Frieden. Wie Ettu und Rose sich danach nur aneinanderschmiegen und erwachen und den Frieden der Fortsetzung des Lebens auf dem Moosgrund der Errungenschaft spüren wollten.

Bis.

Hatte Vater geglaubt, Mutter wollte mit einem anderen Mann fortgehen?

Ettu flüsterte: Das Schönste und Furchterregendste auf der Welt ist die Möglichkeit der Liebe, so sagte deine Mutter. Und dass, wenn man etwas Erstrebenswertes sah, man darauf nicht verzichten sollte, bevor alle Hoffnung verloren war. Man dürfe niemals schwach werden, nicht heulen, keinen Speichel lecken und nicht betteln, niemand werde sich so weit demütigen, dass er dergleichen wertschätzte. In dieser Weise war Rose ein schroffer Charakter, nicht kaltherzig, aber unbeugsam. Einen so wilden, außerordentlichen Menschen musste man doch einfach anstarren und verehren. Auch wenn die ganze Welt versuchte, sich zwischen uns zu stellen.

Vater kam in Wallung, er brabbelte: Die wollten mir Rose wegnehmen. Dieser Taugenichts, dieser ewig in nassen Stiefeln herumlaufende Schönling der Indianerbewegung, zog die Frau, die ich liebte, in ein Abenteuer hinein, und wenn schon, auch so was darf man sich ja mal erlauben, aber vor allem hat er Rose verlockt, den Friedenshain der Errungenschaft zu verlassen, sodass in ihren Augen plötzlich ein fremder Trotz erschien, in ihren Bewegungen eine Kraft entflammte und wir nicht mehr Ettu und Rose, Rose und Ettu, sondern ein Finne und eine Indianerin waren, die inmitten des Reservats vor lauter Fragen standen, die man nicht beantworten konnte, und die jahrhundertealten Ungerechtigkeiten, die Bodenteilungen und verlorenen Ländereien, das alles war wie ein Hasenfell, falsch herum an die schuppige Scheunenwand genagelt, alles nackt und bloß, nichts Weiches mehr übrig, sondern die ausgeweidete Wahrheit, dass der Finne der Eroberer war und Rose die Beraubte.

Verstehst du mich, Lempi?, fragte Vater drängend und klopfte mit seiner gebrochenen, aus der Wanne herausragenden Ferse gegen die Espenholzbohle. In mich fuhren das Fieber und der Irrsinn, der mir befahl, sie zu verfolgen und zu belauern.

Die Sicherheit und der Zauberkreis der Errungenschaft, die Achse, um die die Welt sich drehte. Das war ein schöner Traum. Und Ettu hatte gesehen, wie er zerbrach. Und als der Traum sich als ein blinder Strom von Trugbildern, Lügen und Zwangsvorstellungen erwies, musste ich meinen Augen trauen und glauben, dass meine Albträume wahr waren.

Als Rose sich an jenem Abend mit blutigem Kopf, einem Wolfsfell über den Schultern und dem neuen Geruch eines

Wildtiers auf der Haut hierher zurückschleppte, übel zugerichtet wie ein Mittelding zwischen Raubtier und Engel, im Aufbruch, dabei, sich loszureißen, und schon fort, schlängelten sich in Ettus Augen die schwarzen Fangarme der Not und stachen ihre Haken in seine Pupillen, und so entflammten in seinem Blick die glühenden Ofensteine, und die Wut gewann über ihn Gewalt.

Die Erinnerungen übermannten Vater so, dass er in der hölzernen Kuhtränke versank, als zöge ein schwarzes Sumpfloch, das sich an seinem Grund geöffnet hatte, ihn an, er gab nach und drückte sich unter Wasser, um sich zu ertränken, um alles hinter sich zu lassen. Ich packte ihn am Haarschopf und zog ihn zurück an die Oberfläche.

Ich konnte Rose nicht gehen lassen. Ihr, die Schützlinge der Sterne, gehörtet zu mir. Hierher in den Zauberkreis, die Sicherheit der Errungenschaft, flüsterte Vater.

Und plötzlich hatte Ettu Roses Messer in der Hand, das von Heinari, in das die Worte »Got Sisu?« eingraviert waren.

Auf dem Tisch lag Roses Hand, die darum flehte, in die Hand genommen zu werden, und am Ringfinger steckte der silberne Ring, den Helmi Rose geschenkt hatte. Mutter bat um Gnade, aber die hatte Vater nicht. Unterhalb des Rings schlug das Messer in den Finger. Einmal, zweimal, vielleicht öfter.

Als Ettu wieder zur Besinnung kam, war alles voller Blut und Glassplitter, am Boden lag Helmis Hochzeitsfoto, auf das Rose einen Schnurrbart gemalt hatte. Es fühlte sich so an, als wäre sein Gehirn zerbrochen und in seine Bahnen zurückgekehrt, und Vater betastete seinen Schädel, der heil war, aber etwas war kaputtgegangen, und das war wohl Rose, die zerstört war. Ungewollt sah Ettu den abgehackten Finger, an dem noch feine Härchen waren, dann Mutters schönen, verstümmelten Körper, der sich hilflos, misshandelt und von allen, auch von Ettu, verraten am Boden wand. Meine wilde Mutter, deren Herz so groß war, dass die Qualen aller verschwundenen Mädchen darin Raum fanden.

Ich hab ja versucht, meine Tat wieder auszubügeln, schwor Vater matt: Ich bemühte mich, Naht für Naht zu nähen, aber die Teile fügten sich nicht mehr zusammen.

Das Blut schrie und kreischte, als es hervorsprudelte, und da halfen keine Kompressen und keine Worte des Blutstillens.

Aber deine Mutter hat mich nicht einmal beschuldigt, wir lagen, während das Leben langsam erlosch, in dieser Nordlichtnacht eng umschlungen, und deine Mutter sang mir das Wiegenlied, das an jedem Morgen beim Erwachen zu hören ich nun verurteilt war.

Während der grünliche Frostmorgen seinen Schein über die östliche Eisfläche des Sees warf, flehte Rose mit dunkel-spröder Stimme Ettu an, die Stube zu verlassen, aus der Errungenschaft zu fliehen, um sich selbst und mich, Lempi, vor dem zu retten, was da kommen würde, und als Ettu zu erfahren verlangte, warum, was es rechtfertigen könnte, dass er seine Liebste allein ihrem Schicksal überließ, forderte Rose ihn schließlich auf, einen Spaten zu holen und für seine Liebste eine Grube unter der Hochzeitseberesche zu graben.

Und das tat Ettu auch, obwohl Trauer und Entsetzen über seinem Verständnis zusammenschlugen wie die im Oberen See wohnenden ewigen Wellen.

Vater fand den Eisspaten mit der Stahlspitze und eine Eisenstange und machte sich daran, unter der Hochzeitseberesche ein Grab zu graben. Die Arbeit war nicht leicht, denn der Frost hatte den Boden verdichtet.

Den ganzen fahlen Morgen lang grub Vater und trauerte, sein Schweiß gefror ihm auf der Stirn. Zuletzt warf er den abgehackten Ringfinger an den Grund der Grube, die er zustande gebracht hatte.

Als er aber in die Zauberstube der Errungenschaft zurückkehrte, waren Roses übriger Körper und der Wolfspelz verschwunden. Am Boden lagen ein duftender Damenslip und die vertraute Lunchbox voller Briefe, die an jemand anders gerichtet waren als an Ettu. Vater wollte die Beweise dieser Kränkung vernichten und versteckte die Lunchbox im hintersten Winkel des Kellers.

Den ganzen Abend wanderte Ettu mit einer Laterne in der Hand durch den Schnee und rief nach Rose, klapperte die struppigen Flächen unter den Fichten ab und suchte nach Blutspuren und nach Anzeichen dafür, dass sich dort jemand entlanggeschleppt hatte.

Roses Leichnam fand sich nirgends und ebenso wenig eine Spur davon, wo sie sich versteckt haben könnte. Auf dem eisharten Schnee konnte man kaum erkennen, dass dort irgendein Raubtier entlanggegangen war.

Rose war fort. Auf unerklärliche Weise verschwunden.

Am dritten Tag gab Ettu auf. Übrig nur das grobe Wurzelwerk des Schmerzes und der schmerzende Stacheldraht der Sehnsucht.

Ich wusste, dass ich Rose getötet hatte. Und dennoch erwartete ich, sie würde zurückkehren.

Was geschah dann, fragte ich, obwohl die Antwort offenkundig war.

Ja, dann wartete ich nur. Zuerst, dass sie kommen und mich abholen würden, und als niemand kam, den Tod, und als auch der sich nichts aus mir machte, den Sturm. Doch nein, es kamen sehr schöne Apriltage, die den Frostboden tauen ließen, und Roses Brüder kamen und fragten nach ihrer Schwester. Auf ihre Fragen fanden sich keine Antworten, und so beseitigten sie die Spuren und nahmen das Messer mit. Endlich, am siebten Tag, kamen ein grüner Eissturm und weiße Klumppfeile. Da band ich aus einer Blechdose einen Blitzableiter unter die Traufe, stellte mich mit einer Eisenstange in der Hand aufs Dach und betete, erst zu Helmis Gott und schließlich zu Roses *Kitche-Manitou,* ein Himmelspfeil möge kommen und mich erschlagen.

Und das Wunder geschah, es kam ein Blitz und traf mich.

Vater tat mir leid. Zu dieser Zeit trabte Mutter schon als Wolf durch die Schluchten und heulte vor neuer Sehnsucht.

Aber der Himmel war dem Killer nicht gnädig, er erschlug ihn nicht. Er nahm ihm die Erinnerung und machte aus Vaters Gedächtnis eine Wandtafel, die nachts abgewischt wurde. Der hintere Teil des Stirnlappens war nicht beschädigt, dorthin strömten den ganzen Tag über neuronale Impulse und Informationen, nur damit Vater sie Nacht für Nacht wieder vergaß. So wurde Vater für Jahrzehnte zu einem Schlafwandler und Wolkenweber. Im Fenster betrachtete ich unser Spiegelbild. Da wusch ein altes Mädchen im Licht einer Teerkerze einen dementen, ausgedienten Ringkämpfer mit dem Schwamm, sorgfältig, so wie es sich für eine ordentliche Tochter gehört. Das Bild wirkte tröstlich, es ahnte nichts von den Jahrzehnte zurückliegenden Gräueltaten, und nichts war zu sehen von der Kluft, die sich aufgetan hatte. Auch Ettu betrachtete prüfend das Bild, und einen Augenblick lang hatte es den Anschein, als hätte die Kerzenflamme sich über seine Augen gelegt.

Man kann nicht wissen, wann genau Vater sich wieder erinnerte. Ob vor der bezopften Ausreißerin oder schon Jahre zuvor. Jedenfalls schossen irgendwann Lichtblitze und Schatten in Ettus Kopf, traumartige Bilder, von denen er nicht sagen konnte, ob sie wahr waren oder nicht. Und dann das Schlimmste: Ich habe Rose getötet.

Offenbar hatte sich durch das Knochenkrebsmedikament Dilaudid ein alter Stromkreis in Vaters Kopf geschlossen. Zuerst war ein einzelner Moment klarer Erinnerung gekommen, dann, vielleicht Wochen später, ein weiterer. Und als Vater oft genug durch den Tunnel seiner Erinnerung in die Vergangenheit gekrochen war, gelangte er in eine Kammer, wo die Schätze seiner Erinnerungen in versiegelten Erbsendosen, in Heringsfässern und Näpfen aus Birkenrinde lagerten, die nach Dickmilch dufteten wie in einem steinzeitlichen finnischen Grab, und Vater konnte die Inhalte aller Briefe miteinander kombinieren und schloss daraus, dass Rose seinetwegen gestorben war. Ich verstand die Einsamkeit, die bodenlose, die ihn anzog. Die Frage, die jeden einzelnen Tag an ihm nagte, nachdem ihm das Verschwinden seiner Liebsten klar geworden war: Habe ich sie getötet? War ich das? Vater hatte die Worte an die Wände und Fenster seines Hauses geschmiert: ROSE IST VERSCHWUNDEN. Um sich selbst zu bestrafen, Tag für Tag. Er hatte sich schlafen gelegt mit dem Gefühl, schuldig zu sein, und mit dem Wissen, dass auf den Morgen das Vergessen folgen würde. Und dass er aus diesem Vergessen gerissen werden würde, wenn er ein ums andere Mal schmerzhaft begreifen musste, dass seine geliebte Rose verschwunden war.

Ich betrachtete den in sich zusammengesunkenen Holzfäller. Unter seiner Haut leuchteten die Rippen, die Adern sahen aus wie Bachbetten, die bei Hitze ausgetrocknet waren und in die sich die Höllenfische und Schlammstecher zum Sterben geflüchtet hatten. Ich goss Wasser über die genähten Narben, wusch sie mit Holunderwasser und Nesselseife.

In dir wohnt das Feuer deiner Mutter. Vaters Stimme war dick vor Trauer.

Ich kam nicht zum Antworten, denn in diesem Moment hörte ich es: das dumpfe Aufschlagen schwerer Tropfen auf dem Dach, dann das Rauschen, als die Wolken zerrissen und die Erde endlich den Sturzregen bekam, den sie verdiente. Er prasselte so heftig auf den Boden des Reservats und die Umgebung der Errungenschaft, dass die Welt jenseits der niedrigen Saunafenster sich in eine dichte Wasserwand verwandelte, direkt am Fuß der Treppe krachte es, dass die Balken erzitterten, der Saunaofen dröhnte, das Wasser schwappte und Erde und betäubte Asseln und Fliegen mir von den Dachsparren auf die nackte Haut des Nackens fielen, und plötzlich wurde ich nach oben geschleudert, durch das Dach hindurch in den Himmel, und ich bemerkte, dass ich hoch oben schwebte, fern von meinem Körper, dort inmitten länglicher Wolken, während sich um mich herum elektrische Spannungen entluden. Von dort aus sah ich zu, wie meine zerbröckelnden Hände sich bewegten und die abgenutzte Haut streichelten, damit sie sich bis auf die Schulterblätter erstreckte, und dachte voller Bitterkeit, wie viel leichter es doch gewesen wäre, wenn hinter alldem Ohren-Mike gesteckt hätte. Dann wandte ich den Blick den Eschen zu, die sich auf dem nahen Höhenrücken des alten Friedhofs im Sturm bogen, ich sah, wie die unvorsichtigen

Segelboote auf dem Oberen See zu Bruch gingen und Ungeheuer mit Löwenmähne unter Wasser genüsslich mit den Zähnen knirschten, wenn die tollkühnen jungen Adler mit den starken Flügeln vom Felsen in die Tiefe sanken, und horchte darauf, wie die verblüfften Schmetterlinge sich schreiend in den Wind warfen und mit ihm Tausende von Meilen in die ehemaligen Prärien des Westens trieben.

Es kam mir so vor, als dauerte der peitschende Regen noch Ewigkeiten an, auch nachdem ich wieder in meinen Körper in der Sauna zurückgekehrt war, wo Ettu in seinem Bottich hockte.

Gehen wir, Vater?

Ich wickelte ihn in ein riesiges Handtuch aus Leinen und führte ihn im Regen ins Haus zurück. Seine altersgelben Zehennägel kratzten über die Stufen, und ich überlegte mir, dass ich sie vor meinem Aufbruch noch schneiden müsste.

Drinnen setzte ich Vater in den Schaukelstuhl und stellte einen Kochtopf in die Tür an die Stelle, wo das Dach leckte. In einem Napf aus Birkenrinde reichte ich Vater Dickmilch, deren Bakterienstamm noch aus derjenigen stammte, die Großmutter Helmi seinerzeit aus Finnland mitgebracht hatte. Ich überwachte, wie der alte Mann gierig den weißen, zähflüssigen Gespensterleim löffelte, ihn auf der Zunge zergehen und dann den Schlund hinabgleiten ließ, ich achtete darauf, dass Vater die zerkleinerten Beruhigungspillen und die letzten Dilaudid-Tabletten darin schluckte. Von nun an würde nichts mehr den an seinen Knochen nagenden Krebs aufhalten können.

Hör mal, Lempi, ich glaube, ich werde mich auch morgen noch an alles erinnern, sagte Ettu plötzlich.

Einen Augenblick lang verspürte ich schneidendes Mitleid. Ich würde dann nicht mehr hier sein, um das zu erleben. Der Regen wurde immer noch stärker, er rauschte und suchte sich seine Wege durch die alten Konstruktionen des Hauses, sodass am Fußboden schon viele Pfützen entstanden waren. Ich nahm Eisenpfannen und Emailschüsseln von der Wand und stellte sie so auf, dass es sich anhörte, als versuchten Hunderte von Glöckchen für uns eine tröstliche, ein wenig misstönige Sinfonie zu spielen. Ich ließ den Blick einen Moment auf der Sicherheit meiner Kindheit ruhen, auf dem unnachgiebigen Holz und den Wänden, die hier mit Liebe und Unrecht errichtet worden waren. Dann bemerkte ich das vom Deckenbalken herabhängende, wundgeriebene Stück Strick, an dem Heinari sich erhängt hatte, und es schien, als drehte er sich in der vom Regen verursachten Brise wie ein Sorgen sammelnder Fliegenfänger.

Wäre es nicht Zeit, den Strick da herunterzuholen?, fragte Ettu, als hätte er dasselbe gedacht, nämlich dass die Hängeschaukel von Großvater Heinari an ihrem Platz uns schon lange genug an seinen Kummer hatte erinnern dürfen. Ich nickte, holte den Schemel und stapelte darunter Rebellionszeitungen auf, so wie seinerzeit auch Großvater selbst. Ich schnitt den Strick ab mit dem Messer, das Patti mir gegeben hatte und in dessen Heft die Worte »Got Sisu?« eingekerbt waren.

Vater lehnte im Schaukelstuhl, den grauen Kopf zur Seite geneigt, und lauschte dem Trommeln des nachlassenden Regens. Seine knotigen Hände streichelten aus der Luft eine Erinnerung hervor, die mich nichts anging. Ich sah nach, ob in der Kaffeedose auf der Herdecke noch Bohnen waren, und dachte, dass Vater in der sauberen Hose, den Hosenträgern und dem karierten Hemd lange Zeit zurechtkommen würde, in der Kommode würde er Dickmilch, Dosenfleisch und etwas zum Hinunterspülen finden. Du hast Mutter nicht getötet, hätte ich dem alten Waldarbeiter gern gesagt und ihn getröstet. Mutter hat sich in einen Wolf verwandelt. Aber die Worte blieben mir im Halse stecken, und was hätte das genützt, Mutter hatte Vater ja verlassen wollen, und daran ist Vater zerbrochen. Auch daran, dass wir nicht mehr Schützlinge der Sterne waren.

Ich hob Mutters Briefe vom Boden auf und stopfte sie in meinen Rucksack. Ich hob Roses letzte Nachricht auf und befühlte die raue Oberfläche des Papiers, die Spuren von Mutters sicheren Worten darauf. Vater wiegte sich im Schaukelstuhl. Ich hatte das Gefühl, am Ziel zu sein. Hatte ich doch die Erklärung dafür bekommen, warum ich so halbfertig geblieben, niemals erwachsen geworden bin. Zum letzten Mal öffnete ich die Tür der Errungenschaft, als der Regen aufgehört hatte und Vater die Augen zugefallen waren. Ich trat mit nackten Füßen auf die Treppe, spürte an den Zehen die nassen Sandkörner und das uralte Moos, ließ mir von dem frischen Ostwind die im Schatten bleibenden heißen Wangen kühlen, etwas Feuchtes kühlte darauf ab, und ich überlegte, wann ich denn wohl geweint hatte. Für einen Augenblick blieb ich stehen. Die Augustdämmerung dampfte, die Leuchtkäfer versammelten sich um die Öllaterne auf der Veranda, um zu schwärmen wie ein dummer Organismus auf der Jagd nach seinem Glück in jedem Winkel der Welt, ich sah, wie einer von ihnen sich in das heiße, leuchtende Glas und in den Tod stürzte, und war neidisch auf ihn, weil er mit seinem verrußten Körper und seinen schwachen Flügeln nichts mehr zu tragen brauchte.

FEBRUAR 1973

ACH LEMPI, liebes Lämmchen, du mein Lempilein, mein Schmetterlingsmädchen, ich habe eine Bitte an dich: Sei deinem Vater gnädig.

Ich liege in der Errungenschaft in den Armen deines Vaters und blute karminrotes Blut, ich sehe am Fußboden ein Ding liegen, das noch vor einem Augenblick mein Finger war, und ich kann das nicht recht verstehen. Helmis Silberring steckt immer noch an diesem Ding, aber abgetrennt von mir, endgültig, das verstehe ich jetzt und überlege matt, wie Helmi sich darüber freuen wird. Dein Vater Ettu hat mir die letzte Fessel des Menschseins abgeschnitten und mich befreit, und zu meiner Verwunderung tut es nicht weh und macht mir keine Angst.

Ich liege in Ettus Armen und wage nicht zu erzählen, was im TUNNEL geschah, denn damit will ich meinen Mann noch verschonen. Jetzt weiß ich, wie es sich anfühlt, das Böse in Menschengestalt zu töten, übrig ist nur noch mein Los, mich auch körperlich in ein Tier zu verwandeln. Ich spüre, wie das Wolfsblut in mir pulsiert, während zugleich der Mensch aus mir heraus zu Boden fließt, und ich muss fast lachen, wie mir gleich Reißzähne wachsen werden, schwarzes Fell, Vollmond.

Ich stehe kurz davor, in die Welt der Schatten einzutreten. Wegen Vera. Deinetwegen. Das ist genau so eine Welt wie die, in der wir leben, aber irgendwie wilder und gröber, durchscheinender. Dort darfst du, kleine Lempi, mich einmal treffen, in einem warmen Langhaus.

Viel Zeit ist nicht mehr. Ich schreibe dies auf für den Fall, dass es von Bedeutung sein könnte. Ich war im Blauen Haus auf der Suche nach Spuren von Vera, als ich den TUNNEL fand und sofort wusste, dass ich dorthin den Weendigo locken musste. Aber ich habe einen entsetzlichen Fehler gemacht. Ich glaubte, dass ich, wenn ich den Weendigo tötete, von dem Bösen erlöst wäre, aber jetzt habe ich verstanden, dass das Böse heckt, sich von selbst vermehrt, und dass ich nicht nur einem Weendigo begegnet war, sondern den Zufluchtsort dieser nach Kinderblut gierenden Ungeheuer gefunden hatte. Ich war an der Ursprungsquelle. Diesen Ort durchliefen die Mädchen und Frauen, die unterwegs waren in die Häfen, zu den Fernstraßen, in die roten Slums der Großstädte, und ich war froh, dass ich Sulo Makikii bei mir hatte. Kurz vor Morgengrauen hörte ich das, von dem ich schon gewusst hatte, dass es kommen würde, obwohl ich gehofft hatte, dass die Vorzeichen und Träume sich geirrt hätten. Diesmal waren mir die Schritte bekannt, und die Erleichterung wich dem Entsetzen: ein Mensch, den ich einst geliebt und dem ich vertraut hatte. Plötzlich begann Sulo Makikii zu knurren, und im Licht stand die Gestalt von Mike Björnsson, der sich in zwei Teile spaltete, die Ungeheuer kamen auf mich zu, es stank nach Tabak und billigem Petroleum, die kurzen, dicken Finger verstopften mir Nasenlöcher und Mund mit einer nach Chloroform riechenden Moosbülte. Ein Schuss krachte, und Sulo Makikii heulte jämmerlich auf. Dann gewann der Wolf in mir die Oberhand, alles verdichtete sich zu einem blutigen Nebel, ich spürte in mir die Wut eines Tiers und hörte Mike Björnsson jammern. Dort, wo früher sein Ohr gewesen war, gab es jetzt nur blutigen, kohlschwarzen Matsch. In der Hand hielt ich ein seltsames Ding, das an einen Weichporling erinnerte, wie man sie auf Felsen findet. Es war das Ohr eines Menschen. Habe ich das abgebissen? Und war diese im Schlamm liegende winselnde Pelzmütze mein Hund Sulo Makikii, der einst mich und deinen Vater zusammengebracht hatte? Einen flüchtigen Augenblick lang spürte ich den moosigen und wildniswilden Duft des Wolfsjungen, sah die noch geschlossenen Pechaugen und die kleine Schnauze, die die Zitze seiner toten Mutter suchte.

Dann wurde mir die Nadel in die Stirn gedrückt, dass es knirschte, ich wollte mich widersetzen, aber ein Bleiweiß breitete sich in meinem Kopf aus, und ich sank schlaff in jemandes Arme, ist doch auch diese Rothaut ein Schlupfwinkel, du meinst doch wohl nicht das, na von mir aus, aber schnell, Ketten klirrten, mein Kopf polterte auf ein schwankendes Brett, dann nichts mehr, weicher Dunst, als Letztes hörte ich Mike Björnssons Stimme: Mach Hackfleisch aus dem Köter. Aber bring die Frau nicht um. Außer es geht nicht anders.

Dann wurde alles dunkel.

Die Stimmen lösten sich auf, und ich erwachte bei Mike, den Mund voll von seltsamem Blut. Der Unterleib wund, die Schenkel voller blauer Flecke und auf der Stirn zwei blau anlaufende Beulen, als hätte jemand mit Pfeilspitzen dort hineingestochen. Oder mit einer großen Spritze. Mir wurde klar, dass ich hier wegmusste, wenn ich euch noch einmal wiedersehen wollte, bevor ich mein menschliches Gedächtnis verlieren und an seine Stelle der Instinkt des Tiers treten würde, und ich bemühte mich, zurück ans Tageslicht zu finden, indem ich mir vorstellte, wie ich dir den Pony schneiden und für dich Brei kochen würde, Kleine Tatze, obwohl ich zugleich wusste, dass ich das niemals wieder tun würde, und da brach ein Geheul aus mir heraus und ein Gebet.

Eine Kraft in mir brachte mich dazu aufzustehen, und als ich nach draußen kam, stellte ich fest, dass ich laufen konnte, und während ich über die Schneedecke wanderte, bemerkte ich, dass sie mich trug wie nie zuvor, und ich bekam Lust, das Gesicht zu den Sternen aufzuheben und zu heulen, und ich spürte, wie wundersam alles war und wie das Schicksal mich hierhergeführt hatte. Noch vor zwei Wochen hatte es nichts von alldem gegeben, kein Anzeichen für das, was mich bald beherrschen sollte. Als ich vor zehn Tagen in unserem warmen, gemeinsamen Nest erwachte, wusste ich noch nicht, dass dies der letzte Tag meines blütenblattsamtigen, glücklichen Lebens sein sollte und dass ich nur zehn Tage später mein wahres Wesen offenbaren würde, dass ich nämlich ein Wandling und Killer bin. Das kann ich nicht länger leugnen.

Aber als ich in die Errungenschaft kam, empfingen mich Ettu und seine Verzweiflung, die ich nicht bedacht hatte, ebenso wenig wie die schwarze Wut, die ihn überkommen hatte. Sie werden kommen und sagen, dein Vater habe mich getötet dessentwegen, was dann geschah. Es gab ein Messer und dessen blitzende Klinge, dann eine schneidende Qual, die völlig anders war als die, die ich im Tunnel erlebt hatte, denn in diese mischte sich das Entsetzen darüber, dass dein Vater doch imstande war, mir wehzutun. Sie werden Ettu beschuldigen, und deswegen macht seine Tat mich traurig, nicht um meiner selbst willen. Glaube nicht den Verleumdern, denn mein Menschenkörper hatte keine Bedeutung mehr. Ich habe mich in einen Wolf verwandelt, habe den Weendigo getötet und Mike das Ohr abgebissen, Mike, der wohl meinen Hund Sulo Makikii erschossen hat und ein Komplize der Ungeheuer ist, die Mädchen verschlingen.

Dies war mein Pfad der Rache, der sich bald in den Pfad des Wolfes verwandeln wird. Das bedeutet, ich muss Abschied nehmen von euch. Lempi, du mein liebstes Lämmchen, dir möchte ich erzählen, wie der Strom der Zeit auch rückwärts fließen kann, in den Gedanken. Du weißt doch noch, wie ich dir erzählt habe, dass das Leben ein Bündel sich verzweigender Pfade ist? Dass es von jedem Pfad sieben gibt und dass man zugrunde geht, wenn man zu weit von seinem Weg abkommt. Deshalb muss man siebenmal die Richtung ändern, siebenmal verirrt sich der Wanderer, und siebenmal haben wir die Chance, auf den von Namen und Träumen vorgezeichneten Weg zurückzukehren. Das, was jetzt mit mir geschieht, diese Verwandlung – die in mir Furcht und zugleich eine gewaltige Trauer weckt –, das ist mein Pfad des Wandlings, fern von euch, mein Liebes. Der Wolfspelz, den ich trage, ist schon ein Teil von mir geworden, bald wird sich mein Mund zu einem Raubtierrachen vergröbern, und in mir entstehen ein starker Geruchssinn und der Instinkt des Blutes. Ich hätte deinem Vater so gern seine Sünde vergeben und ihm erzählt, dass er doch mein seidiger, innerster Kern war und der Mensch, mit dem ich denselben Traum teilen wollte.

Wenn auf dem Bett elf Kinder liegen
und ihre Schwänze verknotet sind,
singt auch die Trollmutter sie in den Schlaf
mit dem allerschönsten Wiegenlied.
Hu-aijajaijai-puh, hu-aijajaijai-puh
Hu-aijajaijai-puh puh
Hu-aijajaijai-puh

Ich habe mir wirklich eingebildet, du willst uns verlassen, flüsterte Ettu. Und mich erfasste große Trauer, denn das will ich ja wirklich, ich verlasse euch, um mit euch zusammen existieren zu können, in derselben Welt, nur durch eine dünne Wand aus Baumnadeln getrennt, und mich packte der Schmerz, weil ich nicht mehr neben euch liegen und meinen Atem mit eurem vermischen konnte, auf dem Dach des Staunsteins am Lauf des Klarbachs, in Frieden wie in unserem eigenen Bett, umgeben von wilden Düften. Ich sagte zu deinem Vater: Kümmere dich um Lempi. Suche und begrabe auch den Hund Sulo Makikii, der uns zusammengeführt hat, als ich deinem Vater in die Arme sprang, Ettu begegnete Rose, so wie unsere schon für andere Bäume vorgesehenen Schichten sich ungewollt aus ihren ursprünglichen Rinden herauswanden und das vorherbestimmte jämmerliche Ende doch noch eine glückliche Wendung nahm.

Geh noch nicht gleich fort, verzeih mir, flüsterte dein Vater, und ich antwortete: Ich habe dir schon verziehen. Verschwinde nicht aus dieser Welt, denn du kennst mein Allerinnerstes und träumst meine Träume. Wenn du verschwindest, was bleibt dann von mir übrig?

Wir, dein Vater und ich, lagen diese ganze Nordlichtnacht lang eng umschlungen, ich sang ihm ein Wiegenlied, und er flüsterte mir zu: Geh noch nicht gleich. Bleiben wir noch einen Augenblick hier. Ich gehe nicht. Mich tröstet das Wissen, dass dein Vater dich nach Hause holt. Ich stelle mir vor, wie du zurück in die Errungenschaft kommst, die Strümpfe der Schuluniform zu rührenden Falten herabgerutscht. Ettu singt für dich mit der von Geburt an alten, tiefen Stimme, in die ich mich verliebte und die in mir klang, als würden mir Nacken und Rücken liebevoll von innen massiert. Jetzt fällt es mir schon schwer zu schreiben, meine Fingernägel sind gewachsen, in meinem Körper braust fremdes Tierblut. Es geschieht! Ich verwandle mich gerade in einen Wolf und muss gehen, denn ich will nicht, dass dein Vater meine Verwandlung sieht. Ich strenge mich an, meinen Geist mit Gedanken an euch zu füllen, denn ich kann nicht sagen, wie lange es dauert, ehe ich mich wieder an euch erinnere. Patti hat mich gewarnt, das Raubtier und die Blutgier werden mich anfangs vollkommen beherrschen, und ich werde das lange Zeit nicht zügeln können.

Ich lege diese Briefe in die Lunchbox deines Vaters, damit er sie findet. Hoffentlich trösten sie euch und erklären, warum es so geschehen musste.

In Liebe, Rose

10

PFAD DER HOFFNUNG – *BAGASENDAMOWIN-MIIKANENS*

oder wie Ettu und Rose sich wiedersehen und ein Thunderbird-Motorrad die Sommernacht zerteilt

AUGUST 2018

Jim Graupelz,

ich sitze an der Bushaltestelle und warte darauf, dass jemand kommt und mich aus dem Reservat fortbringt, ich weiß noch nicht, wohin. Schon sechs Stunden sind vergangen, seit ich meinen Rucksack gepackt habe und auf den nach Regen duftenden, atmenden Hof hinausgetreten bin, wo die Tropfen funkelten und von den Blütenblättern der Rosen herabkullerten und überall Friede und Schönheit herrschten. Noch einmal betrachtete ich den Zauberkreis meiner Kindheit und wanderte an der Hochzeitseberesche vorbei den in den Wald führenden Pfad entlang. Die Sandalen, die Mutter mit grünen Wildlederstreifen und roten Perlen verziert hatte, sanken im warmfeuchten Moos ein, als ich aufs Geratewohl loswanderte, denn der Wald wird mir nie mehr Angst machen. Im Gehen überlegte ich, was ich dir eigentlich erzählen möchte. Nicht von dem Schmerz, der im Moment das einzige Zeichen dafür ist, dass ich noch lebe, oder von dem nagenden Neid, wenn ich mir vorstellte, wie du mit Winonah und Benjamin ebenso friedvoll schlafen gingst wie seinerzeit ich mit Ettu und Rose, denn das, was ihr habt, ist wahr und meine Begeisterung eher ein vager Wunschtraum als in der Wirklichkeit verwurzelt.

Als ich an der Baustelle der Erdgasleitung vorbeikam, sah ich die Honighöhlen der Bienen, viel Mädesüß, den Schutz der Mücken, die Erdhügel der Murmeltiere. Die Demonstranten schliefen, in Decken gewickelt, auf der bloßen Erde, die Soldaten sturzbetrunken neben ihren Wasserwerfern und Caterpillars, auch sie erschöpft. Ich erinnerte mich, wie du einen Stein auf die Mauer des alten Friedhofs legtest, und ich bückte mich, um dasselbe zu tun, ruht dort in Frieden, ihr Altvorderen, und ich hoffte, du wärest dort mit mir zusammen gewesen. Ach, Jim Graupelz, wie gern würde ich dich anklagen und hassen, aber wie könnte ich das?

Ich stellte mir schon vor, ich erlebte eine Geschichte, in der Lempi ihrer Jugendliebe begegnet, der, die irgendwann entschwand. Ich stellte mir tatsächlich vor, ich würde meinen Platz in einer nach frischem Brot duftenden Familie einnehmen, in der Welt fischschuppenbedeckter Stiefel und wackelnder Zähne, in einer mir fremden Einheit, wie ich sie niemals erlebt habe. Doch mein Weg führt offenbar nicht in diese Richtung.

Meine Mutter hat sich in einen Wolf verwandelt. Das ist die Wahrheit, bei der ich bleibe, weil ihr sonst aus meinem Vater einen Mörder macht. Ebenso aus Mutters Brüdern und Patti, die mich retteten und dem Wolf zur Flucht verhalfen. Das wütende Mädchen mit dem schweren Bauch, Clara, wurde irgendwohin gebracht in die Obhut von Behörden, die sich um sie kümmern und für sie sorgen, vielleicht, weil sie blaue Augen hat, aber ich würde gern glauben, dass sie es auch sonst täten.

In der Gemeinde wird für mich gebetet, und wie gern hätte es doch Pastor Grant, dass ich zurückkäme. Ich kann nicht mehr, dem Ersticken nahe, unter Pastor Grant liegen und mir dabei Gedanken machen über das Wasserproblem im Keller, ich will nicht, dass mich die Trauer überkommt jedes Mal, wenn der Mann in mich eindringt. Nicht, nachdem du mich am Feuer unterhalb des Staunsteins berührtest, mich zum Rand des Absturzes führtest, aber mich nicht zwangst hinunterzuspringen.

Hier sind in meinen Augen Farben entflammt, ihr ganzes dröhnendes Spektrum und ihre zitternde Zartheit, die Leichtigkeit des Sommerabends um mich herum pulsiert hellgrün und rot-gelb, die endlose Reflexion der Nachtigall vor dem klaren Pechschwarz, wenn sie die Ewigkeit verschwendet, weil sie den Tod nicht begreift. Rechts unter einem schwebend grauen Schleier der struppige Sumpf und die dort aufragenden verdorrten Rotkiefern, der Alkoholladen, in dessen Außenwerbung der lila Glanz erloschen ist. Auf der Wiese leuchten Glockenblumen und Ranunkeln, die Silhouette des Kasinos, die sich bald, wenn die Tintenschwärze sich herabsenkt, in einen Ozeandampfer verwandelt. Irgendwo dort im Herzen des Reservats die Singenden Haine, die rostraue Autowerkstatt deines Vaters Tim, das Blaue Haus, in dem Vera verschwand, und schließlich am Ende des Salmi Roads die Errungenschaft, mein Zuhause. Ich hätte niemals geglaubt, dass ich dorthin zurückkehren würde. Ich meine, das weiche Flüstern meiner Mutter zu hören: Hier ist der Sommer sommriger, die Wärme wärmer.

Jetzt verstehe ich, dass ich nicht von hier fortwill. Aber wo soll ich bleiben? Und weswegen?

In diesem Augenblick höre ich ein Heulen, das von der

anderen Seite des Sumpfsees kommt, und es ist wie ein sehnsuchtsschöner, einladender Ruf. Und ich stelle mir vor, wie meine Mutter, Waldwolf, Wolfsrose, *Maa'ingan Oginiiwatig*, lautlos in der Errungenschaft erscheint, auf den Hof schleicht und auf dem vom Regen aufgeweichten Pfad die Spuren der Pfoten zurückbleiben, an denen ein Zeh fehlt. Die vertrauten Steine verstehen es, sich richtig anzuordnen, genau so, dass Mutters Gang warm ist, die zu Ehren meiner Geburt in die Birkenwipfel geschossene Öffnung lässt einen gelblich-warmen Wind auf den Hof und trocknet die Augenwinkel, als Ettu den Ankömmling bemerkt.

Du bist lange ausgeblieben, seufzt Vater, sonst nichts, und dann setzen sich Ettu und Mutter aneinandergelehnt auf den Stein, auf dem die Fische ausgenommen werden, mitten in die wispernden, grausilbernen Schuppen, Mensch und Tier, Mann und Frau. Der Wolf gibt sich hin und drückt seinen furchterregenden Kopf an den in einem karierten Hemd steckenden Oberarm des Vaters und winselt. Es mischen sich der blutwilde Duft mit der Moosbeerennuance und Vaters häuslicher Lebensgeruch, und die beiden sind wieder beisammen. Darüber kann ich mich freuen, schwermütig, und sehen, ohne zu sehen, was geschieht.

Nistet Trauer im Pelz?, fragt Ettu und berührt die Narbe auf der Stirn des Wolfes, zieht von dort eine gerade Linie in den lauffeuerschwarzen Nacken, lässt die Hand dort ruhen, endlich, denn es ist nicht mehr viel Zeit. Die Glühwürmchen funkeln auf den bemoosten Steinen, die weichen Flügel der Fledermäuse flattern zwischen Apfelbäumen und Ebereschen, die späten Pflaumen haben gerade erst gold-weiß zu blühen begonnen. Ettu spricht mit einer Stimme, wie er sie seit langer

Zeit nicht mehr hatte: Es ist gut, dass du zurückgekommen bist, Rose. Ich hatte schon Sehnsucht nach dir.

Mit dir ist das Licht und alles zurückgekehrt.

Der Wolf antwortet nicht, er legt Ettu die linke Tatze auf den Schenkel, an der der ringlose Zeh fehlt.

Ettu flüstert: Mir sind fünfundvierzig Jahre verloren gegangen, aber das macht nichts, jetzt nicht mehr. Im Kopf war ich nicht ganz richtig. Sie nennen es Amnesie oder irgendwie so, aber ich glaube, dass der Vergesser mich in seine Gewalt nahm. Dass ich es einfach nicht ausgehalten habe, in einer Welt zu leben, in der du nicht bist. Das ist mir nicht möglich, nicht früher und nicht jetzt, ohne dich wurde ich zerrissen und musste lebendig in diesem Dasein begraben werden.

Der Wolf drückt seine Schläfe an die Brust des alten Mannes und horcht auf das ferne Rauschen des Bluts, auf das in der Brust immer noch pochende Herz. Ettu setzt sein Geplauder fort: Wie konnte ich nur vergessen, wie das alles geschah? Ich habe dich, den Abend und auch Lempi vergessen. Und wie verrückt, dass das alles die ganze Zeit hier irgendwo in meinem Kopf vorhanden war, die ganze Erinnerung an das, was mit dir geschehen ist. Aber diesen Winkel in meinem Kopf hatte der Blitz verschlossen, er war geheim, und bis jetzt wusste ich nicht, durch welche von Wurzelwerk überzogene, nach Erde duftende Höhle ich dorthin kriechen könnte. Aber jetzt weiß ich es, endlich.

So bleiben sie mir in Erinnerung, die beiden, am Saunaufer der Errungenschaft, eng beieinander als Schützlinge der Sterne. Der Hof meiner Kindheit steht in der letzten Blüte des Sommers, in ganzer Fülle, ernst und mir so lieb. Und in demselben Augenblick vermeine ich, durch die Zeit zu sehen.

Ich schaue zu, wie durch eine langsame Lichtfolie hindurch vor mir Gestalten meines Stammes, Schattenbilder, erscheinen. Da wandern mit festem Tritt der junge Großvater Heinari und die flatterhafte Helmi ihren von Anfang an uneinigen Pfad entlang, bis das Kind schreit und alles plötzlich für kurze Zeit gut ist, die Hochzeitseberesche blüht zum ersten Mal, und das Glück keimt auf, aus dem Sumpf wird ein Acker, und die Ernte wird eingebracht, die Hoffnung sprießt, und rundknollige Jahre gehen dahin, und sie leben im Schutz der Sterne, bevor bei Helmi die Neurosyphilis ausbricht und das FBI Jagd auf Heinari macht. Ich sehe Ettu und Rose unter der Hochzeitseberesche, wie sie mal hintereinander-, mal nebeneinandergehen, den Finnen und die Indianerin, anfangs eng umschlungen und dann auseinanderdriftend, während ich Winzling zwischen ihnen herumstolpere. Ich verstehe, dass ich das Ergebnis dieser beiden mir vertrauten und zugleich fremden Wanderer bin, ein vollständiger Mensch und doch nichts Vollwertiges, es nie gewesen bin bis zum heutigen Tag, denn jetzt bin ich etwas anderes. Freilich keine Person, über die Lieder geschrieben werden, bin ich doch nur Lempi, die liebe Kleine, der Wolfsnestling, jetzt aber endlich in meinen Stamm aufgenommen, erwünscht und ersehnt.

Ich betrachte Ettu mit seinen mürben Knochen, der vom Tod gezeichnet ist, und meine wilde Mutter Rose, die sich in einen Wolf verwandelt hat, und erkenne, dass ich jetzt endlich trauern kann um Mutter, um Vater, um meine verlorene Kindheit und all das Falsche, was darauf folgte, die Jahre der Einsamkeit. Endlich verstehe ich, dass Trauer nicht nur schlecht ist. Die Trauer ist eine eigene Welt, zu der die Zeit keinen Zutritt hat. Trauer ist ein schützender Nebel, außerhalb von ihr geht das Leben weiter, geschieht vieles. Mit einem lebendigen Menschen ist man dem Augenblick verhaftet, strampelt sich ab mit seinen Erwartungen und vergeblichen Hoffnungen, wartet fünfundvierzig Jahre lang auf ein Wunder, obwohl man weiß, es ist vergeblich. Am schlimmsten ist dabei die Erwartung, alles werde sich irgendwann aufklären, glücklich reißen wie der Damm einer gebärenden Mutter, und dass man mit einem Pechfaden alles wieder heil machen kann. Ich bilde mir nicht mehr ein, es werde irgendwann in der Zukunft einen Augenblick geben, da alles fertig ist, da Vater ein Wunderelixier bekommt und wieder ein in der Zeit lebendes Wesen ist. Jetzt gibt es immerhin die Wölfin namens Wolfsrose, *Maa'ingan Oginiiwatig*, und bald auch Mutters Grab, falls und wenn die Knochen des Ringfingers mit dem Ring unter der Hochzeitseberesche ausgegraben und identifiziert werden, dann gibt es eine Ruhestätte, an der man sich verneigen und ein Geisthaus errichten kann.

Jetzt verstehe ich, dass der Tod von Hoffnung befreit und stattdessen Verzicht und Kummer bringt, und der Kummer lässt einen das Gute und die Erinnerungen der Vergangenheit erkennen, und ich habe das Recht, mich in sie zu versenken. Es gibt nicht mehr den dementen, in seiner Verzweiflung strampelnden Vater und die verschwundene Mutter, endlich darf ich sie mir so formen, wie ich es will. Das, was ich nicht mehr bekomme, kann ich in der Vergangenheit suchen, in der Zeit vor dem Zerreißen, vor der Indianerbewegung, bevor alles verdorben, zerbrochen war. Die glückliche Kindheit. Ich kann wieder die kleine Lempi sein, die mit dem geräuschempfindlichen Vater morgens zum Fischen geht, die im Takt des Flüsterns vorwärts und rückwärts rudert, die mit der Mutter heimliche Abenteuer erlebt und in sich einen singenden Vogel hat, den man ohne Scham liebkosen kann. Der traurige Vater ist fort, der fröhliche Vater kann wieder pfeifend die Pfade der Errungenschaft entlangwandern, im Sonnenglanz, und wenn es regnet, tanzen Mutter und ich zwischen den Laken wie nebelhafte Geistwesen.

Die Zeit, da ich weder Rose noch Ettu noch mich selbst antraf, ist vorbei, in aller Ruhe kann ich mich in die Kindheit zurückversetzen, in Mutters warm duftenden Schoß und in die Momente, da Vater mich huckepack nahm und ich mich ordentlich festhalten musste. In meinen Erinnerungen verlassen sie mich nicht mehr.

AUGUST 2018

Jim Graupelz,

dies ist die dunkelste aller Stunden, der Moment, da das Licht noch nicht auf die tintige Wasserfläche und den finsteren Nadelwald trifft und die Mooraugen vollkommen erloschen sind. Außerhalb des eisernen Wetterdachs der Bushaltestelle leuchten die blinden Augen unbekannter Tiere, und mir graut bei dem Gedanken, dass sie mich erkennen, aber ich nicht sie. In einem solchen Augenblick verliert man den Glauben daran, dass die Sonne jemals wieder ans Firmament zurückkehrt und dass das Monster der Nacht sie mit seinem schweren Kinn nicht verschlungen hat. In einem solchen Augenblick ist die Stille eins mit der Stummheit der ganzen Welt, und die im Wind spürbare erste Ahnung des Herbstes stürzt einen in die Verzweiflung.

Dann, gleichzeitig mit dem ersten Morgengrauen, höre ich ein vertrautes Geräusch. Am Horizont leuchtet gerade ein mandelgrüner Streifen auf, der vorsichtig den grashaarigen Grabenrand enthüllt und den Herbsthauch vertreibt. Ich spähe zur dunstigen Kurve der Landstraße hinüber und stelle mir vor, wie du mich abholen kommst. Ich höre das Brummen des

Thunderbird-Motors, es teilt den frühen Sommermorgen, zerstört ihn aber nicht, es dringt durch ihn hindurch bis zu mir. Du kurvst vor mich hin, sodass in die Spitzen meiner Sandalen ein Funke schlägt. Und tust meinen Unglauben mit einer Handbewegung heiter ab: Natürlich bin ich gekommen.

Ich klettere hinter dich und spüre durch den rauen Ledermantel hindurch deine Kraft und deinen Lebensstrom und drücke mich fest dagegen. Ich schließe die Augen, denn wenn ich sie öffne, bist du wieder fort.

Fest presse ich die Augenlider zusammen, und so fahren wir durch die nach Regen duftende frühe Landschaft, die, noch scheu, in den Morgen eintritt. Ich stelle mir vor, wie auf dem Rasen des Arrowhead Roads ein einsamer Kojote steht und uns anstarrt, als wir in Richtung der Singenden Haine und der Landzunge im See abbiegen, und kenne das kuckucksgelbe Licht an der Stelle, wo der gerade Abschnitt des Großen Sees beginnt. Ich wusste gar nicht mehr, wie weich hier das Licht ist. Ich wusste nicht mehr, wie leicht es sich mit dir atmet.

Ich öffne die Augen erst, als wir am Ziel sind. Der Prachttaucher ruft von ferne, der Staunstein ragt dunkel vor uns auf. Du nimmst mich bei der Hand, und wir gehen um den Stein herum, ich berühre die gefurchte Oberfläche und führe die Finger entlang der kaum erkennbaren Figuren. Die Laternen der Kanus, die auf Fischfang sind, blinken an der Seite der Insel, die sich dunkel abhebt, das Wasser trägt den sich entfernenden Schiefer der Paddel. Auf dem Schilf, das in den Buchten aufragt, zeichnet sich eine schwache Wärmeaura ab.

Bald ist Manoomin-Mond, würdest du sagen und konzentriert die Wassergrenze beobachten: Zeit für den Wildreis. Bestimmt werden schon in den nächsten Tagen die untersten

Äste der Zeder braun sein. Und ich erinnere mich, wie Mutter schrieb, dass Vater sie zur Erntezeit abholen kam, und auf diesem Bild kann ich den neuen Pfad riechen, den ersten Hauch des Herbstwetters, die warmen Schultern und die schattigen Wasser. Wie schön doch Mutter die schwarzen Haare über das Gesicht fielen, wie am Paddel die langsamen Tropfen perlten und funkelten. Wie selbstsicher und hart Mutter doch war.

Du drückst mir die Lippen auf die Stirn, und ich spüre, wie deren Furchen sich von deiner Berührung glätten.

Einen Augenblick lang schweigst du, bist nicht traurig und bemühst dich nicht, mir zu gefallen, sagst nur: Eine solche Frau habe ich noch nicht getroffen, eine, die noch ein Kind ist und zugleich uralt und wild. Solche Frauen gibt es selten. Falsch. Solche Frauen gibt es nicht, nein, nur eine einzige, und auch ich nur vielleicht. Falls und wenn. Auch mich gibt es so bald nicht mehr, nach diesem Augenblick. Ich verwandle mich und überlebe und lecke mir irgendwo in einem Loch die Wunden.

Meine Mokassins wurden heute hinaus vor die Tür gestellt. Weißt du, was das bedeutet?

Ich schrecke zusammen. Ja.

Winonah hat auf Anishinaabe-Art die Scheidung vollzogen, ihre kleine Tasche gepackt und ist fortgegangen. Ohne den Jungen. Da bricht sich eine wilde Urfreude aus mir Bahn, ich kann sie nicht zurückhalten, ich möchte mich dir an den Hals werfen und dich herumwirbeln, die schönsten Worte hervorsprudeln lassen, die ich kenne, dir Glück und Freudenfalten an den Mund stammeln. Trotzdem halte ich noch einen Augenblick Abstand zu dir, und du betrachtest prüfend meine Haut, die noch von irgendetwas schön ist. Ich streichle den Ellbogen, der borkig abgenutzt, aber fest ist, ein wenig wie ein rissiger

Eichenast. Ich befühle die Furchen und überlege, was für ein grausames Spiel dies doch ist, hier zu liegen und zu hoffen. Wie lange schafft man es, wenigstens auf ein kleines Krümchen Glück zu hoffen, und das ist es nun? Ist dies nun ein Augenblick wie ein Phantomschmerz, an den ich mich dann erinnern werde, wenn meine Glieder sich nicht mehr zu einem Gebet biegen lassen, das Blut in den Adern sich in Blei verwandelt und das Herz zerbröckelt?

An dir gibt es nichts auszusetzen, Lempi.

Kitche-Manitous Wege sind wunderbar, sage ich halb im Ernst und lache, weil ich fürchte, etwas zu feierlich zu klingen.

So sind auch deine, Lempi, antwortest du und siehst mich so an, wie man ein Weibchen ansieht. Einen Augenblick lang empfinde ich Verwunderung und Scham, so wie damals, vor langer Zeit, bei der Überschwemmung, aber das geht vorbei, als du zu mir kommst, durch die triefende Luft, den grauenden Morgen, auf mich zu. Deine Augen sind ein Strich, aber in ihnen liegt der freundliche Blick wie dann, wenn man den eigenen Stamm betrachtet, er sieht meine Risse und Kanten und erschrickt nicht davor. Der Blick des erwachsenen Mannes, der Blick des Begehrens liegt darin, die ankommenden Bewegungen sind dick, als pumpte in ihnen ein ernster Wille. Du duftest nach dir selbst, sumpfwild und himmelsgewöhnlich. Die erste Berührung ist so hastig, dass ich zurückweichen will. Meine Hand triff auf etwas Hartes, dies ist kein Spiel mehr, sondern die Realität, mir fallen die obszönen Zeichnungen in der Damentoilette von Pattis Tankstelle ein und die Trauer, die mich immer überkam, wenn Grant sich auf mich wälzte, wie kann intime Nähe solche Trübsal, Müdigkeit und nach allem Tränen erzeugen, befleckte Laken, die ich mit Schuldgefühlen, dabei

Sintfluten erzeugend, wasche und im Trockenraum verstecke, und einen Augenblick lang fürchte ich, es könnte hier wieder passieren, dass ein raues Kinn auf meine Zähne trifft, oh nein, ich kann das nicht, dann schon auf die Oberlippe, schmale Lippen kosten meine, und das fühlt sich nicht schlecht an, sondern so, als fände sich etwas, das ist anfangs ein schwebendes Gefühl. Warm flüstere ich dir ins Ohr: Verschwinden wir zu zweit für einen Augenblick. Verlassen wir diese Zeit.

Und in mir entzündet sich ein jubelnd-unziemliches Verlangen zu glühen, mich zu öffnen und zu brennen. Du schiebst dich in mich, als wäre es das erste Mal, und es ist nicht schmerzhaft, sondern zuerst eng, dann durchbraust mich die Leidenschaft und die Begierde des Waldes. Du bewegst dich in mir und ich in dir wie niemals jemand zuvor, der Vogel in mir erwacht nach Jahrzehnten. In mir wachsen Honigblumen, deren Blütenblätter sich öffnen und den Vogel erfüllen, und dessen Stimme bricht aus mir hervor als ebensolche Lebensfreude wie einst vor langer Zeit, als ich dir begegnete.

Wir liegen außer Atem und erstickt auf dem Staunstein. *Waubun-anung*, der Morgenstern, leuchtet matt am Horizont. Ich lausche deinem Atem, der mir über die Brust streicht und die Poren mit kühlem Morgenlicht erfüllt. Wie wir dort liegen im beginnenden Morgengrauen, flüsterst du, die Natur drehe die Uhren zurück, noch seien die Mücken nicht mies und die Bremsen nicht böse. Es sei so früh, dass die Kinder des Reservats noch nicht mit den Schmetterlingen Verstecken spielten, nur wir beide, hier in der Höhe unter dem Himmelsgewölbe. Bruder Kojote verstummt, der Schmerzensschrei des Prachttauchers eilt über die glatte Haut des Wassers. Es ist früh für die Welt, für uns aber vielleicht zu spät.

Geh noch nicht fort. Lass uns noch einen Augenblick hier verweilen.

Ich möchte bitten, betteln, mich an deine Glieder klammern und diesen Körper zurück in meine Nähe zerren. Doch solche Taten gibt es nicht in meiner Welt, sind doch dein aufstehender Kiefernkörper, die sich entfernende, von den Lenden verfliegende Wärme, die Torfmooskrümel an deinen nackten Schenkeln, das, was mir vorhin so vertraut vorkam, wieder fremd, und die Bangigkeit steigt mir wieder in den Busen, und ich möchte schreien, wie sehr ich doch in deinem Duft leben möchte, in deinem aufrechten Morgengang, mich kümmern, jetzt weiß ich es, um dich und um dein Kind, um euch und euer Ergehen. Ich möchte euch die kleinen Steine aus dem Weg stoßen, die trockenen Zweige abknicken und die Albträume verscheuchen, wach darüber wachen, dass keine Teufel eure Träume bedrängen. Und dieselbe Luft atmen wie ihr, wenn ihr mich nur haben wollt. Und auch wenn ihr mich nicht haben wollt, bin ich dir doch dankbar, Jim Graupelz. Vor dir war ich ein ausgetrockneter Quell in der Wüste, ich sprach in den Sprachen der Gebete, obwohl mir das fremd war und hässlich und ich nie die Berührung des Heiligen Geistes gekannt hatte und mein Gemüt fahl war wie trockener Beton, und meine Schenkel dorre Rinde. Mein Körper taugte Pastor Grant zum Bespringen und meine Hände dazu, befleckte Laken zu rubbeln, und darin sah ich nichts Befremdliches. So bin ich so lange allein gewesen, dass ich das, was du mir jetzt geboten hast, nicht einmal ersehnen konnte: den Duft eines Mannes, Freundschaft und das Zerspringen der Reifen, die mir um die Brust lagen, den uralten Stamm, den mein Herz kennt, meinen Stamm. Denn das bist du, Jim

Graupelz, von meinem Stamm und meinem Blut viele Totems hindurch.

Gehst du jetzt schon?

Aber deine Stimme kommt vom Fuß des Staunsteins, sie ist nicht weit entfernt.

Springen wir?

Und mein Innerstes entflammt aufs Neue. Diesmal trete ich aus eigenem Antrieb an den Rand. Unten schimmert wie ein dunkles Auge das Wasser, die ihm entstiegenen Generationen schauen mich an, und zum ersten Mal glaube ich, dass ihnen gefällt, was sie sehen.

Während ich durch die Luft fliege, empfinde ich schwindelerregende Angst und Freude, als das unten wartende schwarze Wasser wächst. Ich schlage auf seiner Oberfläche auf, gleite in den weichen, kühlwarmen dunklen Schlund, den geschlossenen Schlund, den Mutterleib. Mich umfängt Jims gewaltiger Körper, unsere nabelverwandten Gliedmaßen umschlingen einander, und unsere Münder drücken sich aufeinander, während wir aufwärts schweben. Die Mähne des Wasserlöwen wallt, die Wasserpflanzen wallen, eine Lichtfaser trifft auf mein Handgelenk. Ich gleite durch das Wasser. Einen Augenblick lang scheint es, als wollte die Tiefe mich hinabziehen, Schlingpflanzen umklammern meine Knöchel, Krallen kratzen an meinen Schenkeln. Dann plötzlich trägt mich das Wasser. Ich verstehe, dass ich aufsteige, und niemand braucht mich zu heben. Es ist, als stiege ich auf aus einem Traum, der sich in den Grund des Oberen Sees gebohrt hatte, als erhöbe ich mich zwischen fischschwänzigen *Nebavanabek*-Geistern, rotschaligen Muscheln, sich schlängelnden Schmarotzerfischen und wie Schneeflocken tanzenden Nymphen hindurch an die Oberfläche.

Die Haut des Wassers wird von meinem Gesicht zerstört, als ich oben, im windigen Licht, ankomme, die Wärme drängt sich an die Haut meiner Wangen, ich hole tief Luft, atme.

Du steigst nach mir auf, umfasst meine Taille, ich bin glatt, aber fest zugleich. Bisweilen seufzt das Wasser, meine schlammigen Haarsträhnen schweben an die Oberfläche, und das auf ihnen gewachsene Silber schimmert in den ersten Strahlen des Morgens. Da bist du, eng an mich geschmiegt. Ich brauche nicht zu sagen: Geh noch nicht, lass uns hier noch einen Augenblick verweilen.

DANK

Dieser Roman wäre nicht vollendet worden ohne meinen Verlagslektor Lari Mäkelä. Vielen Dank sage ich Professor Markku Henriksson für die Prüfung der Fakten und wertvolle Kommentare. Mein Dank gilt auch dem Forscher Professor Anton Treuer für seine Publikationen und die sehr persönlichen Interviews. Dank an Rick Gresczyk, der mir bei Übersetzungen half und den ich 2015 am Sprachentisch von Fond du Lac kennenlernte. Beim Thema Finnen in Amerika wurde ich unterstützt von James Kurt vom Finnish Heritage Center und von Marlene Wisuri von der Minnesota Historical Society sowie vom Siirtolaisinstituutti, dem finnischen Institut für Migration. Sanna Kurki hat auch an der äußeren Gestaltung des Buches mitgearbeitet.

Meiner Freundin Lyz Jaakola möchte ich dafür danken, dass sie geduldig auch meine dümmsten Fragen beantwortet und mich darin bestärkt hat, den Alltag der finnischen Einwanderer und der Indianer im Reservat zu beschreiben. Lyz hat mich 2015 in die Winterzeremonie der *Midewin*-Heilergemeinschaft eingeführt und mich davon überzeugt, dass ich über diese außergewöhnliche Gemeinschaft schreiben darf. Mein Dank gebührt ebenso Jim, dem Stammesältesten von

Bois Forte, und seiner wunderbaren Ehefrau Rebecca Gawboy. Sie und ihre Kinder sind im Laufe der Jahre für mich nahestehende Menschen geworden, obwohl ein Ozean uns trennt. Dem bildenden Künstler Carl Gawboy danke ich für seine wunderbaren Gemälde, die das Zusammenleben von Finnen und Indianern darstellen, und für seine klugen Worte, sowie Basil Johnston für sein Buch *Ojibway Heritage*, das er mir freundlicherweise überlassen hat. Dankbar bin ich auch den Ärzten Arne und Ivy Vainio, die mir geholfen und mich eingeführt haben in das Thema, wie der Mensch lernen kann, mit vielfältigen kulturellen Hintergründen zu leben und daraus die Kraft zu schöpfen, die eigene Gemeinschaft zu unterstützen. Zu danken habe ich auch dem verstorbenen Schriftsteller Jim Northrup, dessen Werke mir halfen, die harte Welt der Internate kennenzulernen.

Weiterhin möchte ich Marcus Ammesmake, Tasha Soukkala, Sue Raker, Shauna Pelto und Charlotte Loonsfoot für die freundliche Aufnahme danken, desgleichen Ettu Hannula, dem 90-jährigen Bergmann, der sich an einem Sommertag des Jahres 2014 stundenlang im Pori-Dialekt mit mir unterhielt. Carolyn Lamppa aus Minnesota, deren Wurzeln in den alten finnischen Ort Salla zurückreichen, hat mir in anrührender Weise gezeigt, was es bedeutet, über eine verlorene Welt zu trauern, die man selbst weder kennenlernen noch jemals besuchen konnte, da der Hof der Familie auf dem Gebiet lag, das im Zweiten Weltkrieg an die Sowjetunion abgetreten werden musste.

Dank schulde ich auch meinen Verwandten, die mir geholfen haben, die finnische Auswanderungsbewegung sowie meine eigenen Wurzeln zu verstehen. In besonderem Maße gilt mein Dank Anselmi Kinnunen und Heino Haverinen, die mir ihre eigenen Erinnerungs- und Bildarchive öffneten. Anselmi Kinnunen alias Ansu war seinerzeit der letzte Junge in dem finnischen Ort Kuhmo, der von dem am wenigsten Unterhalt fordernden Bieter ersteigert wurde. Friede seinem Angedenken.

Meeri Koutaniemi und Sami Yaffa danke ich für den Aufenthalt in der Residenz Banyalbufar, wo das Buch seine endgültige Form erhielt, sowie Maria Seppälä, die mir schwesterlichen Beistand leistete und mich immer wieder anspornte. Manuela Bosco sei Dank für ihr wunderbares Coverbild der finnischen Originalausgabe dieses Romans.

Dank auch an Hannu Stark.

Für die materielle Unterstützung bin ich dem Zentralen Kunstkomitee, der Literaturstiftung des Verlags WSOY und dem Finnischen Kulturfonds zu Dank verpflichtet.

Ich widme das Buch dem Andenken an Anselmi Kinnunen.

BÜCHER ZUM THEMA

Abramsky, Sasha (2013) *The American Way of Poverty: How the Other Half Still Lives.* Nation Books

Andersson, Rani-Henrik & Henriksson, Markku (2010) *Intiaanit: Pohjois-Amerikan alkuperäiskansojen historia. (Die Indianer: Geschichte der indigenen Völker Nordamerikas).* Gaudeamus, Helsinki

Andersson, Rani-Henrik & Henriksson, Markku & Saikku, Mikko (2014) *Pohjois-Amerikan kansallispuistot (Die Nationalparks in Nordamerika).* Mediapinta

Andersson, Rani-Henrik & Hämäläinen, Riku & Kekki, Saara (2013) *Intiaanikulttuurien käsikirja (Handbuch der Indianerkulturen).* Gaudeamus, Helsinki

Banks, Dennis (2005) *Ojibwe Warrior: Dennis Banks And The Rise Of The American Indian Movement.* University Of Oklahoma Press

Beaulieu, Harpelle, Penney et al. (2011) *LABOURING FINNS – Transnational Politics in Finland, Canada, and the United States.* Siirtolaisinstituutti

Broker, Ignatia (1983) *Night Flying Woman: An Ojibway Narrative.* Minnesota Historical Society Press

Burnett, Dean (2017) *Idioottiaivot (Idiotenhirn).* Ins Finnische übersetzt von Mikkonen, Risto. Scanria

Debo, Angie (1970) *A History of The Indians of The United States.* University of Oklahoma Press

Fitzgerald, Judith & Fitzgerald, Michael Oren (2005) *The Spirit of Indian Women.* World Wisdom

Flank, Lenny (2007) *I.W.W. A Documentary History.* Red and Black Publishers

Gawboy, Carl & Morton, Ron (2014) *Talking Sky: Ojibwe Constellations as a Reflection of Life on the Land.* Rockflower Press

Geniusz, Mary Siisip (2015) *Plants Have So Much to Give Us: Anishinaabe Botanical Teachings.* University Of Minnesota Press

Henriksson, Markku (1986) *Alkuperäiset amerikkalaiset. (Die indigenen Amerikaner).* Gaudeamus, Helsinki

Huotilainen, Minna & Peltonen, Leeni (2017) *Tunne aivosi (Kenne dein Gehirn).* Otava, Helsinki

Iverson, James & Iverson, John (2010) *Hunters & Hearts.* Wild Wolf Publishing

Jensen, Hanna (2013) *940 päivää isäni muistina (940 Tage als Gedächtnis meines Vaters).* Verlag Teos, Helsinki

Johnston, Basil (1987) *Ojibway Ceremonies.* McClelland & Stewart

Johnston, Basil (1976) *Ojibway Heritage.* Columbia University Press

Jordan, Terry G. & Kaups, Matti E. (1989) *The American Backwoods Frontier: An Ethical and Ecological Interpretation.* The Johns Hopkins University Press

Josephy Jr., Alvin M. (2006) *Lewis and Clark Through Indian Eyes.* Alfred A. Knopf

Kaunonen, Gary (2010) *Challenge Accepted.* Michigan State University Press

Kostiainen et al. (2014) *Finns in The United States.* Michigan State University Press

Magnuson, Stew (2013) *Wounded Knee 1973: Still Bleeding.* Courtbridge Publishing

Mann, Charles C. (2006) *1491: New Revelations of the American Before Columbus.* Vintage books

Marsh, Henry (2018) *Elämästä, kuolemasta ja aivokirurgiasta. (Von Leben, Tod und Hirnchirurgie.* Ins Finnische übersetzt von Ulla Lempiäinen.) Verlag SS, Helsinki

Means, Russell/Wolf, Marvin J. (1995) *Where White Men Fear to Tread: The Autobiography of Russell Means.* St. Martin's Griffin

Niethammer, Carolyn (1995) *Daughters of The Earth.* Simon & Schuster Inc

Nordengen, Kaja (2017) *Ainutlaatuiset aivot (Einzigartiges Gehirn).* Bazar, Helsinki

Northrup, Jim (1993) *Walking The Rez Road.* Voyageur Press

Page, Jake (2003) *In The Hands of The Great Spirit.* Free Press

Peltier, Leonard (1999) *Prison Writings: My Life Is My Sun Dance.* St. Martin's Griffin

Sacks, Oliver (1990) *Awakenings.* Vintage

Sacks, Oliver (1985) *Mies joka luuli vaimoaan hatuksi. Suomentanut Marja Helanen-Ahtola (Der Mann, der seine Frau für einen Hut hielt).* Aus dem Finnischen übersetzt von Marja Helanen-Ahtola). Tammi, Helsinki

Salomaa, Ilona (2011) *Valkoinen Intiaani. Suomalaisen Kirjallisuuden seura (Der weiße Indianer. Gesellschaft für finnische Literatur,* Helsinki)

Shipler, David K. (2005) *The Working Poor, Invisible in America.* Vintage

Smith, Paul Chaat (2009) *Everything You Know about Indians Is Wrong.* University of Minnesota Press

Treuer, Anton (2014) *Atlas of Indian Nations.* National Geographic Society

Treuer, Anton (2012) *Everything You Wanted to Know About Indians But Were Afraid to Ask.* Borealis Books

Treuer, Anton (2010) *Ojibwe in Minnesota.* Minnesota Historical Society Press

Treuer, Anton (2010) *The Assassination of Hole in the Day.* Borealis Books

Vainikainen, Tuula (2016) *Kumppanina muistisairaus (Demenz als Partner).* Kirjapaja, Helsinki

Valtonen, Pekka (2001) *Latinalaisen Amerikan historia (Geschichte Latein-Amerikas).* Gaudeamus, Helsinki

ARTIKEL

»5 more Attawapiskat youth attempt suicide in ›spiralling situation‹«. CBC News/Aboriginal. (17.04.2016)

»A crack in the fracking pipeline: Coastal Gaslink changes its plans«. Warrior Publications. (02.10.2015)

A collaborative effort of members of the Ojibwe and Metis Communities. (10.05.2018)

»A Year In The Life Of The Ojibwe«. www.dibaajimowin.com

»Harbor Springs boarding school worked to erase Odawa culture until the 1980s«. Michigan Radio. (08.11.2017)

»Native American Woman Olivia Lone Bear, Mother of 5, Missing in North Dakota Oil Fields«. Democracy Now. (29.11.2017)

»Standing Rock: One year later«. Dennis Ward. APTN News (08.03.2018)

»Canada First Nation community in crisis amid ›almost nightly‹ suicide attempts«. Ashifa Kassam, The Guardian. (11.04.2016)

»More than Missing and Murdered: The murder and sexual assault of Native American women through the lens of a hate crime«. Garet Bleir/Anya Zoledziowski. IC Magazine. (03.09.2018)

»Winona LaDuke Braces for what Could be Minnesota's Final Oil Pipeline Battle«. Frank Bures. Minnesota monthly. (16.03.2018)

»The Myth of Indian Scholarships and the Native Dropout Epidemic«. Dean Chavers. Indian Country Today Media Network. (16.06.2012)

»#NotInvisible: Why are Native American women vanishing?«. Sharon Cohen. StarTribune. (06.09.2018)

»The Record U.S. Military Budget.« Nicholas J.S. Davies. Blog Huffpost Politics. (10.02.2015)

»In Minnesota, Ojibwe recall horror of ancestors' death march«. Dan Gunderson. MPR News. (28.07.2016)

»The hard lives – and high suicide rate – of Native American children on reservations«. Sari Horowitz. The Washington Post. (09.03.2014)

»Rice keepers«. Winona LaDuke. Orion Magazine. (2007)

»First Nations community grappling with suicide crisis: 'We're crying out for help.« Laurence Mathieu-Lèger/Ashifa Kassam. The Guardian. (16.04.2016)

»Line 3 could pass through reservation«. Jimmy Lovrien. Duluth News Tribune. (02.08.2018)

»Obama's Indian Problem«. Chris McGreal. The Guardian. (11.01. 2010)

»Goodbye Middle Class: 51 Percent of All American Workers Make Less Than 30.000 Dollars A Year«. Michael Snyder. Blog Washington Post. (21.10.2015)

»Exhibit of 2000 moccasin tops remembers missing and murdered Indigenous women.« Heidi Ulrichsen. http://www.sudbury.com. (08.01.2018)

Blog von Arne Vainio auf den Nachrichtenseiten von Indian Country News und Indian Country Today.

DOKUMENTARFILME

American Farm. (2007) Regie: James Spinoe. Morninglight Films

Documentary of Pow Wow. (2010) Regie: Barbara Feezor-Stewart.

Gasland & Josh Fox. HBO Documentaries

Protect our Future. (2014) Regie: Shania Jackson & Jordan

Principato & Ahpahnae Thomas. Tribal Youth Media

Kanadan kadonneet tytöt (Die verschwundenen Mädchen von Kanada). (2017) Regie: Stacey Dooley. BBC

Zur Autorin:

Katja Kettu zählt zu den wichtigsten Autorinnen Finnlands. 1978 in Rovaniemi im Norden des Landes geboren, schloss sie 2001 ihr Studium an der Kunstakademie ab. Ihr literarischer Durchbruch gelang ihr 2011 mit dem mehrfach preisgekrönten Roman Wildauge, der in Finnland wochenlang auf Platz 1 der Bestsellerliste stand, in 20 Sprachen übersetzt und verfilmt wurde.

Zur Übersetzerin:

Angela Plöger hat in Berlin und Helsinki Finno-Ugristik und Slawistik studiert, in Hamburg promoviert und lebt dort nach einem mehrjährigen Finnlandaufenthalt als freie Übersetzerin. Für die Übertragung von Werken finnischer Autorinnen und Autoren wie Katja Kettu, Sofi Oksanen, Aki Kaurismäki, Leena Lander, Risto Isomäki u.a. ins Deutsche wurde sie mit dem finnischen Staatspreis ausgezeichnet.